OVERLORD

3

鮮血的戰爭少女

OVERLORD [3] The bloody valkyrie

丸山くがね

插畫◉so-bin

Kadokawa Fantastic Novels

目錄 Contents

'Ainz ooal gown' does not have defeat.

第一章 捕食者集團

Chapter 1 | Herd of Predators

1

「這是什麼料理嘛！」

一道歇斯底里的高亢叫聲響起，接著餐具碰撞的清脆聲音傳遍四周。

幾名餐廳裡的人，將目光聚集到吵鬧女子身上。

女子相貌已經美到即使用漂亮形容都稍嫌不足，那美貌足以匹敵王國最為美麗，號稱「黃金」的公主，生起氣來反而更添風采。（註：黃金女王自本集更正為黃金公主。）

不僅如此，即使她如此吵鬧，一舉一動卻都相當優雅，甚至充滿氣質。

絕對是來自某個國家的貴族，而且是高階貴族千金的女子，不耐煩地撩起頭上的縱捲長髮，不滿地瞪著眼前的料理。

整張桌子幾乎要被一盤盤的料理塞滿。

籃子裡面放著好幾塊剛出爐的鬆軟白麵包，冒出些許蒸氣。盤子上除了盛放著稍微烤過、滴著肉汁的厚實紅肉外，還搭配著甘甜玉米和使用了大量奶油的馬鈴薯泥當作配菜，強烈地刺激著食欲。以新鮮蔬菜製成的沙拉保持著鮮嫩的脆度，可以從淋上的調味醬中聞到清爽的柑橘香氣。

城寨都市耶・蘭提爾的最高級旅店「金光閃耀亭」推出的料理，都是使用以「保存（Preservation）」魔法維持新鮮的食材來烹調。當然，負責烹調的皆是專屬的超一流廚師。

但女子卻對眼前這些由最佳廚師使用最佳食材烹調出來，只有王公貴族和富商大賈才能品嚐到，猶如藝術品的料理表現出明顯的不滿。

聽到女子如此抱怨的人，除了感到吃驚之外，會對女子平常所吃的料理大感興趣也是理所當然的吧。

「一點都不好吃！」

女子接下來這句最不適合在這種情況下發出的抱怨，讓在場的所有人瞬間皆流露目瞪口呆的表情。

不過在這當中，只有隨侍在女子身後的老管家，始終維持著不動的姿勢與不變的表情。即使女子轉身，以嚴厲的眼神瞪過去，老管家還是不為所動，像是就只有一種表情一樣。

「我實在無法繼續待在這種破城鎮了，立刻準備出發！」

「可是小姐，現在已經是傍晚——」

「住嘴！我說出發就是要出發，聽清楚了嗎！」

面對女子如小孩子般的耍賴，管家才終於改變姿勢，低下頭來：

「遵命，小姐。小的立刻進行出發的準備。」

「哼！知道的話就快點準備吧，塞巴斯！」

女子將手上的叉子隨手一扔，發出喀噹的聲音。她就這樣順勢站起來，邁著滿肚怨氣無處發洩的步伐離開主餐廳離去。

暴風雨過後，一道充滿威嚴的聲音在如釋重負的和緩氣氛中響起：

「打擾大家了，非常抱歉。」

管家把女子站起來時差點倒地的椅子放回原位，緩緩地向餐廳裡的客人低頭致歉。接受翩翩老人的完美道歉，好些人以帶著憐憫的眼神看向老人。

「——掌櫃的。」

「是。」

在一旁待命的男子輕輕走向管家身邊。

「很抱歉，驚擾大家了，雖然算不上賠罪，但在場所有客人的餐費就由我來代付吧。」

聽到這句話之後，有幾個人不禁面露喜色，在這家最高級的旅店中用上一餐，金額絕對不便宜。如果對方願意幫忙支付餐費，應該非常足以原諒女子所引起的騷動吧。

另一方面，掌櫃臉上不見一絲動搖，只是客氣地鞠躬回應管家的提議。這種自然的應對可以證明，自從這對主僕投宿在「金光閃耀亭」之後，剛才那一幕光景，應該已經重複上演過許多次了。

塞巴斯的目光往餐廳的一角望去，看著一位窮酸模樣，正在狼吞虎嚥的男子。發現對方眼神的男子急忙站起，快步走向塞巴斯。

男子和其他客人相比，實在太過格格不入，因為容貌毫無「氣質」與「派頭」，完全無法融入周圍的氣氛，散發出強烈的突兀感。

雖然身上的服裝不比其他客人遜色，但卻像是衣服穿人，應該說猶如小丑穿著華麗的服裝那樣，甚至有些滑稽。

「塞巴斯老爺。」

「什麼事，扎克先生？」

其他客人聽到名叫扎克的男子那種矯揉造作的卑微語調後全都皺起眉頭。從那種逢迎諂媚的口吻聽來，即使男子正搓著雙手也不奇怪。

不過，塞巴斯的表情卻毫無變化。

「受僱的在下實在沒什麼資格建議，不過如果要現在上路，還是重新斟酌一下比較好吧？」

「你是說你難以在夜路駕馭馬車嗎？」

「這也是理由之一，而且……在下也還有點雜事……需要準備。」

扎克不斷地搔著頭。雖然他的頭髮看似洗得很乾淨，但那種搔頭的方法感覺好像連頭皮屑都要飛了出來。有好幾個人將眉頭皺得更深，但也不知道扎克到底有沒有發現，反而搔得更勤快了。

「但是，小姐應該不會接受我的提議。不對，以小姐的性格來說，根本不可能改變剛才的意見。」

塞巴斯帶著鋼鐵般的堅毅表情如此斷定：

「因此，除了出發別無選擇。」

「可是……」

眼珠子轉來轉去張望的扎克，似乎還想找些藉口，但好像毫無頭緒，整張臉皺了起來。

「當然，不是立刻就出發，還需要一些時間將小姐的行李搬到馬車上。在這段期間，也請你做好出發的準備吧。」

塞巴斯看到還在尋找說詞的窮酸男子眼中露出狡獪的光芒，不過卻表現出若無其事的樣子不予理會。

為了掩飾一切正中下懷的事實。

「那麼，要什麼時候出發呢？」

「這個嘛，兩小時，或者三小時後出發如何？再晚的話，街道就會被黑夜完全吞噬，這應該是底限了吧。」

男子的眼中再次浮現令人討厭的盤算眼神，塞巴斯還是努力假裝沒有看見。扎克舔了幾次嘴唇開口說道：

「嘿嘿，這樣的話或許沒有問題吧。」

「那太好了。那麼，可以請你馬上著手準備嗎？」

目送扎克離去的背影後，塞巴斯揮了揮手，彷彿要把纏繞在身上的空氣甩開一般。那是因為他覺得有一股骯髒的污穢感，緊緊附著在自己身上。

臉上沒有顯露任何表情的塞巴斯，壓抑住想要嘆氣的心情。

老實說，塞巴斯實在無法喜歡這樣的卑劣人物。迪米烏哥斯和夏提雅等同事，雖然可以把這種人當作玩具，從中找到一點喜悅之情，然而賽巴斯卻一點都不想要讓這樣的人物接近自己。

在納薩力克地下大墳墓中有一些共同觀點，那就是「不屬於納薩力克者全都是劣等生物」、「除了極少數的部分例外，人類種族和亞人類種族都是必須消滅的弱者」。對於自己的造物主那個「不解救弱者就不該自稱是強者」的觀點感到認同的塞巴斯，雖然對於同伴的那些想法抱持疑問，但遇到扎克這樣的卑劣者還是會覺得納薩力克的基本觀點或許沒有錯。

「哎呀呀，人類本該是一種優秀的生物才對……」

塞巴斯伸起一隻手撫順修剪整齊的鬍子後轉換心思，考量起接下來應該採取的行動。

計畫進行得相當順利，不過，姑且還是有向監視者進行確認的必要。

正當塞巴斯思考著今後的行動方針，發現有個男人正接近自己。

「得在這種時間出發，還真辛苦呢。」

開口搭訕的男人年約四五十歲，鬍子剃得相當乾淨，頭上的黑髮夾雜著許多白髮，因為老化和營養過剩，肚子上有一團多餘的贅肉。

打扮倒是頗有品味，穿著既能符合崇高地位也夠華麗的服裝。

「這不是巴爾德先生嗎？」

塞巴斯輕輕點頭示意。男子——巴爾德從容不迫地伸手阻止：

「啊，不需要那麼拘謹啦。」

名叫巴爾德．羅弗雷的這位人物是個商人，掌握這個城鎮相當部分的糧食交易量，不知何故跑來向塞巴斯搭話。

在這個可說是戰爭重要據點的城寨都市中，掌握相當部分糧食交易量這點，讓巴爾德在數量可觀的商人中地位可說是舉足輕重。

這也是因為，士兵人數一旦高達數萬人，攜帶儲備糧食行軍就會是一件相當花時間與工夫的事情。因此王國的基本戰略是僅僅攜帶最低限度的糧食進軍到這個都市，然後就在這裡調度糧食。所以和一般的城鎮大不相同，在這個城鎮裡與糧食、武器相關的商人個個擁有相當大的權勢。

在耶．蘭提爾中如此有權有勢的一個人，不可能只因為同在一個餐廳吃飯就開口搭訕，而既然他向塞巴斯搭訕，當然就一定有其理由。

不過，這也是塞巴斯他們算準的目的。

「塞巴斯先生，那個人不太好喔。」

「是嗎？」

此時塞巴斯才第一次改變表情，露出微笑後客氣地回應。帶著十分理解對方所說的那個人是指什麼人的口氣回答。

「那個人可不是什麼值得信賴的傢伙喔。我實在無法理解塞巴斯先生為什麼要僱用那樣的傢伙。」

塞巴斯在腦海中快速思考，尋找最適合這個場合的答案。

不可能老實告訴對方為什麼要僱用扎克。但如果告訴對方是因為識人不明而僱用了他，塞巴斯的眼光可能會遭到質疑，評價也會跟著被貶低吧。

雖然確定要離開這座都市，但還是應該避免讓巴爾德貶低自己的評價。因為在不久的將來，或許會出現需要利用巴爾德的時候。

「或許沒錯，但沒有人像他一樣那麼毛遂自薦。他的人格或許有些缺陷，但小姐卻很欣賞他的熱誠。」

巴爾德浮現有些傷腦筋的苦笑，在對方心中對小姐的評價應該又降了一級吧。

雖然就是為了這個目的才請她過來，這也是沒辦法的事，但內心總覺得有些過意不去也是事實。沒錯，就是讓她當壞人這件事。

「我似乎說得太過火了些，希望你可以當作沒這回事，不過是不是勸勸你的主人比較恰當呢？」

「您說得或許沒錯，不過，一想到小姐的父親，也就是我的主人對我的恩情，不管如何還是無法……」

「雖然忠心也相當重要……」

巴爾德嘟囔了一句，後面的話有些含糊不清。

「這樣的話，要不我派個值得信賴的人給你們？」

「還不需讓您如此費心。」

這句話的口氣雖然溫和，卻是斬釘截鐵的拒絕。應該是理解到隱藏在這句話裡面的堅定意志，巴爾德從其他方向繼續提議：

「是嗎？不過我還是覺得要有個像樣的保鏢跟著比較好。到王都的路程相當遙遠，而且和帝國不同，王國街道的治安並不是很好。我可以幫忙請個值得信賴的傭兵喔。」

街道的警備工作由所在領地內的貴族們負責，相對地他們會向路過者徵收通行稅。這是貴族的權利，但實際上這不過就是為了徵收通行稅的一個名目，很多地方的警備可說是漏洞百出。因此街道上的旅人，遭到盜賊或變成強盜的傭兵襲擊的情況也是屢見不鮮。

為了解決這個問題，在人稱「黃金」公主的努力下，國王直屬的街道警備隊也都有在巡邏，但因為隊伍數量不多，實在說不上有什麼效果。巡邏隊伍不多都是因為害怕自己權益受到損害的貴族們加以干預所致。

結果演變成，光靠國家力量根本無法維護街道的治安。

因此，在街道旅行的商人，基本上都會僱用冒險者或值得信賴的傭兵團來自衛。在這樣的商人中，像巴爾德如此有權有勢的人物，應該會認識一些訓練精良、值得信賴的傭兵團吧。但塞巴斯不能接受對方的提議。

「或許是這樣沒錯。但是小姐並不是很喜歡有人跟在身邊，我必須盡可能地遵從主人的意思才行。」

「這樣啊？」

巴爾德誇張地皺起臉來，露出為難的表情。那是面對小孩鬧彆扭時，感到束手無策的大人表情。

「辜負了您的好意，實在非常抱歉，」

「不要這麼說嘛，老實說，我是想要賣你一個人情，如果沒辦法做到，至少也想稍微拉近一下關係。」

來自帝國某都市的富商之女和隨侍管家。塞巴斯他們是以這樣的設定投宿在這間旅店，展現出符合富翁身分的雄厚財力，讓周遭感受到這樣的氣氛。巴爾德想要賣人情的對象就是這個設定中的富商。

塞巴斯對吃下自己釣餌的魚兒溫柔微笑：

「我一定會將巴爾德先生的親切態度，轉告給小姐的父親（主人）大人。」

巴爾德的眼睛深處流露出一點閃耀的光芒，但立刻加以掩飾。一般人無法發現這個如星光一閃的變化。不過，這樣的變化對塞巴斯而言已經足以讓他清楚查覺。

「那麼，非常抱歉，因為小姐還在等待，在下就先行告退。」

等在巴爾德即將開口的瞬間，塞巴斯先發制人。

被看穿的巴爾德像是要稍微觀察般，窺探了塞巴斯的表情後才嘆了一口氣：

「——呼，既然如此那也沒辦法了呢。塞巴斯先生，下次再蒞臨這個城鎮時，請務必來找我，我一定會熱烈歡迎你們。」

「好的。屆時就請多多關照了。」

目送著離去的巴爾德，塞巴斯輕輕嘟囔了一句：

「這正是一種米養百樣人吧。」

塞巴斯可以感受到，巴爾德的言行舉止，並非全都是為了利益的別有居心。其中也包含著單純只是擔心一名女子和管家的心意。

正因為有這樣的人，有想要幫助弱者的人，內心才無法討厭人類。

塞巴斯愉快地露出毫不做作的爽朗笑容。

敲了幾次門，說聲打擾了後，塞巴斯一鞠躬進入室內。

「剛才失禮了，塞巴斯大人。」

塞巴斯關上門進入房間，前來迎接的是深深一鞠躬的女子。如果位於餐廳的人們看到這一幕一定會瞠目結舌吧。因為低頭迎接的人，竟然是剛才還歇斯底里地大吵大鬧，動不動就發火的任性大小姐。

臉上露出的表情相當沉穩，感覺之前的歇斯底里就像是裝出來的。

表現出來的態度，符合用來迎接比自己高位的人。

相貌相同、服裝也相同，但內在卻像是完全換了一個人似的。

還有一個奇怪的地方，那就是她閉著一隻眼睛——左眼。儘管在餐廳的時候她並沒有閉著一隻眼睛。

「沒有低頭道歉的必要，妳只是在做自己分內的工作而已。」

塞巴斯環顧著豪華裝潢的寬廣房間內部，當然，看在對納薩力克地下大墳墓地下九層瞭若指掌的塞巴斯眼裡，這個房間一點魅力也沒有，當然也不會感到驚訝，不過，那只是因為選錯了比較對象吧。

目光所及的房間角落集中了不少行李。已經是可以出發的狀態，並非塞巴斯所整理，所以是先來的那個人獨自完成。

「我來整理就好了啊。」

「您說什麼啊，怎麼可以繼續勞煩塞巴斯大人呢。」

抬起頭的女子——戰鬥女僕之一的索琉香．愛普史龍搖著頭回答。

「是嗎？但我現在的身分是妳的管家啊。」

塞巴斯那張帶著些許皺紋的臉上，露出惡作劇小孩般的童稚表情。

感受到塞巴斯發自內心的微笑，索琉香的表情也首次改變，露出為難的笑容：

「的確，塞巴斯大人是我的管家，但我同時也是塞巴斯大人的部下。」

「……說得也是，那麼，就讓身為上司的我對部下下令：妳的工作已經告一段落，接下來是我的工作，妳就在這裡好好休息直到出發吧。」

「……是，謝謝。」

「那麼，我也去和可能已經在馬車上等到不耐煩的夏提雅大人見個面，通知她出發的時刻。」

塞巴斯從堆積的行李中輕鬆提起一個最大的行李，接著像是突然想到般開口詢問：

「話說回來，他有如我們預料行動嗎？」

「是的，完全如我們所料。」

索琉香從眼皮上按住閉上的那隻眼睛。

「那還真是僥倖呢，那麼，目前是什麼狀況呢？」

「是的——目前正和一位外表邋遢的男子見面。您要不要聽聽他們在說些什麼？」

「沒有這個必要，我現在要去搬行李，所以等一下把重點整理一下再告訴我即可。」

「了解。」

索琉香的臉突然扭曲起來。

眼角下垂，嘴角上彎——雖然近似笑容，但非常適合扭成一團這個形容詞的表情變化，以人臉的構造來說要扭曲成那種形狀幾乎不可能。黏土做成的表情整個扭在一起就是最適當的形容吧。

「——對了，塞巴斯大人，容我換個話題。」
「什麼事，索琉香？」
「……事情結束後，可以讓我來處分那個男人嗎？」
塞巴斯空出來的手摸著嘴上的鬍鬚，稍微思考了一下。
「——這個嘛，只要得到夏提雅大人的允許，就隨便妳處置沒有關係吧。」
索琉香的眉頭微微皺起，失望之情溢於言表，塞巴斯像是要安慰她一樣繼續說道：
「沒問題的，只是送妳一個人應該不成問題才對。」
「是嗎，我了解了。那就麻煩您轉告夏提雅大人，如果可以的話，我想要那個男人。」
索琉香露出滿臉笑容，那毫無陰霾的開心表情任誰看到都會著迷。
塞巴斯對於那名讓索琉香露出如此表情的男子，感到了些許的悲哀與興趣，於是他開口詢問索琉香：
「那麼，那男人說了些什麼？」
「好像是說已經等不及要享用我了，所以機會難得我也打算來好好享用他一下。」
索琉香露出更加愉快的笑容。
那笑容裡帶著赤子般的純真，期待著接下來即將發生的事。

窩囊的人生。

2

快步趕路的扎克，心裡同時如此想著，自己的人生實在有夠窩囊。

在王國村落中的——農民生活，實在稱不上幸福。

辛苦耕種、努力打拚的成果全被領主剝奪。如果收成一百，被拿走六十還可忍耐，只要有四十的收成，即使貧窮還是能勉強活下去。

但收成一百被拿走八十的話，問題可就大了。收成四十都只能勉強餬口了，如果只剩下二十，今後的生活不用說絕對很難過。

收成只剩下二十的那一年，扎克在忙完一天的辛苦農活，筋疲力竭地回家後，發現妹妹不見蹤影。

當時年紀還小的扎克根本不知道發生了什麼事，疼愛的妹妹明明失蹤，父母卻完全不去尋找。扎克如今十分清楚原因，應該是被賣掉了。奴隸買賣現在已經在「黃金」公主的努力下遭到廢止，但在當時的王國中卻相當普遍。

因此，每當扎克買春，和娼婦擦身而過時，都會不禁直視對方的臉。當然不認為會這麼剛好找到妹妹，即使找到也不知道該說什麼才好。但就算如此，還是會忍不住尋找。

在如此惡劣的貧窮生活中，還有一項沉重的徵兵義務需要履行。

隨著王國定期向帝國出兵，王國會徵召村落的壯丁，派他們前往戰場。失去壯丁一個月，對村落的勞動力會產生很大影響。不過，也有一些人會對徵兵這件事感到幸運。

因為人口減少，代表家人的糧食消耗量減少，而且，被徵召的年輕人，可以收到王國配給的糧食，有些人甚至才因此首次體驗到飽餐的滋味。

但好事也僅限於此。即使拚命戰鬥，如果不是立下很大的汗馬功勞，根本不會獲得獎勵。不對，有時候即使立下汗馬功勞也不會受到褒獎。只有真正幸運的人才可能獲得獎勵。然後回到村落後，因為之前有段時間少了人手工作，還要面臨隔年生產量減少這個絕望事實。

扎克過去遇到兩次徵兵，第三次時讓他的命運出現轉變。

那次的戰爭也一如既往，只發生了一些小規模的戰鬥就劃下句點，幸運保住一命的扎克正打算回家時，停下了腳步。他看著手中武器，突然一道天啟湧現腦海。

與其回村落，還不如去過別種生活還比較好。

不過，區區一介農夫，當兵時又只有受到一些簡單訓練的扎克，對於嶄新的人生並沒有太多選項。

不但沒有優越的身體能力，更不用說那種只有少數人才與生俱來的特別能力。學到的知識也只有耕種——什麼時候播什麼種會比較好，僅此而已。

這樣的扎克採取的行動就是帶著唯一的王牌，也就是王國暫時配給的武器逃走。不曾想過如果自己逃走，會不會對父母造成困擾，因為他們將妹妹賣掉——即使是為了讓其他家人活下去——扎克已經對父母不再有愛。

沒有背景又人生地不熟，怎麼可能輕易脫逃。不過，能夠遇到幫助自己脫逃的人，說是幸運也算是幸運吧。

幫助他脫逃的人是傭兵團。

當然，對傭兵團來說，單單只是一介農夫的扎克，並沒有什麼太大的價值。不過，因為戰爭而失去了許多成員的傭兵團，也有著想要趕快回復傭兵團規模的目的。

因為這個緣故，傭兵團輕易地讓扎克加入。但這個傭兵團並不是什麼正經的集團，戰爭時以傭兵身分替人打仗，非戰爭時就化身為強盜。

在此之後，扎克生活實在不足為外人道。

有比沒有好，搶奪者比被搶奪者好。與其自己哭，還不如讓別人哭。

扎克過的就是這種生活。

並不覺得有錯，並不覺得後悔。

每次聽到受難者發出哀號，扎克便更加如此深信不疑。

扎克在貧民區中奔跑。拚命奔跑在比日落時，還要更加赤紅的世界中。

由於離開旅店後就不斷奔跑，因此已經氣喘吁吁，額頭也滲出汗水，疲勞感產生想要休息的欲望，告訴自己是不是該稍微休息一下。但時間緊迫，扎克還是鞭策著疲憊的身軀，繼續奔跑下去。

這時候，當扎克以一個大角度轉過一個轉角時——

「好危險喔——」

似乎剛好正在轉角的一個人影，嘟噥了一句，伴隨著喀啦的金屬聲大動作翻身。

這突如其來的意外讓扎克嚇了一跳，往跳開的黑影望過去。

眼前是一位五官端正的女子。因為她身上穿著一件黑色披風，像是融入影子般，但閃閃發亮的紫色眼瞳帶著好奇心，筆直地望向扎克。

疲憊而失去耐性的扎克帶著怒火向對方大吼：

「這是我的台詞吧！很危險耶！走路看前面好嗎！」

女子似乎對於扎克帶著威嚇口氣，大聲發出的怒吼一點也不害怕，露出冷笑。

令人汗毛直豎的冷笑讓扎克不禁後退，沒有勇氣拔出藏在懷裡的武器。就像是被獅子盯上的老鼠一樣。

剛才在女子飛身退後時聽到的金屬聲，或許是來自她身上的鎧甲吧。

身負武裝的女子——或許是冒險者吧。

找錯了吵架對象。

扎克的腦中發出危險信號，同時也冒出這個想法。

他並不會因為對方是女性所以很弱之類的理由瞧不起她。扎克自己也知道有只由女性成員所構成的強大隊伍。因為他還記得，曾經從所屬傭兵團裡的最強男人口中，不經意地聽過這件事。

反觀扎克，即使隸屬於傭兵團，但在所有武裝成員中，說他是實力最低的一個也不為過，所以他才會負責這種工作。

因為奔跑而滲出來的汗水，此時由於札克對自己採取的行動感到後悔，而逐漸變成了另一種汗水。

正當扎克的臉上毫不掩飾地露出恐懼表情時，女子的笑容突然變得不再恐怖：

「嗯——算了。因為也沒什麼時間了。不過，如果下次再讓本小姐遇到，就要讓你吃點苦頭喔——」

女子以輕鬆的口氣撂下這句話後就往旁邊繞過去。感到興趣的扎克往對方走去的方向望去，他想起眼前那個地方是貧民區中罕見沒有任何人居住的區域。

都這麼晚了，一個美女要去那裡做什麼呢？雖然感到好奇，但現在還有更重要的事在等著自己，扎克斬斷內心的留戀，再次邁開步伐。

不久，扎克來到貧民區中，充斥著許多破舊小屋的一角，稍微往四周瞄了一下，確認是否有人跟蹤。

夕陽慢慢西下，世界已經逐漸染成黑暗，所以扎克重點式地確認是否有人躲在黑暗角落。來此之前已經確認過好幾次，但為了謹慎起見，最後還是再確認一次。

扎克滿意地點點頭，在門前調整呼吸的同時敲了三次門。接著，過了五秒後，這次則連續敲了四次門。

發出這個約定好的暗號之後，便立刻收到了反應，嘰嘎的木頭磨擦聲從門的另一側傳來，擋住觀察孔的板子被移開。可以看到一雙男人的眼睛在露出的洞中骨碌地轉動，確認站在門前的扎克。

「是你啊。喔，等一下。」

沒有等待扎克的回應，男子再次將板子遮好觀察孔，接著聽到一道開鎖的沉重聲音。大門稍微開啟。

「進來吧。」

房子裡散發出淡淡的腐臭味，這裡的環境和扎克剛才身處的地方簡直是天壤之別。希望鼻子能夠立刻習慣的扎克，俐落地鑽進房子裡。

門一關起來，看到小屋裡面又黑又小。

進門後立刻就是餐廳兼廚房的地方，僅僅擺了一張桌子。桌上點了一根蠟燭，稍微照亮陰暗的室內。

散發出以暴力維生之人特有氣息的骯髒男子，拉了張桌邊的椅子重新坐下。椅子像慘叫般發出嘰嘎的聲音。男子的身材壯碩，胸肌也很厚實，可以從露在衣服外面的手臂和臉上看到一些淺淺的刀傷。椅子幾乎快被這男人的體重壓垮。

「喔，扎克。怎麼了，發生什麼事了嗎？」

「狀況有變……那些獵物好像要動身了。」

「啊——現在要動身喔。」

扎克默默點頭回應。男子低聲抱怨「怎麼選這種時間啊……是不會替我們著想一下喔」同時伸手抓了抓那頭蓬亂的頭髮。

「不能想辦法拖延一下嗎？」

「沒那麼簡單，因為是那個女的要求。」

男子已經聽扎克說明過好幾次那女人是個怎樣的人，誇張地皺起臉來。

「那老爺子也稍微動動腦筋嘛，也不會說服一下，夜路很可怕，會有恐怖強盜出沒之類的，真受不了……這種事連笨蛋都知道吧。啊——把馬車的車輪弄壞，拖到明天再出發如何？」

「沒辦法耶——已經在搬運行李進行準備了。快點下手解決比較乾脆吧？」

「嗯，這麼說也是沒錯……」

男子望著空中沉思。

「那麼，大概什麼時候出發？」

「再兩個小時以後吧。」

「那不是相當緊迫嗎。啊——該怎麼辦呢。等一下就進行聯繫……能夠使用的時間只有兩小時的話……雖然有點困難，但他們可是難得的獵物……」

男子掐指思考整體的時間行程。扎克只是默默聽著對方的行程計畫，低頭看著自己的手。

「那種有錢人很讓人火大對吧……」

扎克想起被稱為小姐的那位女子的纖纖玉手。

從事農活的人沒有人會有那樣美麗的手，大家的手都因冰水而皸裂，揮舞鋤頭而粗厚，連指甲都歪七扭八。大家的手都是這副德行。

他心知肚明，這個世界並不公平。但是——

扎克歪起嘴角，露出牙齒淫笑起來：

「可以讓我玩玩那個女人吧。」

「不過你可要等我先玩完喔，而且我們還要勒索，所以嚴禁玩得太過火喔！也別讓對方傷得太嚴重了。」

男子露出下流的奸笑，可能是受到這個欲望的刺激，男子站了起來。

「好吧，決定幹了。我來聯絡團長。」

「我知道了。」

「我們會派十人左右到老地方埋伏。你也展開行動，讓對方在四個小時後到達那裡，如果沒到，我們就直接出擊，你好好安撫獵物，讓對方放下戒心吧。」

3

一台馬車遠離城寨都市向前奔馳。

體型壯碩的四匹馬，拉著一輛即使坐上六個人都綽綽有餘的大型馬車。

天上掛著一輪大大的明月，周圍明亮得有些令人意外。雖說如此，在這樣的夜裡駕車在外趕路依然是非常愚蠢的行為。點起燈、派人站哨紮營來度過夜晚，才是最明智的抉擇。

夜晚的世界並非人類所控制的世界。不對，這個形容並不恰當，正確來說，沒有光線照亮的地方皆非人類的世界。夜晚潛藏著許多動物、亞人類和各種魔物。有很多生物具有夜視能力，還會襲擊人類。

在這樣危險的夜晚，馬車奔馳在街道上，只有稍微讓乘客感到一些震動而已。

震動會很輕微並不是因為類似避震器的部位性能優越，而是因為馬車奔馳在人工鋪設的石板路上。

鋪設石板街道是在「黃金」公主提案後開始執行的，不過目前鋪設完畢的地方只有國王直接管轄的部分街道和王國六大貴族中的雷布恩侯領地而已。這是因為貴族們表示反對，認為鋪設便於移動的街道將會利於帝國侵略。

而且關於修補街道的費用也引起不少糾紛。拉娜公主提出向商人募款的意見，也因為各領地的貴族害怕街道的利益受到侵蝕加以反對而受挫，結果道路的鋪設情況才會落得現在這種像是被狗啃的狀態。

這一帶距離國王直轄的城寨都市並不是很遠，整修得相當確實。

不過，還稱不上完美。行駛在街道上的馬車還是會搖搖晃晃，讓馬車上頭的乘客感受到一些震動。

在這樣的震動下，車內的對話像是剛結束一個話題般就此中斷。

馬車上的乘客包括塞巴斯、一旁的索琉香，還有坐在對面的夏提雅，以及在她左右兩旁的兩位奴婢兼愛妾的吸血鬼新娘（Vampire Bride）。扎克當然是坐在駕駛座上駕馭馬車。

馬車內籠罩著一陣短暫的寧靜，不久後塞巴斯緩緩開口打破沉默：

「有件事之前就很想請教了。」

「嗯？想問我嗎，什麼事？」

「您和亞烏菈大人的感情好像不是很好，不知道有什麼特別原因嗎？」

「……實際上，我覺得我們的感情不差呀。」

低聲回答的夏提雅，有些無聊地看著自己的小指指甲。

如珍珠般白晰的指甲大約有兩公分左右長。雖然她的一隻手拿著挫刀在磨，但已經非常整齊，感覺沒有修整的必要。事實上夏提雅也覺得沒有磨的必要吧，她把手上的挫刀丟給坐在旁邊的吸血鬼（Vampire）。

接著，她企圖將空出來的雙手伸向坐在左右兩旁的吸血鬼胸部，但察覺到前方兩人的神情，才露出有些尷尬的模樣，把手收回來。

「感覺倒不像呢。」

塞巴斯繼續說道。夏提雅像是吃了苦瓜般整張臉皺起來：

「我……妾身……好。是因為我的創造主佩羅羅奇諾大人設定了我和她的感情不好，我才稍微捉弄一下她而已。不過她何嘗不是呢，或許泡泡茶壺大人也同樣把那孩子設定成和我成水火不容吧。」

像是覺得很無趣一樣，夏提雅一隻手揮了揮，第一次和塞巴斯的目光相交。

「說起來，我的創造主佩羅羅奇諾大人和那孩子的創造主——泡泡茶壺大人是姊弟關係。就這層意義來說，我們也算是姊妹呀。」

「姊弟關係——原來如此啊！」

「過去，佩羅羅奇諾大人和其他無上至尊——路西★法大人、貳式炎雷大人一起來到我的負責領域時，曾經這麼提到呀。」

回想起過去陪伴偉大人物巡視的記憶，夏提雅露出崇拜的眼神：

「佩羅羅奇諾大人曾經提到，泡泡茶壺大人從事一種稱為聲優的職業，不但非常受到歡迎，還會為『H Game』獻聲，所以每當購買期待的大作，腦中都會浮現姊姊的臉，因此感到很沒勁呀。」

雖然不知道是什麼意思，夏提雅說。塞巴斯也有些不明所以地歪起頭來：

「聲優嗎……我記得是一種運用聲音的工作呢。似乎也會唱歌的樣子，所以和吟遊詩人應該很像吧。」

聽到塞巴斯的回答後，夏提雅發出銀鈴般的笑聲開口否定：

「不是呀。」

「不是？這話怎麼說？」

「我聽泡泡茶壺大人自己說過，聲優是一種藉由配音來賦予靈魂的工作呀。也就是說，聲優是一種生命創造系的職業呀。」

「喔喔！原來是這麼回事啊，我竟然鬧出了這麼大的誤會，真的非常感謝您的指教，夏提雅大人。」

塞巴斯他們這些由無上至尊創造出來的人物，在出生時就被灌輸了知識，但也只是擁有那些知識而已，因為不知道實物，所以有時候會鬧出一些笑話，就像剛才對崇拜的主人所從事的職業產生誤解那樣。

塞巴斯感到難為情，為了避免犯下同樣的過錯，不斷在口中唸唸有詞，牢牢記住聲優這個職業的意義。

「可以不用那麼在意呀，對了，塞巴斯，既然我們是一起旅行的同伴，你說話可以不用那麼客氣呀。」

「是嗎，夏提雅大人？」

「別叫什麼大人啦……我們都是無上至尊的僕人呀。雖然無上至尊他們賜予我們職位，讓我們有尊卑的上下關係，但實際上我們本來就沒有什麼差別呀。」

說得沒錯。索琉香會侍奉塞巴斯也只不過是因為被如此命令罷了。原本她和塞巴斯的地位是相同的。

「我了解了，夏提雅。那麼當下我便這樣稱呼妳了。」

「這樣很好呀，話說回來，你和迪米烏哥斯的感情不也是很差嗎？」

塞巴斯閉口不語。看到如此反應的夏提雅像是調皮的小孩般瞇起眼睛繼續發問：

「無上至尊們並沒有規定你要這樣才對，所以這是為什麼呢？」

「……為什麼呢，其實我也不知道為什麼會這樣，大概是出於本能吧，就是覺得討厭。不過，他也一樣吧。」

「嗯——倒是沒人讓我有那樣的感覺……不過，或許是無上至尊他們那些創造主的情緒，都深植在我們的心裡吧。」

「這個可能性很高呢。」

夏提雅目不轉睛地注視著感同身受點著頭的塞巴斯。接著，考慮到對方的職位，夏提雅覺得他應該會知道，所以決定向他拋出內心存在已久的疑問：

「地下八層有什麼人呢？我知道威克提姆在地下八層，除了他之外還有誰呢？」

塞巴斯對於突如其來的話題轉變稍微皺起眉頭，為了摸清這個話題的真正意圖，塞巴斯帶著嚴肅的表情看向夏提雅。坐在一旁的索琉香臉上露出些微的表情變化，但因為變化實在太小，連正在說話的兩人都沒有察覺。

「……以前，有反抗無上至尊的愚蠢傢伙大舉進攻過，地下七層遭到突破，但無上至尊據守的地下九層並沒有遭到入侵。如此推測的話，最後的迎擊地點應該就是地下八層了吧？雖然我沒有什麼印象，但對方似乎是以非同小可的戰力進攻，所以我方應該也需要旗鼓相當的戰力才足以迎擊才對。不過，卻沒人知道迎擊的是誰。不對，雅兒貝德似乎知道，畢竟她是納薩力克的管理者，如果不知道才奇怪吧。」

似乎不在意默不出聲的塞巴斯，夏提雅繼續說道：

「……似乎被她領先了一步，有些討厭呢。到底地下八層有什麼神祕人物呢？難道是安茲大人創造的人物？」

塞巴斯是由塔其．米，迪米烏哥斯是由烏爾貝特．亞連．歐德爾，科塞特斯是由武人建御雷創造出來。不過，即使是夏提雅也不知道四十一位無上至尊的最高階者，安茲──飛鼠創造的人物是誰。

總不可能沒有創造任何人物吧。

那麼，那個人物待在夏提雅不知道的地下八層，就是很理所當然的推測。

「……不，那應該是不可能的吧。我只是稍微聽說過，安茲大人所創造出來的人物，名叫潘朵拉·亞克特，其能力和守護者的各位還有我可說並駕齊驅，聽說他是寶物殿最深處的守墓者。」

「有那樣的人物呀？」

和雅兒貝德不同，夏提雅並沒有被灌輸納薩力克所有人物相關知識，因此，這名字還是第一次聽到。

不過，雖然寶物殿必須有安茲·烏爾·恭之戒才能進入，但如果沒有守衛看管的確也是件奇怪的事。

寶物殿的最深處。

安茲·烏爾·恭收集而來的最高級魔法道具，全都保存在那裡，聽說裡面還有好幾個世界級的道具。這樣的話，四十一位無上至尊的最高階者安茲創造出來的人物，正是最適合鎮守那個地方的人才吧。

夏提雅對於無法親自鎮守那個崇高的場所，感到有些自尊心受挫，但也安慰自己這是無可厚非的事。夏提雅認為一開始就將侵略者阻擋在地下三樓之前，也是一項重責大任，重要程度並不會輸給鎮守寶物殿。

而且，現在自己被主人賦予一項重責大任。

「有的，不過我也不曾見過，因為如果沒有戒指根本無法前往那個地方。」

「喔……」

就像是失去了興趣一樣，夏提雅發出一個不怎麼起勁的回應，不過塞巴斯看起來並不怎麼在意。

「那麼，結果地下八層還是依然充滿謎團呢……真有些遺憾。」

「是啊，因為連我們也無法進入，想必裡面有著某些東西。」

「你說的某些東西是什麼東西？」

「裡面會不會是有什麼連我們都會攻擊的機關？」

「嗯，這也不錯呀，不過我猜……會不會是那種不管是誰一律格殺勿論的死亡陷阱呢？」

「納薩力克地下大墳墓可是由無上至尊們所精心建造，還有誓死效忠的我們拚上性命守護，敵人既然能夠侵略如此難以攻陷的地方到達地下七層，那點程度的陷阱，應該不足以阻擋他們吧……」

「要不要去偷窺一下呀？」

像是一個想到鬼點子的小孩──夏提雅露出那樣的笑容。塞巴斯見狀也浮現一如往常的笑容，但那笑容比過去稍微深了些。

「妳是想違背安茲大人的意思嗎？」

「騙你的啦，騙你的。只是開個玩笑，別露出那麼可怕的表情嘛。」

「夏提雅……好奇心可是會害死貓喔。我們該做的就是靜靜等待，直到安茲大人願意告訴我們為止吧。」

「說得沒錯……那麼，獵物已經上鉤了吧？」

突如其來的話題轉變，並沒有讓塞巴斯多說什麼，而是直接回答這個問題：

「是的，已經完全上鉤，接著只剩下收竿而已。」

輕輕點頭後，夏提雅愉快地舔了一下自己的嘴唇，紅色的眼眸發出異樣的光芒。

立刻察覺夏提雅為什麼會出現這種情緒的塞巴斯，判斷現在正是大好時機，可以轉達索琉香剛才的要求：

「關於這部分，有件事想要拜託夏提雅。」

「……什麼事？」

想像著接下來即將發生的光景，正沉浸在愉悅之中的夏提雅遭到打擾，發出不滿的聲音。塞巴斯像是要安撫對方般繼續說道：

「關於現在正在駕車的駕駛，可以把他送給這個丫頭嗎？」

「……是個小嘍囉嗎？」

「是的，應該只算是個傳聲筒吧。」

聽到這個要求的夏提雅閉起眼睛陷入深思。考慮到各種可能性之後，似乎找到答案，大幅點了點頭：

「這樣的話，可以呀，吸起來感覺也不好吃的樣子。」

「那真是非常感謝，感謝妳的寬大心胸，夏提雅。」

「謝謝您，夏提雅大人。」

「啊，不用客氣。不必放在心上呀。」

夏提雅對索琉香露出親暱的微笑，想不到她也會露出這樣親切的表情。接著，夏提雅維持原狀只將視線投向塞巴斯：

「那我剛才的失言，就這樣一筆勾消了呀。」

「我了解了……我本來就不覺得夏提雅會真的做出這樣愚蠢至極的行為。剛才那只是妳的玩笑話對吧。」

「是啊，你說得沒錯。如果塞巴斯你說出同樣的話，我也會認為你在開玩笑吧。然後默不吭聲，只派屬下盯著你，一發現你想背叛就立刻剁掉你的四肢，用鏈條綁起來拖到安茲大人面前。」

「我可沒妳這麼狠喔，夏提雅。」

「不會嗎？那樣的話才會更讓人懷疑你的忠心喔——我看你絕對也會這麼做吧？」

夏提雅和塞巴斯打從內心感到愉快似地相視而笑。

「再說，我最疼可愛的少女了。而且把他送給索琉香，感覺也有不同的樂趣呢——」

「——那麼，夏提雅妳打算怎麼捕捉他們呢？是要使用『麻痺（Paralyze）』或者『束縛人類（Hold Person）』之類的嗎？」

前往耶・蘭提爾之前，安茲對塞巴斯下達的命令是「我想要捕捉學會了武技或魔法的人類。不過，只能找那些即使消失也不成問題的犯罪者下手」。因此作為計畫的一環，塞巴斯和索琉香才會扮演大富人家的任性千金和被耍得團團轉的管家，耐心等待扎克這條魚上鉤。

而夏提雅的任務則是利用這條魚，釣起跟在後面的所有魚群。

「怎麼可能，我才不會那麼大費周章呢。安茲大人有說過，可以把對方吸乾後當成奴隸也沒問題，只是絕對要抓到。不過呀，要一一調查也得花不少工夫，所以就把他們全部吸個不剩吧。」

塞巴斯沒有將原來如此這句話說出口，只是點了點頭。不過這樣一來，他不得不承認夏提雅這個人選令他感到不安，基於如此判斷，塞巴斯不由得開口說道：

「如果從這觀點來看，迪米烏哥斯大人應該最為適任呢。因為他能夠像亞烏菈大人的吐息一樣，自由操控對方的意志。」

迪米烏哥斯擁有「統治咒語」這個特殊技能(Skill)，這是一個強大的精神控制系能力。在類似這次需要捕捉目標的工作中，能夠發揮無與倫比的效果。

「……啥？」

夏提雅突然發出一道令人無法置信的低沉聲音。

馬車內的氣氛立刻沉重起來，籠罩著一股冰冷刺骨的寒氣。

似乎連拉車的馬都感覺到，馬車突然劇烈晃了一下。坐在夏提雅左右的吸血鬼，原本毫無血色的肌膚變得更加慘白，塞巴斯身旁的索琉香則是全身發抖。甚至連實力應該和夏提雅並駕齊驅的塞巴斯都感到毛骨悚然。

納薩力克樓層守護者最強者發自內心的強烈殺氣。身上纏繞的敵意，就像在闡述和亞烏菈之間的爭執只不過是場兒戲罷了。如果這種時候一個處理不當，絕對會引發一場你死我活的戰鬥。

將馬車內的氣氛降到冰點的夏提雅，眼睛像是充血般，從紅色的虹膜開始滲透，將整個眼白完全染紅。

「塞巴斯——你可以再說一次嗎？還是說，龍人的你就想要以這樣的形態——」

完全染紅的眼球動了一下：

「——直接和我互相殘殺嗎。」

「失言了，請原諒我。我只是覺得有些不安，如果妳的『血之狂亂』不會發動就好了。」

夏提雅以沉默回應塞巴斯的這句話。

塞巴斯看出，夏提雅會出現這樣短暫的沉默，可能是因為對自己感到不安吧。

在YGGDRASIL中，會對強大的職業賦予一些弱點和懲罰藉以取得平衡。而夏提雅被賦予的幾項懲罰之一是「血之狂亂」，只要身體染上的鮮血愈多，產生的殺戮衝動就會愈大，雖然戰鬥力會大幅增強，但代價就是會變成無法控制精神的狀態。

安茲之所以選擇夏提雅這個或許會無視命令，甚至出現失控狀態的人來執行這次任務，是因為採用了刪去法。

雅兒貝德必須保護安茲不在的納薩力克地下大墳墓，至於剩下的兩位守護者——夏提雅和科塞特斯，如果遠遠來看，還是夏提雅比較像人類。

之後，夏提雅連續深呼吸了數次。看起來像是在收斂自己的怒氣，也像是在壓抑心中浮現的不安。

最後大大地深呼吸一次後的夏提雅，表情與以往相同——散發出妖豔氣息的淫靡少女，瞳眸也回復成原來的顏色。

「……大致上，他們只要被我們吸過血之後就會變成奴隸，這樣事情就簡單多了呀。反正又不需要將目標生擒回來，關於這部分安茲大人之前也有提到。而且，我一定會壓抑住血之狂亂的。」

吸血鬼可以藉由吸光目標的血，將其變成絕對服從自己的低階種族。吸血鬼只能製造出智力遠低於自己的低階吸血鬼(Lesser Vampire)，但夏提雅卻可以製造出智力幾乎和人類相同的吸血鬼。

只要前提是無關生死，夏提雅製造出來的吸血鬼數量雖然有一定的限制，但她也可算是一位相當優秀的獵捕者。

「沒錯，不用多說，我一定會順利地完成安茲大人親自交付下來的任務，讓安茲大人稱讚我『做得好，夏提雅，妳才是我最重要的奴隸』，然後跟我說『妳才是最適合隨侍在我身邊的左右手』。」

「請原諒我的輕慮淺謀。」

這是塞巴斯發自內心的坦率想法，除了為自己剛才的無禮言論向夏提雅道歉之外，也向另一個人表達歉意。

「我沒有察覺到剛才的言論，也對選擇妳的安茲大人非常失禮，真是抱歉。請原諒我讓妳感到不快。」

接著，也對索琉香和吸血鬼們低頭道歉——此時，馬車突然傳來劇烈晃動，同時聽到拉車的馬發出一陣嘶鳴。

「……馬車好像停了呢。」

「是的。」

想像著主人在任務成功後可能會給予的稱讚而沉浸在喜悅之中的夏提雅，回過神來，像是打算惡作劇的少女般露出微笑，塞巴斯也摸著鬍子微笑以對。

4

從附近森林中冒出來的十名壯漢，將馬車四周團團包圍成一個半圓形。這些壯漢身上各自穿著不同裝備，品質雖然都不會太好，但也沒有特別差，可以知道他們姑且也是有挑選過武器。

他們談論著要把獵物如何處置，誰先上誰後上之類的事情，完全是一副手到擒來的輕鬆態度，而這種勾當他們確實也早已幹了無數次，要是只有這次會感到緊張，那樣反而還比較奇怪。

扎克一從駕駛台跳下後，就以小跑步的方式跑向湧現的男子們。當然從駕駛台跳下時，有順便切斷轠繩不讓馬車跑掉，為了讓一邊的門無法打開還在上面動了手腳，變成只有男人們的那一側可以開啟。

男人們展示手上的武器讓裡面的獵物看到，發出無言的警告，像是在說如果不趕快出來可是會遭殃喔。

像是要回應他們般，馬車門慢慢地被打開。

一位美女在月光下現身。聚集而來的傭兵和強盜們，露出下流的笑聲與充滿欲望的眼神盯著那位美女。可以從男人們的臉上看到喜不自勝的表情。

不過，卻有一個人大吃一驚，那就是扎克。

如果用一句話來說明他為什麼驚訝，那就是「這人是誰？」，扎克根本沒看過這名美女，不過馬車卻是他非常熟悉的，這之間的差異讓扎克陷入混亂，完全說不出話來。

接著，在她的後面又出現一位同樣裝扮的女子，讓一些男人露出疑惑表情。按照他們所聽說的，目標應該是一位不懂世故的千金小姐和一位管家老伯。

接著，又陸續出現一位說是少女也不為過的女子時，他們的疑問立刻拋到九霄雲外。如銀絲般的頭髮在月光反射下閃閃發亮，水汪汪的紅色眼瞳帶著妖豔的光芒。

看到如此美女登場，強盜們只能發出嘆息，甚至連感嘆的讚美都說不出口。這個瞬間證明了，當眼前出現真正的美麗事物時，連獸慾都會萎縮。

全身沐浴在神魂顛倒男子們的視線下，夏提雅臉上浮現淫靡的笑容，就這樣毫無戒備地走到男人們面前：

「各位，謝謝你們為了我而聚集在此。對了，你們之中地位最高的是哪位？我可以和他交涉一下嗎？」

看到強盜們的目光聚集到其中一人後，夏提雅判斷出已經獲得想要知道的訊息。也就是，其他人都可以不要了。

「妳……妳想要交涉什麼？」

像是隊長的人物在碰到絕世美女之後，這時才終於重新恢復神智，向前跨出一步。

「啊啊，請原諒我的不是，我說的交涉只是為了套出必要情報的一句玩笑話罷了。真不好意思呀。」

「你們到底是何方神聖……」

夏提雅看向如此發問的扎克：

「你就是那個叫扎克的傢伙囉。我會按照約定把你送給索琉香，所以是否能請你稍微讓開一下呢？」

有幾個人感到不解，像是在尋求答案般面面相覷，不過，在那些人之中——

「哼，明明是個ㄚ頭，身材倒是不錯嘛，等一下本大爺就讓妳嚎啕大哭。」

碰巧站在夏提雅面前的一名強盜，伸手往夏提雅那不符合年齡的豐滿胸部摸過去。接著——手掌就這樣掉落地面。

「可以不要用你的髒手碰我嗎？」

目瞪口呆的男子望著自己已經失去手掌的手臂，遲了一秒才發出慘叫：

「啊——手、手我的手——！」

「不過是失去一隻手而已，幹嘛那樣大呼小叫，這樣還算是男人嗎？」

夏提雅如此低喃後隨手一揮，男子的頭便隨之砰的一聲掉落地面。

手無寸鐵的纖細玉手是如何砍下男人的頭？眼前這幕如同惡夢般一點真實感都沒有的景象，讓所有盜賊全都嚇傻，精神受到強烈衝擊無法做出任何反應。不過，接下來的恐怖光景讓所有人全都回復意識。

從切斷部位噴灑而出的鮮血，簡直就像是擁有自我意識般，在夏提雅的頭上聚集，形成一顆血球。

夏提雅一行人知道這是由特殊技能「血池（Blood Pool）」造成的現象。不過，不知道這是什麼東西的人看到這種非人的技能後，最先出現的想法就是如此：

「是魔法吟唱者（Magic Caster）！」

若是了解魔法的人，應該會發出更加明確的警告吧。所謂的魔法吟唱者只不過是一種廣義的名稱，根據各種細分的職業，對付的方法也各不相同。尤其是看到夏提雅這種只有穿禮服的人，最先想到的應該是魔力系吧，接下來才是精神系。不過，對方卻沒有發出這樣的警告，可以判斷他們根本毫無魔法的相關知識。也就是說，只要看到那種莫名其妙的不明事物就認為是魔法。

了解到這點的夏提雅，帶著無趣的眼神看向周圍那些驚慌失措、提劍戒備的強盜們。

「真無聊，之後的攤子讓妳們收拾吧。還有，只有留下這個和那個……知道了嗎？」

「是的，夏提雅大人。」

隨侍在身後左右的吸血鬼一走向前，便出手擊往一名向夏提雅揮劍的強盜臉部，將他打飛出去。

眼前的光景就像是有人以金屬棒全力揮擊一般。

隨著一道有如塞滿東西的氣球爆裂的聲音，強盜在空中盛大地飛舞。混合著各式各樣——血液和腦漿的液體從腦袋當中飛濺而出。液體在月光的反射下閃閃發亮，因為恐怖更顯得無比美麗。

超過半顆腦袋遭到擊飛，從破裂處灑出粉紅色腦漿的屍體受到重力吸引，滾落地面而發出巨響。這道聲音正是賦予強盜們恐懼與痛苦，為夏提雅帶來喜悅的戰鬥鐘聲。

扎克露出僵硬笑容，看著眼前的光景。

過於慘絕人寰的一幕。

殘忍殺戮所造成的血腥味令人作嘔。

人的手腳像紙片般遭到撕碎，被雙手抓住的腦袋如石榴般破裂。

鎧甲遭到剝去而露出的腹部被手穿過，濕潤光滑的腸子被拉出來好幾公尺。這樣都還死不了，證明人類實在相當頑強。

在地面翻滾的是企圖逃走而被打斷雙腳的傢伙，可以看到白色的物體——骨頭刺穿了肌肉和皮膚。現在也依然用雙手在地面死命地爬行，努力掙扎著想要遠遠逃離恐怖源頭，即使多一刻也好想要繼續存活下去。

絕世美少女看著趴在腳下乞求饒命的男人，發出破音的笑聲感覺有些刺耳。

事情為什麼會變成這樣……

扎克拚命思考。

不管想要以多麼冠冕堂皇的話來掩飾，推動世界根源的天理還是弱肉強食。強者掠奪弱者是極為極為理所當然的事，一直以來扎克也都是這麼做。不過，即使如此強者就可以做得這麼過分嗎？

當然不行，他絕對無法認可那樣殘酷的殺害方式。那麼，該如何是好呢？對方只是剛好沒有攻擊自己，如果企圖逃走的話，對方一定會採取某些手段讓自己不敢再逃吧。例如使用最令人痛苦欲嘔的虐待法。

扎克從衣服外面觸摸藏在懷裡的短劍。

這把劍為什麼這麼小啊，絕對無法用這把短劍和輕易把人手臂切斷的怪物戰鬥。

自己到底做了什麼啊？他從沒想過要對那樣的怪物做些什麼。

扎克似乎想要盡可能地隱藏自己，以雙手抱住自己身體。他覺得自己規律地發出的牙齒碰撞聲很吵，要是那些怪物聽到這個聲音後找上自己該如何是好。

他雖然拚命忍住，但事與願違，牙齒依然繼續發出聲響。

話說回來，那些傢伙到底是什麼人？札克根本不認識他們。

正當他如此思考時——

「扎克先生，過來這裡。」

——突然，一道與這個殘酷光景完全不搭的悠哉聲音，從扎克背後傳來。

感到恐懼的扎克回頭一看，站在眼前的正是自己的雇主。

對方露出的表情，不像是平常那種會以高傲聲音大吵大鬧的雇主。如果夠冷靜，或許他會瞬間產生戒心，但已經被這個異常世界與血腥臭味搞到一團混亂的扎克，根本沒有多餘的心思可以察覺異樣。

「那些傢伙是什麼怪物啊！」

扎克以走音的高亢聲音向不懂世事的千金小姐大叫：

「既然有那些怪物在，為什麼不事先跟我說啊！」

沒錯，如果事先知道，事情就不會演變成這種地步。眼前這個可怕的景象都是這個臭娘們造成的。

「別不出聲，快點說話啊。搞清楚，這全都是妳害的啊！」

焦躁和恐懼變成催化劑，讓滿腔怒火的扎克感到不耐，伸手抓住索琉香領口，粗魯地前後搖動。

「……我知道了，這邊請。」

「妳……妳要救我嗎！」

「不，是要趁最後機會，好好享受你。」

一隻冰涼的白皙手掌握住扎克的手，索琉香就這樣拉著對方的手邁開步伐。

「因為塞巴斯大人不怎麼喜歡這種事。所以雖然已經獲得許可了，不過我想至少還是離遠一點吧。」

不知道她在說什麼。不過，扎克覺得只有自己被帶到別的地方，或許還有一線生機。

對於現在還不斷從後面傳來的慘叫聲，扎克裝作沒聽見。

這也是沒辦法的事，因為扎克實在太弱了。根本不可能前去解救那些照理說比自己還要強的同伴。

「不要太激烈喔，如果可以的話……希望你能溫柔一點，這樣我會很高興的。」

在馬車的後方，向扎克招手的索琉香如此低喃，將手伸到背後像是要脫去禮服。看到這副光景的扎克目瞪口呆，這個女人到底是在做什麼？帶著如同看見奇妙生物的眼神，扎克目不轉睛地盯著索琉香。在這段期間，索琉香的手仍然沒有停下的跡象，於是一頭霧水的扎克開口發問：

「妳……妳在做什麼？」

「你說呢？」

索琉香就這樣，繼續將穿在身上的緊身胸衣輕輕褪下。

像是在等待這個瞬間般，被緊緊束縛的雙峰彈了出來。那是非常堅挺的圓錐形狀，雪白肌膚在月光照射下顯得晶瑩剔透。

眼前的光景讓扎克不禁吞了一口口水。

「請。」

像是要求撫摸般，索琉香將裸露的胸膛挺向扎克。

「要我做什麼……」

扎克渾然忘我，只是凝視著眼前的胴體。

真美，那是扎克一生中看過最美的女人身體。

在扎克抱過的女性中，最美的還是那個旅途中在馬車上被自己襲擊的女孩。不過，輪到扎克時，那女孩已經精疲力竭，身體一動也不動，只像隻青蛙般張開雙腿而已，即使如此依然不失她的美麗風采。

但現在眼前的這個女人比她更美，而且不像那時候那樣毫無反應。

欲望點燃扎克的慾火，身體以胯下為中心開始發熱，像犬隻般不斷喘氣，將手滑向索琉香的身體。

像絲綢織成的布——就是那樣的觸感。

再也無法忍耐的扎克，一把抓住索琉香形狀姣好的胸部。

手就這樣整個沉了下去。

那種感覺真的像是柔軟到手整個沉了下去，扎克一開始是這樣認為。但看向自己的手之後，隨即發現情況並非如此。

就如同字面上的意思，扎克的手真的沉入索琉香的身體裡。

「這……這到底是怎麼回事啊！」

遇到如此不可思議的狀況讓扎克大叫起來，企圖把手縮回來，但手卻一動也不動。不僅動彈不得，甚至還被吸得更進去。就像索琉香的身體裡有許多蠢動的觸手，那些觸手纏住扎克的手，不斷吸入。

索琉香端正的五官，即使在這種異常狀況下依然毫無變化，只是靜靜注視著扎克。像是科學家觀察著被注入某種致命藥物的實驗動物，帶著冰冷、無情且充滿好奇與興趣的閃耀眼神。

「喂，快點住手！放開我！」

扎克空著的另一隻手握成拳頭，使盡全力往索琉香的俏臉揮去。

一次、兩次、三次——

即使拳頭受傷也無所謂，扎克以全身的重量出拳。那張端正臉龐即使受到男子全力攻擊，索琉香依然若無其事地一動也不動，似乎一點痛覺都沒有。

反觀扎克卻對命中時的觸感感到詭異，不禁毛骨悚然起來。

那種觸感就像是擊中裝滿水的柔軟皮囊一樣。正常情況下，揮拳的力道應該會反饋回來才對，但拳頭卻沒有半點撞到骨頭的衝擊，這絕對不是揍人時該有的感覺。

後方那因為興奮而被自己拋到九霄雲外的地獄光景，突然掠過腦海。
扎克壓抑住想要吶喊的衝動。
終於恍然大悟了。
眼前袒胸露背的女人也是個怪物。
「你終於察覺了嗎？那麼，好戲正式上場囉？」
於再次詢問前，像是有數百支針刺入的劇痛，從被吸入的手臂傳來。
「啊——————！」
「我正在融解你的手。」
在劇痛中聽到這道冷峻的聲音，札克無法理解這句話是什麼意思，因為這已經超乎扎克所認知的世界。
「其實，我很喜歡觀察東西融解的景象，因為扎克先生想要進入我的體內，所以我覺得這樣正好是你情我願。」
「呀——————！混蛋怪物，去死吧！」
忍住劇痛的扎克，撂下這句話的同時從懷裡拔出短劍。接著，就這樣一口氣往索琉香的俏臉奮力刺入，索琉香的身體稍微震了一下。
「活該！」

不過，扎克立刻發現自己的想法實在太過膚淺。

這樣和把短劍刺入湖面又有什麼不同？頂多只是讓湖面出現一些波紋罷了，事實上就是這麼回事。

保持短劍刺入臉上的狀態，索琉香轉動目光注視著扎克，然後輕聲告訴扎克：

「抱歉，我——具有對物理攻擊的抗性，所以這樣的攻擊無法傷害到我，那我把它融解掉囉。」

一股刺激性的臭味傳來。不到數秒，劍身遭到融解的短劍便從索琉香的臉上滑落。就如同她宣稱的一樣，一張毫無半點傷痕的美麗臉龐出現在眼前。

「妳到底是什麼人啊？」

劇痛到現在依然不斷從手臂傳來，但眼前這種面臨死亡的恐懼更勝劇痛，讓扎克幾乎快忘記疼痛，淚眼潸潸地如此發問。

但得到的回答卻是令人幾乎想要塞住耳朵的可怕內容。

「我是捕食型黏體（史萊姆）。時間有限，所以我得把你吞下去了。」

扎克的手臂轉瞬間被吸入索琉香的身體，那道吸力壓倒性地強大，即使扎克反抗也毫無意義。

「住手住手住手住手住手——！饒命啊饒命啊饒命啊！」

扎克大哭大叫，不斷求饒，但被索琉香吸入的吸力還是很強，那吸力絕非人類能夠抵抗，手臂、肩膀陸續被吞噬進去。

「莉莉雅！」

最後呼喚了這個名字後，扎克的臉被吞入索琉香的身體裡。扎克就這樣彷彿被蛇吞入的獵物般全身遭到吞噬——

不到幾分鐘，現場已經沒有任何生還者，變成一個只有飄散著強烈刺鼻惡臭的空間。

不對，還有一個男人活著，他拚命滑動他的舌頭，匍匐在夏提雅腳邊，把她半是出於好玩而踩破強盜的頭顱時，沾在高跟鞋上的某人腦漿舔乾淨。

夏提雅滿意地看著又變回光潔亮麗的高跟鞋。

「辛苦你了呀，那麼，按照約定我就不取你性命了。」

怕到整張臉扭成一團的男子，就這樣趴著身體對夏提雅露出感激眼神，不斷磕頭表達感謝。夏提雅則對這個如犬隻般的男人露出慈愛的表情，然後彈了一下手指。

「吸呀。」

當兩個吸血鬼來到身旁之後，男子才終於明白這句話代表什麼意思。

「因為不死者還是具有生命，所以我不算騙你喔。」

吸血鬼迫不及待地咬了上去，夏提雅斜眼看著生命力不斷被吸走的男子，開口對整理著凌亂領口，從馬車方向走來的索琉香問道：

「喔，已經結束了嗎？」

「是的，我很滿足。這次真的非常感謝您。」

「不需要客氣呀，因為我們同樣都是納薩力克的同伴嘛。話說回來，那個人類玩得還開心嗎？」

「正在享受當中喔，您要欣賞嗎？」

「咦？可以嗎？那麼，我就稍微見識一下吧。」

男子的手臂突然從索琉香的臉冒了出來，同時發出一股刺激性的臭味，臭味的來源就是那隻手臂。受到強酸侵蝕的肌肉已經腐爛不堪，從肌肉流出的血液和強酸產生反應，冒出陣陣濃煙。

宛如從湖面冒出的手臂，像是要抓住什麼東西般不斷扭曲掙扎。每次掙扎，露出的肌肉都會向外濺出液體。

「非常抱歉，我不知道他還這麼有精神。」

索琉香就這樣以臉上冒出手臂的詭異姿態低頭道歉。然後粗魯地將冒出來的手臂塞進臉裡，將還在拚命掙扎的手臂完全塞回去之後再次展現笑容。

「真是厲害呀，即使活活吞下一個人，外表也完全看不出來呢。」

「謝謝誇獎，外表看不出來是因為我的身體裡面本來就是空的。另外，我原本就是這樣的生物，所以我想大概是特殊的魔法效果發揮作用所致吧。」

「喔——或許是我多管閒事，不過他什麼時候才會死呢？」

「這個嘛，如果要我立刻殺掉，我可以分泌更強的酸液，不過難得有人類想進到我的體內，所以想讓他盡情享受個一整天。」

「我並沒有聽到什麼慘叫聲，是用強酸腐蝕了嗎？」

「不是的。如果用強酸腐蝕喉嚨，可能會讓對方無法呼吸而導致窒息，所以是將我身體的一部分伸進他體內藉此壓抑住聲音，這樣也能避免發出臭味。」

「這種重視玩物、能玩弄就玩弄到最後一刻的態度實在令人欽佩呢。順便問一下，用強酸腐蝕時，可以指定地方嗎？比方說，可以只腐蝕某個部位嗎？」

「是的，沒問題，可以輕易做到。證據就是在我的體內還存放著一些卷軸和藥水等道具，但那些道具都安然無恙。即使把夏提雅大人放進體內也可以行動自如，當然是在您不隨便亂動的情況下。」

「捕食型黏體還真是厲害呢……嗯。下次要不要一起玩呀？」

「沒問題，不過……玩具您打算上哪準備？」

索琉香的視線稍微往後方的吸血鬼瞄過去，夏提雅發現後露出愉快的笑容。

「那些丫頭雖然也是不錯，但我想等有人入侵時把他們抓起來，央求安茲大人把他們賜給我。」

「那麼，到時候請別忘了算我一份，我想把他們吞到胸口部分，其他部分則露在外面。這樣應該也很有趣。」

「不錯呢。妳和那位拷問官一定很聊得來吧？」

「尼羅斯特大人嗎？那位特別情報收集官？真的非常遺憾，我實在無法理解那位大人的藝術。」

夏提雅打算繼續說下去，不過卻被後面傳來的聲音打斷。

「索琉香，我這邊已經準備好了，差不多可以出發了。」

更換好馬匹韁繩的塞巴斯，從駕駛座上開口叫道。

「知道了，我現在就過去。那麼，夏提雅大人，雖然還有些依依不捨，但請容我先就此告辭了。」

夏提雅看著急忙跑進馬車內的索琉香背影，接著望向坐在駕駛座的塞巴斯。

「那麼，就在這裡和塞巴斯暫時道別吧。」

「這樣啊，這麼說來，妳已經發現強盜的巢穴囉。」

「是的，等一下要去進攻，準備找找看有沒有什麼傢伙，知道一些能夠討安茲大人歡心的情報呀。因為這次似乎是白忙了一場。」

「這樣啊，能夠和妳同行真的非常愉快，夏提雅大人。」

「那還真是謝謝了。就在納薩力克再見吧。」

「嗯，告辭了——」

第二章 真祖

Chapter 2 | True Vampire

1

有兩道人影在森林中奔馳著，那是身兼夏提雅僕役與愛妾的吸血鬼新娘。

兩人以彷彿要切斷森林般的速度奔馳在獸徑上。路況極差，左右兩旁不斷有細枝突出。不過，黑暗中的兩人禮服完全沒有被勾破，穿著高跟鞋以不像是在惡劣路面奔馳的速度不斷前進。

奔馳在前面的吸血鬼雙手小心翼翼地捧著夏提雅，奔馳在後面的吸血鬼則拖著像是枯樹幹的東西。

這個森林中的位置，距離和塞巴斯他們分手的地方並不遠，畢竟她們沒有里程表，無法得知離目的地還有多遠，但應該還需要跑很久。不過，一道堅硬金屬碰撞的聲音突然響起，讓跑在前面的吸血鬼因此立刻停下腳步。

這是一條狹窄的獸徑，前面的人停下腳步，後面的人當然也只能停下。

「為什麼突然停下來？」

跑在前面的吸血鬼新娘正要回答後方投來的疑問。不過，還沒回答前就先察覺到抱在手中的主人發出冷冽的眼神，身體劇烈一震。

背脊竄起一股冷顫，這都是因為她深知自己的主人並不是那種和善慈悲之輩。

被橫抱——或者說是被公主抱——的夏提雅不滿地輕輕伸了伸腳。

敏銳地察覺到這代表什麼意思的吸血鬼，放鬆雙臂的力道。

彷彿從籠子跳出來般，夏提雅翻身一跳。

她身手敏捷地跳向空中，穿著高跟鞋的纖細雙腳踩上地面，身上的禮服也跟著往下一滑蓋住雙腳。

一站到地面，夏提雅便感到厭煩地撩起銀色長髮，輕輕轉動脖子。

看到主人的冰冷眼神，吸血鬼不禁嚥了一口口水。

「到底是怎麼了呀？」

夏提雅不願在森林中奔跑純粹只是因為嫌麻煩，而且也不想弄髒自己的鞋子。另外還有一個原因，但在場沒有人會說出口也不會去想。因為那個原因即使是在納薩力克中，也只有少數幾個人敢當著她的面說出口。

既然被當成代步工具，除非有夏提雅的指示，否則吸血鬼新娘就不能無故停下腳步。她不需要一雙擅自亂動的腳。

根據亂動的理由，還有可能遭到酷刑侍候。

夏提雅的疑問中就是帶有這種感覺，不對，只是受到酷刑侍候還算謝天謝地呢。在剛才的疑問中甚至可以隱約感受到些許殺氣。

在納薩力克地下大墳墓中，除了由四十一位無上至尊親自創造的角色以外，其他所有人的生殺大權皆掌握在統治階級的樓層守護者和領域守護者手中。如果在這時候繼續惹惱夏提雅，可能會馬上遭到處決吧。

知道這個嚴重性的吸血鬼，感覺著接下來的這句話或許是自己的最後遺言，戰戰兢兢地開口請罪：

「請原諒我，我踩到了捕獸夾。」

夏提雅移動目光，看到吸血鬼的纖足被一個強力的粗糙金屬捕獸夾緊緊夾住。

那不是用來對付人類，而是用來捕抓野熊那種頑強生物的陷阱。如果夾到人的腳踝，即使穿著腿甲，夾子的力道恐怕也能輕易夾斷骨頭。不過——吸血鬼和普通人類有許多不同之處。

即使腳被捕獸夾咬碎獵物用的尖刺刺入，吸血鬼也毫無任何感到疼痛或是骨折的模樣，不僅如此，甚至連一點受傷的感覺都沒有。

吸血鬼除了銀或類似的特殊金屬，以及具有一定程度魔力的魔法武器之外，幾乎可以減輕所有物理攻擊傷害。擁有這種能力的他們，被只由鐵製成的捕獸夾夾住，根本不可能受傷。只要將捕獸夾拿掉，被夾住的傷口想必立刻就會復原。

然而即使能將損傷無效化，但捕獸夾還是充分發揮另一個效果，成功阻礙她們的行動。

這個陷阱沒有塗抹毒藥，所以可以清楚得知，原本的目的並不是要致獵物於死地。單純只是想要阻撓獵物吧。藉由增加負傷者來降低對手的行動力。

雖然沒說出口，但夏提雅還是一臉無奈地搖了搖頭。

「快點打開捕獸夾呀。」

「是的！馬上打開！」

聽到夏提雅的命令後，吸血鬼伸出纖細玉手，不假思索地將兩邊的夾刺撐開。捕獸夾抵抗不住比熊還要強大的力量，將夾住的獵物放開。

美女撬開捕獸夾的光景看起來很不真實，但知道吸血鬼力量的人並不會對這樣的光景感到大驚小怪。

「不過，竟然會出現陷阱，那就表示目的地已經不遠了吧。原本以為還很遠呢。」

「是的，請稍待片刻。」

跟在後方的吸血鬼，將手上那個如同枯樹幹的東西丟到地上。

那是身體水分全部盡失，完全木乃伊化的人類屍體。但這個屍體應該不是單純的死屍而已，證據就是被丟出去的屍體，有了虛假的生命，動作僵硬地活動起來。

枯枝般的手臂前端長出銳利的爪子，空虛的眼窩中——和吸血鬼一樣發出紅色光芒，微張的嘴巴冒出異常尖銳的犬齒。

這是名為低階吸血鬼的魔物。

就是剛才被吸血鬼吸光血的強盜之下場。

「我問你，這裡距離你們的巢穴不遠了吧？」

低階吸血鬼對自己的主人深深一點頭，發出類似呻吟也像哀號的聲音。

「——他是這麼說的，夏提雅大人。」

「是嗎，為什麼沒有設下連續啟動式的陷阱？」

除了捕獸夾之外，應該還要設下警鈴和其他陷阱才比較合理。但她們卻沒有發現類似的陷阱。

夏提雅環顧四周，大概是在查探附近有沒有什麼人躲藏吧。吸血鬼見狀也跟著一起搜尋，直到主人搖頭為止。

「……哎，算了吧，反正妳們又沒有搜索系的能力……」

聽到這句低喃後，吸血鬼這才發現自己被原諒的理由。

因為包括自己的主人在內，吸血鬼並沒有察覺陷阱的特殊技能，所以無法發現剛才的捕獸夾，也因此保住了一條命。沒受罰的理由可能是主人覺得，因為做不到的事而降下處罰太過不合理的緣故吧。

「早知道就把那丫頭借過來了。」

索琉香有習得暗殺者（Assassin）這個職業，擁有盜賊系特殊技能的她想必可以輕鬆發現陷阱等事物。

「哎，沒有的東西再怎麼強求也是無濟於事。那麼，快點前往盜賊們的巢穴吧。」

不久，終於來到傭兵巢穴附近。明明是在森林裡面，樹木卻愈來愈稀疏，穿過這裡後，已經完全看不到樹木，只有一片冒出許多石頭的茂密草原。

這種地形被稱為石灰岩地形。

在一個研缽形狀的窪地中央，地面有一個大洞，些微光線自洞窟內射出。從光線的感覺來判斷，內部應該是有一道緩坡通往地下吧。

設置在洞窟入口兩側的物體，一看就知道是有人故意設置在那裡的。

那是高度差不多到人類腹部的圓木製屏障，不過也沒有多了不起，只是以數根圓木隨便搭建而已，但左右各站了一名哨兵。

看來是想利用圓木當作掩蔽下半身的遮蔽物，如果遭到敵人的弓箭攻擊時，可以用來當作掩體，然後趁機通知同伴敵人來襲吧。

一般戰鬥的話——如果從這樣的距離襲擊對方，增援肯定會從洞窟當中到來，也會讓對方有時間可以準備武器。若是不想被對方發現，偷偷接近的話，周圍那些大到足以用來隱蔽身體的岩石也都被移開了。

不僅如此，哨兵的肩上還掛著大鈴鐺。就算遭到偷襲倒下，也會發出鈴聲通知裡面的同伴有敵襲。

可以說設想得相當周到呢。

不過，有一個方法可以解決這個無法從物理面下手的窘境。

那就是魔法。

施展「寂靜(Silence)」魔法後，一口氣趕盡殺絕。或者利用「透明化(Invisibility)」接近敵方，還是使用「迷惑人類(Charm Person)」引出對方也行。破壞鈴鐺也是一個不錯的方法。

哪種方法最好玩呢，如此思考的夏提雅發現有個重要的情報自己並不知道。

「入口只有一個嗎？」

面對夏提雅的提問，低階吸血鬼動作僵硬地點頭回應。

夏提雅露出微笑，如此一來就已經無須多做思考了。

固若金湯的防禦，可以用來對付企圖奇襲的敵人，也可用來以寡擊眾。不過，夏提雅她們並不一樣。

對於能夠以懸殊力量將人類像蟲子一樣擊潰的人來說，即使正大光明地長驅直入也毫無問題。唯一需要顧慮的是還有其他出口，因為會被對方從那裡逃走。

「這樣呀。那麼，既然已經來到這裡，也不需要躲躲藏藏了呢。因為人家實在不習慣偷偷摸摸的隱密行動呀。」

「因為只要是夏提雅大人的所到之處，那裡就會熠熠生輝嘛。」

「理所當然的事不算是拍馬屁，想拍馬屁的話還得多動點腦筋呀。」

不理會低頭請求原諒的吸血鬼，夏提雅伸手抓住低階吸血鬼的身體。

「我就把先鋒這個重責大任交給你囉。那麼，上吧。」

纖細的雙手揮舞，低階吸血鬼帶著劃破空氣的聲音命中一名哨兵。因為施加了垂直翻滾的力道，低階吸血鬼在空中翻了幾十圈後才命中哨兵。

兩人激烈碰撞，撞飛的方式猛烈到令人難以置信。不只頭部，哨兵連胸部都噴出鮮血，四處飛濺。

鮮血的腥臭味向外飄散，另一名哨兵似乎還無法理解眼前發生了什麼事，一副目瞪口呆的模樣注視著同伴的慘狀。

不過對於投擲的一方來說，卻是相當有趣的一副光景。

「好球——」

「太精彩了，夏提雅大人。」

兩位吸血鬼對舉手歡呼的夏提雅拍手稱讚。不用說，低階吸血鬼的身體也被砸個粉碎，但三人一點難過的樣子都沒有。原本那個低階吸血鬼就根本不是納薩力克的人，只是為了好玩而創造出來的傢伙，即使就此消滅，她們也沒有任何感覺。

而且對方不過是個人類，夏提雅的腦袋裡，完全不記得曾經跟他約定過什麼。

「那個，還有一個。」

夏提雅的目光在兩名吸血鬼之間游移，兩人見狀慌慌張張地拿起方便投擲的石頭遞給夏提雅。

「嘿咻。」

聽到鈴聲從遠方傳來，夏提雅抓起對她的手來說稍大的一顆石頭。

纖細玉手以驚人的速度甩動，下個瞬間，看到出現在遠方的結果後，夏提雅愉快地發表戰果：

「那麼，這一球……應該算是……兩好球吧？」

掌聲再次響起。

聽到鈴聲響起的哨兵，似乎正在大叫有敵人來襲，聲音傳到夏提雅她們這裡。

望著愈來愈吵鬧的洞窟內，夏提雅露出溫柔微笑開口命令：

「那麼，上吧。妳爬到附近的樹上監視，看有沒有人逃走。然後妳當前鋒負責開路。不過，如果有什麼比較強的傢伙記得告訴我，那可是我的玩具喔。」

「是的，夏提雅大人。」

「去吧。」

收到命令的吸血鬼領先夏提雅跨出一大步，慢慢邁向洞窟入口一帶——

——接著便消失身影。

大地陷落，不對，大地並沒有陷落，那是掉落陷阱。

如果是夏提雅或許可以在掉落之前避開陷阱，但以吸血鬼的瞬間爆發力，似乎還是來不及避開腳下土地瞬間消失的陷阱。

「咦——」

對於不具備特殊技能無法發現陷阱的低等奴僕來說，這也是無可厚非的事。所以剛才也原諒了她，不過即使能諒解，夏提雅還是不禁發出失望的聲音。接著，她臉上露出誇張的微笑。那既非出自溫柔，更不是充滿好意或因為害臊而露出的表情。

的確，仔細一想，洞窟前會設下掉落陷阱應該是可以事先預測到才對。但卻愚蠢到沒有看穿，甚至還上當，實在令人憤怒。內心湧現的這個情緒，就以笑臉表現出來。

在光榮的地下大墳墓中守護許多樓層的夏提雅・布拉德弗倫，這樣一個大人物的奴僕竟然中了這種陷阱，這點特別令她無法忍受。

一道充滿殺氣的聲音，從夏提雅的嬌豔紅唇中傾洩而出。

「我要把妳大卸八塊喔，還不快點出來。」

一個跳躍，吸血鬼出現在掉落陷阱的邊緣。身上的衣服雖然被泥土弄髒，但沒有出現受傷的跡象。

「別讓我太失望嘛。」

「非常抱歉——」

「算了，快點給我過去。還是說，妳也想跟那個垃圾一樣被我丟進去？」

夏提雅舉起一隻手作勢要抓人，吸血鬼發出慘叫般的聲音表示了解後，立刻小跑步奔入洞窟中。夏提雅則悠哉地跟在後面，緩步走入洞窟內。

2

喧鬧的聲音傳進他的耳裡，在分配到的私人房中整理武器的手停下來，豎起耳朵。

鼓譟、許多人匆忙奔跑的聲音，還夾雜著一點慘叫聲。

遭到襲擊是明確的事實，但還無法掌握敵人的數量和對方的本領。雖然在平常的訓練中都有要求遭到襲擊時，要大聲呼叫這些資訊才對。

並非聽不到聲音。雖然這是間私人房，不過是在洞窟內。只是以布簾代替門，設置在洞窟入口將空間區隔開來而已。雖然布簾很厚，但聲音還是能傳進來才對。

傭兵團「散播死亡劍團」總共將近七十人。這些人雖然沒有他那麼強，但還是不乏一些身經百戰的老將。

如果只是遭遇少數敵兵的奇襲，不可能造成如此混亂。如此一來，或許可以判斷來襲的敵人數量相當可觀，不過若是這樣就無法解釋為何沒有聽到敵人大陣仗的聲音，也感覺不到敵人有那麼多。

「那麼……是冒險者嗎？」

如果是人數極少又具有戰鬥力的人，會有這樣的異樣感也說得通。

他慢慢起身，將武器掛在腰上。身上穿的是鍊甲衫（Chain Shirt），穿起來相當省時。接著將放入數瓶陶罐藥水的皮囊掛在腰帶上，以繩子綁住。因為施有防禦魔法的項鍊和戒指早已戴上，因此準備就此結束。

他以幾乎要將之扯破的力道拉開布簾，來到洞窟的主要通路。

在牆壁上間隔相等地吊掛著數盞燈籠，裡面點著奪來的「永續光（Continual Light）」，明亮到令人無法想像是在洞窟之內。

光線映照出他的全身。

體型雖然修長，但不算削瘦，衣服底下的身材如鋼鐵般結實。那副身材是在實戰中鍛鍊出來的，而非靠肌力訓練。

頭髮只是隨便剪剪，所以並不整齊，看起來相當蓬鬆凌亂。褐色的眼睛銳利地瞪著前方，嘴角微彎看似掛著一抹冷笑。下巴像發霉般長滿亂七八糟的鬍渣。

雖然營造出邋遢的模樣，但走起路來敏捷而優雅，彷彿一頭野獸。

這男人一來到遭受襲擊的入口，立刻有名男子從入口的另一端跑來。看起來很面熟，是傭兵團的成員。這名傭兵看到他之後不禁露出勝券在握的笑容。

「發生什麼事了？」

「有敵人來襲，布萊恩先生！」

露出苦笑的男子——布萊恩開口回應：

「我知道有敵人來襲，對方有多少人？是什麼來頭？」

「是的！敵人有兩人，都是女的。」

「女人？而且只有兩人？應該不會是……蒼薔薇吧。」

傾頭感到有些困惑的布萊恩，朝著目前還在鼓譟的洞窟入口走去。

號稱王國最強的知名冒險小隊「蒼薔薇」由五名女性組成，布萊恩當時遇到的是老婆婆，雙方以兩敗俱傷收場。也曾聽說帝國中被認為最強的暗殺者是女性這種傳聞。

女性強者並不稀奇，雖然女人的基礎體能不如男性，但利用魔法就能輕鬆彌補其中差距。

當然，如果具有最強的體能再加上最強魔法，那更是所向披靡。

布萊恩對以寡擊眾的敵人感到欽佩，內心湧起沸騰熱血，以及渴望與強者對戰，近似飢餓感的戰鬥欲。

「嗯，你不用過來了，好好守住裡面吧。」

布萊恩如此告訴傭兵後，大步邁出步伐，挺身面對未知的強敵。

他的全名叫——布萊恩．安格勞斯。

原本只是個不起眼的農夫。不過他擁有一項天賦異稟的才能，那就是劍術的才華。而且在天賦異能的幫助下，他只要拿起武器就不會敗北。戰場上不曾受過比擦傷還嚴重的傷害，可說是名副其實的戰鬥天才。

不曾在劍術上嚐過敗績，永遠只走在勝利之路。

誰都這麼認為，連他自己也不曾懷疑過。但王國的御前比武卻讓他的人生出現轉變。

一開始他並不是為了贏得比武才參加，單純只是想讓整個王國知道自己的本領，想讓所有人都敗倒在自己的腳下。不過，最後的結果卻令人難以置信。

敗北——

從握起武器以來——不，或許該說是出生以來的首次敗北。

打敗他的人是葛傑夫．史托羅諾夫。現任王國戰士長，也是在周邊國家中眾所周知的最強戰士。

在對上之前，兩人幾乎都是不斷地快速贏得分組對戰。不過，兩人激鬥的決勝戰卻像是要把之前省下來的時間全部用掉般相當漫長。

最後，葛傑夫以一招「四光連斬」分出勝負，出身低下階級的葛傑夫目前成為戰士長，也就說明了當初那場至今依然被津津樂道的比武結果吧。在那場比武後，已經沒人敢瞧不起葛傑夫，甚至連討厭他的貴族也一樣。

勝者贏得榮耀，但落敗的布萊恩卻像是至今累積的一切全都付之一炬。雖然也算雖敗猶榮，但布萊恩了解到，打遍天下無敵手只不過是自己的一廂情願，自己不過是坐井觀天罷了。

封閉自己的內心超過一個月的他，突破了一般人都會想要借酒澆愁的絕望感，重新振作起來。

拒絕了好幾位貴族的邀約，第一次想要發憤圖強。

不斷習武，鍛鍊身體。

不斷學習魔法，增進知識。

天才卻像秀才那樣努力不懈。

失敗讓布萊恩更上一層樓。

不想要替貴族做事，那是為了避免荒廢自己的本領。習武就必須要有對象，同時也不想光是紙上談兵。而能夠經常參與實戰，收入又不錯的職業並不多。

沒有選擇走上能夠獲得豐厚報酬的冒險者之路，那是因為冒險者沒什麼機會殺人。雖然打鬥的對象是魔物也不錯，但布萊恩的最終目的是要戰勝葛傑夫。如此一來，對象就必須是人類才行。

在有限的選項中，布萊恩選擇的是這個「散播死亡劍團」。不過實際上，只要是傭兵團，不管是什麼傭兵團都無所謂。

追求的目標只有一個。

那就是一雪前恥，反敗為勝。

為了達成這個目標，必須擁有更強的本領。為了自己追求的武器，布萊恩可以拋棄所有一切。

魔法武器的價格非常昂貴，不過，他真正追求的並非單純的魔法武器。

距離王國相當遙遠的南方——有一座沙漠中的都市。偶爾會有削鐵如泥的武器從那裡傳來，即使沒有施加魔法，性能依舊遠遠凌駕平凡的魔法武器，因此往往都是價值連城，金額高到真的會令人瞠目結舌。布萊恩追求的就是那種武器。

最後他終於得到了「刀」。

如今布萊恩的實力已經昇華到極限領域。幾乎可以確信，即使是對上葛傑夫都能輕鬆獲勝。不過就算這樣，他還是沒有感到自大，仍毫不倦怠地持續鍛鍊。

只要閉上眼睛，那一幕就會隨時浮現腦海。

就是在過去比賽中欣賞到的葛傑夫戰鬥英姿。自己以往沒人能閃過的一擊卻被對方輕鬆躲過的身手，還有同時發出的四道斬擊。

無法想起自己的敗北模樣，腦海裡只有烙印著男人打倒自己的英姿。

走到洞窟入口的布萊恩，鼻子裡飄來淡淡的血腥味。已經聽不到慘叫聲，代表聚集到入口附近的同伴應該已經全都遭到消滅。大概只過了兩、三分鐘。

集結到入口的傭兵人數至少十人以上，對他們下達的命令是徹底防禦，替後方爭取備戰時間，但對方竟然在這麼短時間內將這些傭兵全數殺害——

「如果侵略者真的只有兩人，那就表示她們的本領和我不相上下囉。」

布萊恩咧嘴冷笑。

他就這樣帶著輕鬆的腳步，從腰帶的皮囊中取出藥水一飲而盡。帶著強烈苦味的液體滑過喉嚨，進到胃裡。接著又喝了一瓶——

一股熱氣開始從胃裡膨脹，流到身體的每個角落擴散開來。受到這股熱氣的刺激，肌肉開始增強發出緊繃的聲音。

這種急速的肌肉強化，正是瓶內魔法藥水的作用。

剛才先後喝下的魔法藥水，效果依序是「增強低階膂力（Lesser strength）」和「增強低階敏捷力（Lesser Dexterity）」。

不一定要喝進去，只要把一定量的藥水灑在身上也能發揮效果。但布萊恩覺得，喝進去比灑在身上的效果還要大。當然，這或許是自己的一廂情願，但有時候這樣的想法卻會發揮出意想不到的力量。

接下來，他取出油滴到出鞘的刀身上。油在刀身上留下些微藍白光芒，像是被吸進去般消失無蹤。施加的油名叫「武器魔法化（Magic Weapon）」，可以將魔法力量暫時施加於刀身，增加銳利度。

「啟動一、啟動二。」

對關鍵字出現反應，些微魔力從戒指和項鍊迸發出來籠罩布萊恩全身。

瞳之首飾（Necklace of Eye）是一種在發動時可以保護眼睛的項鍊，具有盲目化抗性、夜視、光量補正等效果。戰士就算有再好的武器，打不中就沒有意義。剝奪敵人的視力，再利用遠程武器從遠距離解決敵人，是身為冒險者理所當然的手段。其實，布萊恩在獲得這條項鍊之前，就曾在與冒險者的戰鬥中吃過這樣的虧。

接著，使用一種注入了低階魔法，能夠隨時發動魔法的魔法注入戒指（Ring of Magic bind），發動具有減輕屬性傷害效果的「低階屬性防禦（Lesser Protection Energy）」。

如果來襲的敵人當真只有兩人，那麼這兩人真的是值得做好萬全準備來挑戰的對手。等之後再來後悔為什麼不事先發動效果，那時候就來不及了。

這麼一來，準備就大功告成了。

他不斷深呼吸，將體內湧現的強烈熱氣排出。

現在的布萊恩，在肉體強化的加乘效果下，恐怕已經是人類之中最頂尖的劍士了吧。他對自己的能力充滿絕對的自信，臉上露出那種人特有的猙獰笑容。

已經做好萬全準備了，就讓我好好享受一番吧。

愈往前走，血腥味就變得愈加強烈——

眼前出現兩個身影。

「喂喂，妳們看起來好像很開心嘛。」

「不怎麼開心呀。不知道是不是這些人太弱了，血池怎麼累積都滿不了呀。」

相對於緩緩現身的布萊恩，對方以毫無戒心的一句話回應。想起來是因為對方早已知道布萊恩會出來面對的緣故吧。他本身也沒有隱藏蹤跡的打算，所以有這種反應或許也是理所當然。

看著眼前的侵略者，布萊恩稍稍皺起眉頭。

（聽說是兩個女人，但其中一個根本是個丫頭嘛，而且還穿著禮服……？）

不過，布萊恩立刻捨棄這種思考，那是因為堪稱絕世美女的少女頭上，正飄著一顆像是以鮮血構成的球體。

「好像不曾見過這種魔法……妳們是魔法吟唱者？」

兩人都穿著禮服這種不適合戰鬥的衣服，但如果是魔法吟唱者，就可理解她們為什麼不穿戴鎧甲了。

「我們是信仰系魔法吟唱者呀，信奉初始的血統，神祖凱因亞貝爾。」

「神祖凱因亞貝爾？沒聽過的神呢，是邪神嗎？」

「是那一類的沒錯呀。不過祂好像被無上至尊們打倒了的樣子。據說只是一個遊戲事件的小嘍囉級頭目呢。」

「真不愧是無上至尊。」少女口中說著。布萊恩將視線從她身上移開，觀察那位像是隨從的女子。這位女子也是個美女，胸部高高隆起，散發出刺激感官的性感氛圍。

白色禮服到處都是血色斑點，這麼說來，她才是前鋒吧。

布萊恩聳起肩膀後緊握刀柄。

「算了，我已經準備好了喔。如果妳們還沒的話可以等妳們，如何？」

少女吃驚似地望著布萊恩，接著掩起嘴角輕聲笑了出來。

「真是勇敢呀，你真的獨自一人就行了嗎？可以去叫你的同伴過來無所謂喔。」

「不管有多少小嘍嘍都傷不了妳們吧？那麼我一個人就行了。」

「無法理解星空有多高也是沒辦法的事嗎？只要伸手就能摸到星星這種幼稚的想法，讓亞烏菈那種充滿少女情懷的小孩去懷抱就很足夠了，都老大不小了還懷有那種想法只會讓人覺得噁心呀。」

「有這樣的人存在又有何不可，妳這種小丫頭怎麼懂得男人的浪漫。」

布萊恩將刀舉起，擺出刀尖朝前的架勢。看到此情景的少女有些無趣似地看了一眼天花板後，再次目視前方，接著——

「上呀。」

少女的下巴往上一抬後，女子便撲了上去。

那身手真的是宛如疾風，不過——即使是疾如風，布萊恩依舊能夠輕鬆斬斷。

「看招！」

隨著一聲吶喊，布萊恩舉刀從上往下奮力一揮。能夠輕易將身穿鎧甲的戰士一刀兩斷的勁道，宛如狂風吹襲。

「唔！」

「哼，砍得不夠深嗎。」

飛撲進攻卻遭到反擊的女子，按住肩口往後跳開。從左鎖骨砍入的刀，砍裂胸部而過。

布萊恩皺起眉頭瞪著對方。

竟然沒有一招就將對方解決，此外還有一件事也令布萊恩感到不解。那就是女子肩膀並沒有流出半滴血，照理來說，即使噴出大量鮮血也不奇怪才對。

難道是魔法？

如此認為的布萊恩，看到女子按住傷口的手底下所發生的現象之後，瞇起眼睛。

原本被砍裂的肩膀傷口竟然慢慢癒合起來。曾經聽說過有種高速治療魔法，但看起來感覺不像。那麼答案只有一個。

對方是擁有自我再生能力的魔物。外露的銳利犬齒，充滿敵意的紅色眼瞳，幾乎和人類相同的外型……

如此思考的布萊恩，終於察覺到魔物的真面目。

「吸血鬼……嗎？特殊能力是……高速治療、魅惑魔眼、生命力吸收、吸血創造低階種族、武器抗性、冰損傷抗性？記得好像還有……算了。」

不管還有什麼，全都不用理會啦。撂下這句話之後，他再次緊握刀柄。

女子睜大眼睛，紅色的眼瞳看起來異常巨大。

就在這個瞬間，布萊恩的腦中突然像是蒙上一層霧霾，對眼前的敵人甚至有種親切感。不過，他只是稍微甩甩頭就把這層霧霾甩開。

「……魔眼嗎？我的精神可沒有弱到光是這樣就會受影響喔。」

拔刀出鞘的布萊恩，內心真的就像刀劍一樣，輕鬆就把普通的精神控制一刀兩斷。

吸血鬼惡狠狠地露出利牙威嚇，不過這是帶有恐懼的威嚇行為。如果覺得自己比較強，根本不需任何威嚇，直接攻過來就行了。也就是說，遭到反擊後她覺得對方需要戒備，或者認為對方是個強敵吧。

「還滿聰明的嘛。不過野獸能夠做此判斷也是天性吧……」

布萊恩慢慢移動腳步，不斷向吸血鬼進逼。隨著對方的進逼，吸血鬼則稍微後退。

覺得無趣的布萊恩哼了一聲，認為這是對方在挑釁的吸血鬼停止後退，反倒稍微向前迎了上去。

兩者距離約三公尺，對吸血鬼來說這是一蹴可幾的距離。但即使如此，因為忌憚布萊恩的本領，她還是沒有撲上去。接著——露出微笑的吸血鬼突然伸出手。

「衝擊波（Shock Wave）。」

衝擊波扭曲大氣，逼向布萊恩。如果被這種可以輕鬆將全身鎧（Full Plate Mail）大大撞凹的魔法命中，只有穿著鍊甲衫的布萊恩可能會受到嚴重損傷吧。而且，只要中一招就可能大幅影響戰況，因為兩者的基礎能力大不相同。

不過——吸血鬼卻大吃一驚，睜大雙眼。

「等命中之後再來笑還不遲吧，如果不想要被我看穿攻擊動作的話。」

——毫髮無傷。

輕鬆躲開肉眼無法看見的衝擊波，布萊恩露出嘲諷的笑容。驚慌失措的吸血鬼往後退一大步。她原本認為人類不過是低等種族，打從心底瞧不起他。但現在卻是一副估計錯誤的錯愕表情。

布萊恩的情緒雖然沒有表現在臉上，但也知道有必要採用不同的戰法，因為完全沒想到對方竟然連魔法都會使用。

布萊恩的目標是葛傑夫這個男人，希望和他以劍交戰。因此，魔法並沒有鍛鍊到像劍法那樣高深。他不懂魔法的相關知識，根本猜不到對方接下來會使用何種招數。

結果，雙方只是全神貫注地瞪視著彼此。

對此感到不快的少女，已經對僵持不下的兩人感到不耐。

「唉，換手。」

少女彈了一下手指，這道清脆的聲音讓吸血鬼的身體劇烈一震。

看著急忙移開視線的吸血鬼，布萊恩一動也不動。

雖然是個絕佳的攻擊機會，但布萊恩卻沒有進攻。他也從與自己對峙的吸血鬼身上轉開視線，觀察起少女。

身材纖細，雖然胸部高高隆起，但卻消瘦到令人感到有些異常。那骨瘦如柴的手臂，如果布萊恩使出全力似乎能輕鬆折斷。

信仰系魔法吟唱者也有許多不同類型，她或許和擅長肉搏戰的神官(Cleric)不同，而是擅長魔法的女祭司(Priestess)，又或者是專精魔法的祭司(Bishop)。

不過，對方要求換手親自下場戰鬥，就表示她有絕對的自信即使沒有前鋒也足以戰勝。

這麼一來——想到此處的布萊恩輕輕一笑。

（不像是召喚出來驅使的樣子。這麼說來，這傢伙也是吸血鬼的同類囉。）

而且，從少女的態度看來，她應該比吸血鬼還更要高階。魔物的話，裡外不一是理所當然的事，即使少女的身體能力比剛才的吸血鬼還高也不奇怪。而且也是因為她即使見識到布萊恩身為戰士的高強本領，依然選擇戰鬥的緣故。

而吸血鬼的反應看起來像是在害怕。

（會讓吸血鬼感到害怕的主人……相當難纏的強敵，不能掉以輕心呢。）

一面打量少女的模樣，布萊恩不停動腦思考少女的真面目。

（說到吸血鬼的主人，難道是那個傳說中的吸血鬼王侯（Vampire Lord）？好像有一位著名的吸血鬼王侯，因為滅了一個國家所以被稱為「滅國」……不過，那傢伙被十三英雄消滅的事蹟依然傳頌至今呢。）

如果曾被過去的英雄擊倒過，那麼對方就不是無法被擊敗的對手。

布萊恩在握住的刀柄上施加力道，慢慢擺出攻擊姿勢。

「我叫布萊恩·安格勞斯。」

布萊恩對強敵自報姓名後，少女出現的反應是感到不可思議般地蹙眉。

感到有些難為情的布萊恩向少女問道：

「……妳叫什麼名字？」

「啊！你想要問我名字呀。科塞特斯的話或許會這樣做，但我不曾用那種眼光看人，所以比較晚察覺，抱歉呢，直接問我不就得了。」

少女抓起禮服的裙子，像是在舞會中受邀共舞般行了一禮。

「我叫夏提雅·布拉德弗倫。請讓我單方面地享受吧。」

對眼前舉起武器的男子優雅鞠躬，不知道是認為自己不會受到攻擊，或者自信滿滿地覺得即使遭到攻擊也能輕鬆應付。從少女的表情可以看出來，答案是後者——像你這樣的傢伙並不可怕。

——讓我來粉碎妳那好整以暇的態度。

布萊恩帶著連身經百戰者似乎都會感到害怕的銳利眼神，默默瞪向夏提雅。老實說，她好整以暇的態度令人討厭，但反之，她如此表現又正中布萊恩的下懷。

強者的自大。

敵人的這份自大正是人類的武器之一，可以藉此打敗身體能力遠勝於人類的魔物。事實上，布萊恩就曾經利用這種機會，解決過好幾隻比自己還強的魔物。

而且最重要的是——打敗之後再來嘲笑即可。在告訴對方「有些人可以這樣輕鬆小看，有些人可是不行的」這件事之後。

「你不使用武技嗎？」

——武技。

戰士在鍛鍊中，追求登峰造極的本領時學習到的特殊技能。這種能力被稱為武器中的魔法，有人稱之為氣或者氣場，是一種至今依然無法解釋的能量。

面對體型懸殊的巨大敵人時，只要學會「要塞」就能抵消巨大敵人發出的攻擊勁道，能夠與之正面交鋒。

如果學會能夠將氣聚集在刀身然後發出斬擊的「斬刃」，即使是體力充沛的敵人也能一招擊斃。

面對擁有堅硬裝甲的敵人時，就是毆打武器系的武技「強毆」出場的時候。

學會能夠暫時提高身體能力的「能力提昇」的話，便可以藉著基礎身體能力的差距贏得勝利。

身為戰士，像這樣預設各種狀況，學習豐富的武技，將這些武技變成自己的能力是理所當然的課題。尤其必須面對各種不同狀況的冒險者更是如此。

那麼，布萊恩的情況又是如何呢——

「哼，對付妳這種小丫頭，不需要使用武技吧。」

布萊恩如此回答夏提雅。不過這當然是欺敵的謊言，他可沒笨到將底牌掀給敵人看。

布萊恩緩緩吐氣，沉下腰，納刀回鞘。

預備拔刀的攻擊姿勢。

氣息又細又長。

將全部意識集中在一點，到達極限的瞬間，意識反倒開始向外膨脹。抵達可以清楚感知周圍的聲音、空氣、感覺之境界。這招正是他所擁有的其中一項獨創武技——「領域」。

雖然範圍不大，只有半徑三公尺，但這項武技可以清楚掌握範圍內所有一切事物。也就是可以將攻擊命中率和迴避率提昇到極限，這麼解釋或許比較容易了解。

加上布萊恩千錘百鍊的身體，可以讓這項武技發揮出非比尋常的力量。

就算是面臨箭如雨下的困境，他也有自信能夠分辨出射向自己的箭，毫髮無傷地度過難關。不僅如此，甚至連將有段距離的小麥顆粒一刀兩斷的精密動作也能辦到。

還有——

武器一旦命中生物的要害即可致死，那麼，只要追求能夠命中要害的技巧即可。

與其學習多用途的招式還不如專精於一點。追求比對手更加迅速、正確地發出致命一擊的過程中，布萊恩學會了第二項獨創武技——「瞬閃」。

高速的一擊已經到達無法躲避的速度，但他並沒有因此停止鍛鍊。

之後的鍛鍊可說非比尋常，已經到達數十萬，不對，已經到達數百萬次了吧。不斷練習「瞬閃」讓握刀的手長出專為此招特化的繭，刀柄部分也磨到變成手握的形狀。

如此不斷追求極限的結果，就是再次誕生新的武技。

揮砍過後，因為速度過快，連血都不會留在刀身，他感到自己已到達神之領域，所以他將此招稱為「神閃」。

此招一出，對手甚至連察覺都不可能。

結合這兩招武技，絕對必中的「領域」與神速一刀的「神閃」發出的一擊，無法迴避且一擊必殺。

此招斬擊所瞄準的目標是敵人要害。

特別是頸部。

謂之秘劍——虎落笛。

因為把敵人的頸部一刀兩斷時，會發出噴濺血液的聲音才以之為名。

對付吸血鬼的話，即使不會噴出血液，但只要能斬斷對方脖子幾乎就等於獲勝了吧。

「你差不多準備好了吧。」

對於依然不發一語，只是持續細長呼吸的布萊恩，夏提雅感到無趣似地聳了聳肩。

「我已經準備好要進攻了喔，如果你還有什麼事要交代就趁現在快說吧——」

經過片刻——

「——開始蹂躪吧。」

夏提雅愉快地如此宣告後邁出步伐。

（開什麼玩笑，等妳人頭落地後再繼續這麼從容不迫吧。）

布萊恩沒有把話說出來。因為覺得如果說出口就會讓之前的屏氣凝神前功盡棄。夏提雅輕鬆寫意地邁步前進，感覺毫無防備，步履輕盈到簡直像是要去野餐。完全不像是戰士的步伐，布萊恩忍住差點發出的苦笑。

他只覺得愚蠢，但絕對不給機會。

繼續使用「能力提昇」，布萊恩在等待敵人進入自己的「領域」，同時也是攻擊範圍內的那一瞬間。自以為是絕對強者的愚蠢魔物大都是這樣。人類的確是脆弱的生物，身體能力也較差，也沒有特殊能力。

（不過，我就讓妳知道，瞧不起人類是多麼危險的行為吧。）

布萊恩在心中如此低語，武術的產生正是為了用來對付比人類更強的生物。

（——一擊解決妳。）

通常愈是驕傲的魔物，陷入絕境時愈是會痛苦掙扎。如果沒有一招將對方解決，她一定會向吸血鬼求救吧。那麼一來，就會變成以一敵二，即使是布萊恩也難免陷入苦戰。

因此必須一擊必殺。

布萊恩面無表情，內心發出嘲笑。

嘲笑對方這種輕鬆自在地靠過來的行為，可能是還不知道自己正走在通往斷頭臺的階梯吧。

還有三步、兩步。

……一步。

接著——

（——妳的項上人頭我收下了！）

在心中撂下這句話的布萊恩，全力出招。

「呼！」

發出又短又強的一道氣息。

刀身從刀鞘中拔出，劃破空氣斬向夏提雅頸項。

如果要形容這招的速度——那就是閃電。看到光的時候腦袋已經落下——就是這麼快。

經過數百萬次的練習，才得以到達神之領域的一閃。

（贏了。）

布萊恩如此確信——

——不禁瞠目結舌。

斬擊落空，自己的渾身一擊被避開。

如果是這樣的話，他或許可以承認，無法想像的強敵終於出現了吧。

但是——

夏提雅是以指頭夾住。

她夾住了布萊恩閃電般的一擊。

而且，還像是拈起蝶翼般那樣輕柔——

感覺空氣似乎整個結凍，布萊恩不斷拚命呼吸。

「……怎、怎麼可能。」

他以幾不可聞的聲音喘著氣。

布萊恩拚命忍住快要顫抖的身體，眼前這幕光景令人匪夷所思。不過，在自己伸出的刀身上面，確實有兩隻夏提雅白玉般的指頭——拇指和食指。

而且，還不是從前方夾住刀刃，而是彎曲手腕九十度從後方夾住刀背。沒有進入刀的軌道，而是追上刀的速度——「神閃」。

雖然對方看起來像是毫不費力地輕輕一夾，但布萊恩卻是使盡全力，不管繼續往前砍或往後拉都是不動如山。像在拉扯一條綁在一塊比自己重上數百倍的巨石上的鍊條。

加諸於刀身的力量突然增加，反倒讓布萊恩差點失去平衡。

「哼，科塞特斯也有幾把刀，但使用者是如此天差地別的話，根本起不了半點戒心呢。」

夏提雅將夾住的刀提到自己面前，目不轉睛地注視著。

理解對方在說什麼的布萊恩，腦袋變得一片空白。

那是宛如人生全部遭到否定的絕望感。

即使如此他依然沒有一蹶不振，那是因為過去也曾敗北過。像是斷掉的骨頭會變得更粗更硬一樣，對敗北這種狀況產生了抗性。

實在是令人無法置信，但也只能面對。

面對這個神速一擊被輕鬆夾住的事實。

受到這個衝擊幾乎要讓布萊恩臉色鐵青，夏提雅對這樣的他皺起眉頭感到訝異。接著聽到一道感到失望狀似做作的嘆息聲傳來。

「姑且明白了吧？你不使出武技是不可能打贏我喔。如果明白這一點，就不要保留，差不多該全力以赴了吧？」

耳裡傳來這句殘酷的言語，讓布萊恩不禁脫口咒罵。

「妳這個怪物——」

聽到這句咒罵的夏提雅露出天真無邪的微笑，像是盛開的花朵般燦爛。

「這樣呀。你終於明白了嗎？我是一個冷酷、無情、殘忍——又惹人憐愛的怪物呀。」

一放開夾住刀身的手，夏提雅就往後跳開一大步，那是她原本的位置。大概連一公釐的偏差都沒有吧。

「你差不多準備好了吧？」

夏提雅露出開心的笑容，和剛才相同的台詞讓布萊恩感到氣血上湧。到底要小看我到何種地步？反之，知道對手能夠如此游刃有餘地瞧不起應該已經強到人類極限的自己，也讓布萊恩不禁害怕起來。

（——要逃走嗎？）

布萊恩覺得能活下來比較重要。打不贏就逃走，將來再回頭雪恥。只要活下來，最後贏得勝利即可，因為布萊恩覺得，自己一定還有變強的空間。

可是即使想要逃跑，身體能力的差距如此巨大，又能有什麼辦法呢。

布萊恩像是被目光點醒般，仔細確認瞄準的地方。

瞄準的地方是腳，降低對方的移動速度，然後全力逃走。

避開剛才對方擋住自己全力一擊的雙手所及範圍，進攻難以防禦的地方。

如此決定的布萊恩注視著對方脖子，同時收刀入鞘，在「領域」發動時，即使閉著眼睛也能命中瞄準的目標，那麼利用眼神來欺敵就是理所當然的道理。

「——開始蹂躪吧。」

夏提雅再次裝模作樣地邁出步伐。

雖然之前期望對方進入「領域」，但現在剛好相反，可以的話希望她別踏進「領域」。

到底是多懦弱啊。布萊恩在心中如此斥責自己，但即使想要發憤圖強，也無法燃起任何鬥志，已經像是燃料耗盡的火焰。他嘖了一聲，就這樣利用「領域」觀察夏提雅的步伐。

三步、兩步、一步——

——進入範圍。

注視著對方脖子的布萊恩，在視野內看見夏提雅浮現嘲笑般的表情。

——瞄準的是一個點，對方踏出的右腳踝。

往下揮出手上長刀，利用本身的體重盡可能加快速度。

拋開精神壓力，可以確信速度比剛才還快。如果自己是防禦的一方，這樣的速度絕對無法閃避。

（行得通！）

即將砍掉對方裙襬底下稍微露出的少女纖細腳踝時——

——刀柄卻從布萊恩的手上滑掉。

沒有改變視線方向的布萊恩，不知道此時到底發生了什麼事。不過「領域」所賦予的特殊感知能力，讓他清楚地知道自己的愛刀掉落地面，還有刀背被牢牢踩在一隻穿著高跟鞋的腳上。

不可能。但這是不爭的事實。

刀之所以從布萊恩的手上滑落，是因為刀身被高跟鞋從上踩踏後，衝擊力道傳到手上的緣故。

不願相信的理由只有一個。

因為就算自己已經將專注力提升到極限，還是無法察覺到對方的動作。沒錯……即使是在自己引以為傲的「領域」之內。

只要一伸手就可輕鬆命中。在這樣的距離下，向下俯視的夏提雅眼神冰冷地注視著布萊恩。這股驚人的壓力幾乎要將空氣連同布萊恩一起壓垮。

布萊恩氣息紊亂地不斷呼吸。

汗如雨下，濕透了布萊恩全身，湧現強烈的嘔吐感。視野不斷晃動。

他曾經闖過好幾次驚險場面，身陷絕境也像是家常便飯。不過，和現在面臨的狀況相比，那些地方簡直像是以假亂真的——兒童遊樂場一樣。

高跟鞋離開刀身，夏提雅默默往後跳開一大步。

「——你差不多準備好了吧？」

「！」

對方第三次說出的這句話，讓人強烈地感受到無比絕望。

接下來會冒出來的話是「開始蹂躪吧」。不過，如此認為的布萊恩，聽到的卻是不同的一句話。

「你不會使用……武技嗎？」

帶著憐憫與驚訝的這道聲音，讓布萊恩倒吸一口氣。

無言以對。不，應該說不知道該說什麼才好。要不要像個小丑般開玩笑地回應說：剛才已經使用了，但卻被輕易破解了呢。

咬緊下唇的布萊恩撿起掉在地上的愛刀。

「……難道你並沒有那麼強？我還以為你比剛才入口那些傢伙還強呢……不好意思呀，我評估強度的測量標準是以公尺為單位，一公釐、兩公釐的差異我可是判斷不出來呀。」

自己毫不鬆懈的努力。

和葛傑夫比武時，對自己的才能自恃過高，沒有努力才敗給努力的人。正因為如此，那次的失敗才會在自己的心中昇華成一種動力。

帶著想要從失敗之處站起來的心情，認真鍛鍊出來的一切成果，全被眼前這個怪物視如糞土。

（這不合理吧。一直以來，不管是多麼瞧不起我的魔物，還是嘲笑我說身體能力差勁的那些怪物，都一一收拾掉的我——）

如此思考的布萊恩壓抑住湧現的想法，取而代之地——

「啊————！」

發出怒吼，對夏提雅出招攻擊。提刀朝面帶詫異表情觀察著布萊恩的夏提雅——以全身的力量揮砍下去。

動員全身肌肉揮出的這擊，能輕易地將穿著盔甲的人類一刀兩斷。

夏提雅一點想要躲開這驚天一擊的意思也沒有，只是注視著揮下的白光，讓布萊恩湧現得手了的想法。

不過之前才目睹過的不可思議光景，否定了他的想法。有可能這麼容易就得手嗎——下個瞬間，證明了這個預感才是正確的。

一道清脆的聲音響起，布萊恩再次見到一幕令他無法置信的光景。

夏提雅以高速移動的左手，其小指指甲——約兩公分左右的指甲彈了一下。而且夏提雅的手看起來根本沒有用力，握起的拳頭中間有空隙，小指還輕輕彎曲。
用這種連玩遊戲都稱不上的動作，彈開了布萊恩的全力一擊。
彈開能夠砍斷全身鎧、擊碎劍、貫穿盾的一擊——
拚死凝聚快要遭到粉碎的意志，在受到衝擊而顫抖的手上灌注力道，再次舉起長刀揮落，結果——還是被夏提雅隨手彈開。
「呼啊——」
夏提雅裝模作樣地打了一個哈欠，當然有伸出空閒的那隻右手摀住嘴巴。目光也故意看向天花板，看來已經完全沒有將布萊恩看在眼裡了。
即使如此。
即使如此——布萊恩的刀依然遭到彈開。
被左手的一根小指——
「哇喔喔喔——————！」
布萊恩的喉嚨發出咆哮。不，並非咆哮，那是哀號。
橫掃——遭到彈開。
斜掃——遭到彈開。
正面斬——遭到彈開。

斜刀——遭到彈開。

縱刀——遭到彈開。

橫刀——遭到彈開。

不管從哪一個角度，揮往哪一個方向的攻擊，全都遭到彈開。

感覺就像是刀被吸往指甲所在的地方一樣，在此瞬間布萊恩才終於完全明白。

對方是真正的絕對強者，即使自己不斷努力、天賦異稟，別說要到達對方那個領域，連腳邊都到不了。

「唉呀，你已經累了嗎？不過話說回來，這個指甲剪還真不夠利呢。」

聽到這句像是感到意外的話語，布萊恩停下揮刀的手。

刀能夠剷除山嗎？這是不可能的事，不管哪個小孩都知道這種理所當然的道理。那麼，能夠打贏夏提雅嗎？只要和她對戰，不管哪個戰士都會知道那個答案，

根本不可能打贏她。

人類絕對無法打贏強到超越人類想像的對手，假設若真的有能和她一較高下的人，那一定是超越人類的強者。遺憾的是，布萊恩只不過是到達人類最高極限的戰士。沒錯，反正不管再怎麼努力，在出生為人的這個階段，永遠都不過像是嬰兒拿棍子亂揮一樣。

「……我……非常努力……」

「努力？毫無意義的一句話呢。因為我出生的時候就已經很強了，所以不曾為了變強而努力呀。」

聽到這句話的布萊恩笑了出來。

至今所有一切努力全是白費，我到底在自戀什麼啊，認為自己是天才？

手腳像被大石壓住般感覺沉重。

「……？哈哈哈哈哈，你在哭什麼呀？有遇到什麼難過的事嗎？」

雖然明白夏提雅好像說了些什麼。不過，聲音彷彿是從遠方傳來般無法聽清楚。

即使壓破手上的水泡也要揮舞沉重的鐵棍，這種努力已經失去意義。穿著重量鎧持續奔跑也沒有意義。獨自一人驚險地打贏魔物也沒有意義。

全都沒有意義，布萊恩的人生也沒有意義。

在真正強者的面前，布萊恩和過去那些自己嘲笑過的無能弱者沒什麼兩樣。

「我真是個笨蛋……」

「……已經滿意了嗎？那麼差不多該結束了？」

伸出小指的夏提雅笑嘻嘻地靠過來後，布萊恩叫了出來。那聲音並非剛才那種戰士般的咆哮，根本像是小孩的哭聲。

布萊恩狂奔而出。

背對著夏提雅。

布萊恩剛才已經深刻體驗過夏提雅的身體能力，想必會立刻被她追上。

但就算如此他也不在意。不對，布萊恩已經沒有餘力顧慮那種事。只是毫無戒備地露出背後，一把鼻涕一把眼淚地皺著臉拚命往洞窟裡逃跑。

這時候，一道氣息有如混著鮮血的無邪少女聲音，從布萊恩背後傳來。

「這次是要玩鬼抓人嗎？你願意陪我玩各種遊戲囉？那我就好好享受一下吧，哈哈哈哈哈哈。」

3

冰涼的空氣吹過大廳，透過屏障的空隙，拂向後方的傭兵團「散播死亡劍團」——所有殘存的四十二名傭兵。

因為大廳是洞窟中最為寬闊的地方，所以這裡通常被用來當作吃飯的場所。不過現在已成了臨時要塞。

這個做為傭兵巢穴的洞窟，以位於最深處的這個細長大廳為中心，呈放射線狀向外延伸出數個較小的洞窟，分別當作個人房、武器室和糧倉使用。因此只要此處被占據，其他地方就會成為被各個擊破的對象，所以遭到襲擊時會以這裡當作最後防衛線的陣地。

雖然稱為陣地，但並非使用什麼像樣的材料搭建。

先將簡陋的桌子推倒，然後堆上一些箱子搭成簡易的屏障。接著在大廳入口和屏障間綁上幾條大約高到人類腹部的繩子，利用這樣的屏障來防禦侵略者的突擊，在敵人衝到屏障之前可以避免近身肉搏。

幾乎全員都在如此搭建出來的防衛陣地後方，分別配置在中央、右翼和左翼等位置，手持十字弓待命。

即使進入射擊戰，以入口寬度和大廳的大小來看，大廳的一方占有絕對優勢，再加上所有人員分散開來，若敵人想要攻擊任何一處，就會被其他地方進行攻擊。即使遭到範圍攻擊，因為隊伍分散也難以有效打擊。這就是以互相掩護為原則設想出來，名為十字砲火的陣形。

雖然陣形簡單，但能和大於己方人數的敵人分庭抗禮，然而在陣地內的人們卻浮現不安神色。

顫抖的身體讓身上的鍊甲衫也跟著震動，發出鎖鏈摩擦的聲音。

洞窟內的溫度的確不高，即使在夏天都可以過得相當舒適。但現在侵襲他們的，和寒冷有些不同。

方才從入口處傳來大笑聲。因為洞窟內會產生回音，導致性別不明的高亢笑聲，正是讓他們冷到骨裡的原因。

「散播死亡劍團」的最強男人——布萊恩．安格勞斯。既然他都已經出去迎擊了，沒有必要再搭建什麼屏障之類的意見，一下子就被那道笑聲粉碎。

不可能有人能打敗布萊恩。之前他們都如此認為。

布萊恩的實力超脫凡人，即使是帝國騎士也絕非他的對手，甚至是魔物也不例外。他可以一招擊斃食人魔，單槍匹馬闖進哥布林大軍，像風火輪般橫掃千軍。如果傭兵團「散播死亡劍團」和他正面交鋒，恐怕他也能夠取下所有人的首級吧，如果不稱他為最強男人還能稱作什麼。

但這樣的男人卻被打敗了，這代表什麼意思呢？

即使和布萊恩對戰都還能笑得出來，從這個事實得出的答案只有一個。

誰都明白，但卻沒有人敢說出口。

他們唯一能做的，就是彼此默默看著對方。

聚集在這裡的所有人全都默不出聲地注視著大廳入口——洞窟入口的方向。

緊張的情緒不斷膨脹，就在這個時候——

傳來一道奔跑的聲音，聲音變得愈來愈大。

有人吞了一口口水，一道咕嘟的聲音響起。寂靜籠罩的空間，開始此起彼落地發出拉弓的聲音。

從傭兵們人人注目的大廳入口中，狂奔而來的是一位氣喘吁吁的男子。箭沒有朝向那男人飛去可說是令人吃驚的奇蹟。

「布萊恩！」

傭兵的首領——傭兵團團長大聲呼喚。不久後大廳內爆發出一陣歡呼聲，這是喜悅的歡呼，認為他一定是打敗了侵略者。

響起了拍打身旁同伴肩膀，稱讚布萊恩的聲音。

大家不斷呼喊布萊恩的名字，在一片讚賞聲中，一隻手無力地握著武器的布萊恩站在大廳入口處，默默環顧傭兵們的臉。

不，不對。那表情像是在尋找什麼東西。

感受到布萊恩這種異於往常的態度，歡呼聲像是遭到壓抑般慢慢停了下來。

布萊恩朝著屏障奔馳而去。

「喂！等一下，現在幫你開啦！」

不理會同伴的聲音，布萊恩硬把身體鑽進屏障，分秒必爭地強行穿過屏障後，就這樣默默繼續奔跑。

布萊恩在感到目瞪口呆的盜賊們注視下，打開用來當作倉庫的洞窟門扉，衝進裡面。

「怎麼回事？他有存放什麼東西在那裡面嗎？」

「誰知道？感覺有點不對勁……好像還哭過……應該不可能吧！」

伸長脖子望著關起來的門，傭兵們對眼前發生的怪異景象感到一頭霧水。

這裡面只有一個男人大大皺起臉來，就是團長本人。因為只有他——不對，還有布萊恩，只有他們兩人看穿事實的真相。不過，他沒有時間去確認自己的想法是否正確。

一道輕盈的腳步聲響起，一名陌生人自入口慢慢現身。

大家當然對那人的相貌沒有任何印象。傭兵團當中沒有人對這名陌生人有印象，那就表示她正是引發騷動的侵略者，吵鬧聲瞬間停了下來。

不可能。這麼一來，布萊恩出現在這裡的原因便出現一百八十度轉變，侵略者還活著就表示，他是逃回來的。

現身的侵略者只有一個人，那人彎腰駝背顯得有些異常。

身材並不高大，看起來是名少女。雙手無力下垂，頭也完全低下來。令人感覺奇怪的是，從頭的位置和脖子底部的位置判斷，對方的脖子感覺像是常人的三倍長。

那人完全不理會光滑的銀色長髮碰到地上，拖著頭髮緩緩進入大廳，製作精美的黑色禮服，看起來彷彿籠罩著一股黑暗。

誰都沒有說話。

異常詭異的模樣，還有幾乎令心臟停止跳動的寒氣。

頭緩緩地——動起來，完全被銀絲般頭髮覆蓋的臉上，閃爍著兩道紅色光芒，那光芒慢慢變得像針一樣細。

每個人都明白了那是什麼意思，不對——是不幸地明白了。

對方正在笑。

那可怕的少女迅速抬起頭來，出現眼前的是一張端麗的俏臉。不過，對於看過她剛才模樣的人來說，已經沒有什麼事比這幕光景還要令人噁心了，如此端正的五官，看起來像是一張由超一流藝術家雕刻出來的面具。

「大家好，我叫夏提雅．布拉德弗倫。這裡就是終點？所以鬼抓人也要結束囉？」

口中冒出這句令人一頭霧水的話，少女——夏提雅轉頭環顧四周一圈。不過好像是因為沒有找到目標人物，她美麗的臉龐皺了起來，在沒人插嘴的寧靜中，少女的聲音再次於大廳中響起。

「這次換玩捉迷藏——？」

呵呵呵地發出愉快的笑聲。似乎覺得很有趣，夏提雅低著頭笑個不停，銀色長髮遮住了她的臉。
傭兵們對如此異狀倒吸一口氣後，夏提雅的笑聲就變得愈來愈大。
「哈哈哈、哈哈哈、呵呵，哈哈哈、哈哈哈哈哈哈！」
大廳響起捧腹大笑的聲音，少女也同時緩緩抬起頭來。
那張臉讓盜賊們感受到彷彿心臟被緊緊捏住的衝擊，血管也像是被注入寒氣的感覺。
那張臉已經變得不再美麗，從虹膜滲出的顏色，將眼球完全染成血紅色，剛才還有兩排整齊潔白牙齒的嘴巴，也冒出許多排猶如針筒般細白，像鯊魚嘴上的那種利齒，口腔發出粉紅色的淫穢光芒，透明的口水從嘴角不斷滴下。
「哈哈哈、呵呵、哈哈哈哈哈哈、哈哈哈！」
夏提雅齜牙咧嘴浮現笑容，發出好幾十次難聽的笑聲，有如失去音準的鐘聲。
大廳的空氣發出陣陣哀號。
即使在這樣的洞窟中，這種聲響還是令人感到異常，感覺像是連空氣都受不了而跟著一起和聲一樣。
——少女？
——魔物？
——妖怪？

都不是。
那是恐懼的具體化象徵——
因為太過濃烈，即使距離相當遠，還是可以聞到氣息中的淡淡血腥味。不僅如此，感覺似乎連空氣也被染成紅色一樣。
「哇啊————！」
發出慘叫，一個太過驚恐的傭兵按下十字弓的扳機。
破空而去的箭深深刺入夏提雅的胸膛，命中一箭的夏提雅不禁微微踉蹌。
「——發射！」
聽到團長聲音後，全都回神的傭兵們驅逐心中的恐懼，一同啟動十字弓。
射出的箭，發出下雨般的聲音此起彼落，不斷射入夏提雅的身體。
總共發出四十支箭，有三十一支命中，每支箭都深深刺入身體。在這樣的距離下，即使是金屬鎧也能刺穿，所以這是理所當然的結果。
而且有四支箭射進頭部，對人類而言絕對是致命傷。
「打倒了……」
有人低聲叫了出來。
這是每個人都抱持的希望之聲，雖然對方還站著，但全身被箭射成像刺蝟一樣。以常識判斷，應該已經死透了才對，雖然腦袋裡如此認為，但還在心中一角冒著煙的恐懼火種仍然沒有熄滅。

彷彿受到敏銳第六感的驅使，傭兵們開始裝填新的弩箭。

這時候——夏提雅動了起來。

宛如指揮者要開始揮舞指揮棒一樣，大大地將雙手緩慢——張開，原本刺入身體的箭慢慢往外吐出，全都掉落地面。掉落在地上的箭連一滴血都沒沾上，箭頭也毫無凹陷，彷彿不曾使用過一樣。

夏提雅笑了出來，浮現臉上的醜惡笑容可說是名副其實的獰笑。

感到害怕的傭兵們此起彼落地發出慘叫，像是受到推波助瀾般，無數的箭再次劃破空氣射向夏提雅。

無數弩箭貫穿眼球、射破喉嚨、刺入腹部，陷入肩膀。身陷如此困境的少女卻只是有些不耐煩，彷彿只有被小雨淋到而已。

「明明沒有用——還這麼努力啊——————」

她往前踏出一步，接著——往上一跳。

地上到天花板的高度約有五公尺，少女輕輕一躍，便優雅地降落到屏障的另一端，感覺想要碰到天花板可說是輕而易舉。高跟鞋著地的聲音響起，身上的箭也隨之全部掉落。

轉頭望向在自己後方裝填十字弓的傭兵。

踏進一步——出拳。

看起來根本沒使上腰力，只是隨便伸出手的一拳。不過速度卻是非同小可，破壞力也是不同次元。

被打中的傭兵身體遭到貫穿，就這樣被打往屏障飛去。一道轟天巨響響起，徹底將支撐屏障的樹木粉碎，木屑四濺。

在沉默的幕簾籠罩之中，只聽到木屑掉落地面的聲音在大廳中此起彼落。

瞠目結舌的傭兵們停下裝填十字弓的手，呆呆注視著夏提雅。

夏提雅伸出食指插進浮現在頭頂的血塊後再拔出來，拉出了一道血絲，在夏提雅面前變成文字，那文字類似梵字或符文，名為魔法文字。

那是夏提雅的職業之一嗜血者（Blood Drinker）能夠學會的特殊技能：血池（Blood Pool）。這個魔之血塊可以將被害者的血儲存起來用在各種用途上。而且還能從中吸出魔力，這樣就能在不追加消耗ＭＰ的狀況下，發動魔法強化系的特殊技能。

——魔法抵抗難度強化·內部爆破（Penetrator to Magic implosion）——

發動這招第十位階的魔法——最高階魔法之後，十個傭兵的身體開始從內部膨脹起來。

連發出哀號的時間都沒有，只能眼睜睜地看著不斷膨脹的身體，露出不知道發生什麼事的恐怖表情。下個瞬間——像是氣球破掉的清脆聲音響起，身體爆炸開來。

「哈哈哈、哈哈哈、呵呵，哈哈哈、哈哈哈哈哈哈！煙火——！真漂亮——！」

指著噴出血霧的地方，夏提雅笑呵呵地鼓掌叫好。

「嗚啊——！」

隨著這道怒吼擊出的穿甲劍(Estoc)，從背後貫穿夏提雅的胸部——心臟位置。接著不斷上下攪動，像是要擴大傷口。

「去死吧！」

後續揮出的闊劍將夏提雅的頭砍成兩半，劍尖貫穿左眼時停下來。

「你們快點繼續動手！」

夾雜著哀號與咆哮的吼聲響起，三名傭兵拿起手上的武器砍向夏提雅的身體。

他們不斷不斷揮出手中的武器，但夏提雅卻維持著闊劍刺穿臉部的狀態，若無其事地屹立不搖，依然露出可怕的笑容，感覺似乎不痛不癢。

不斷攻擊後感到疲倦的傭兵拋下手上的劍，帶著哭泣的臉拳打腳踢。即使彼此的體型懸殊，但夏提雅卻是不動如山，傭兵們就像是在攻擊一座巨大岩石一樣。

夏提雅歪著頭看向那些傭兵開始思考，接著像是想到了什麼鬼點子般拍了一下手。

「哈哈哈、哈哈哈、哈哈哈哈哈。」

彷彿要將積存熱氣放射出去般呼著氣。散發出濃烈的血腥惡臭令周圍的人幾欲作嘔。

夏提雅隨手將插在自己頭上的闊劍拔出，拔出來之後當然看不到半點傷口。

她正要揮舞手上的闊劍，卻停止了手上的動作。闊劍開始生鏽，慢慢崩落。嗜血的頭腦想起自己的職業之一——詛咒騎士的懲罰，她像是感到失望般將劍往外丟開，接著隨意揮出她的纖纖玉手。

三顆頭顱就這樣滾落大地。

「快逃！快逃！快點逃命啊！」

「不可能打贏那種怪物啦！」

傭兵們大呼小叫地倉皇逃逸。

已經完全失去鬥志，企圖逃跑的某人被夏提雅從後面以雙手抓住頭顱，用力一剝。像是甲殼類動物的殼被強行剝開的聲音響起，頭顱破裂，腦漿四溢。

「哈哈哈、哈哈哈、哈哈哈。那是什麼臉，害怕嗎——？哈哈哈、哈哈哈哈哈！等一下，我是鬼喔——！哈哈哈、哈哈哈、哈哈哈哈哈。」

好奇心受到詭異聲音刺激，傭兵們看到一幕令人作嘔的光景，嗜血的惡夢女王哈哈大笑地追上去，不讓傭兵們逃走。

企圖逃逸的傭兵絆了一下，滾到夏提雅的腳下。

「饒命啊！求求妳！我不會再做壞事了！」

看到對方哭泣著抓住自己的腳拚命求饒，夏提雅的嘴角想是龜裂般露出獰笑。瞬間理解這笑容代表什麼意思的傭兵，臉色從青轉白。

「——好高好高喔——」

「不要啊！住手——！」

夏提雅單手抓住拚命抱著自己腳不放的男子背部，輕輕朝天花板丟出去。

擋不住對方的超凡臂力，終於把手放開的傭兵，緊緊閉住雙眼，感受到短暫的無重力感後再次受到重力吸引——手撞到地面，湧現一股劇痛。

「哇啊！」

能夠感到疼痛就是還沒死的證明，對於能夠死裡逃生而心懷感激的傭兵，稍微張開緊閉的雙眼，才知道自己高興得太早。因為夏提雅的那雙玉手溫柔地抱著傭兵，因此沒有全身撞到地面。

現在還沒有從可怕的怪物手中逃出生天。

不對，不僅如此——眼前還有一張血盆大口，像是有一塊凝縮的血塊，傳來一道至今不曾聞過的臭味。

「哈哈哈、哈哈哈、好開心呀——你以為你死得了嗎——吐舌頭，咧——」

「饒、饒命——」

「不行———因為人家已經好久沒吸———了呢———」

她嘴巴張開到幾乎快比耳朵還高，可以將一個人的頭顱整個吞下去。

在場沒有人知道。

在YGGDRASIL這款DMMO中出現的魔物真祖（True Vampire）是災難的化身。

張開到耳朵那麼高的嘴巴呈半圓狀，從裡面冒出的兩根犬齒幾乎長到下巴。燦爛的紅色眼睛發出血色光芒，而枯木般手腳前端的指頭延伸出數十公分長的銳利尖爪，行動時有點彎腰駝背的感覺，以飛撲的方式襲擊過來。

就是那樣的姿勢。

吸血鬼是一種蝙蝠和人類混種的怪物，而高階種族的始祖（Origin Vampire），外表看起來更像怪物。

外表可說美麗的吸血鬼系魔物，只有夏提雅的愛妾，吸血鬼新娘吧。

屬於真祖的夏提雅外表會那麼美麗，只是因為替她設計的公會成員有一雙繪畫的巧手，又很擅長立體化的緣故。

現在的夏提雅外表，才是真祖的原本樣貌。也就是說，平常的那副模樣是偽裝的姿態。

像是那種以橡膠黏住的玩具，或者說是如同肥胖醜陋的水蛭般，夏提雅咬住傭兵的喉嚨。

傭兵不知道是先感覺到好幾十根針刺穿喉嚨的觸感，還是先聽到血被一口氣吸走的粗魯聲音。

傭兵感受到自己本身的存在被快速吸走，還有同時湧現的寒意，那是至今不曾體驗過的恐懼感。

不過，即使想要掙扎，手腳卻都相當沉重，視野迅速變暗。

最後全部吸乾殆盡，夏提雅將乾癟的屍體丟掉，伸長濕滑的舌頭，舔了一下從嘴角滑落的鮮血，接著對不知道是否該逃跑的傭兵們露出滿臉笑容。

「還——有——很多——食物呢——」

數不清的哀號、怨恨的慘叫還有絕望的哭喊在大廳中不斷迴盪——

●

夏提雅露出獰笑佇立在已經沒有任何動靜的寂靜大廳中，頭上浮現的血塊也吸收了大量鮮血，漲大到只比頭小一點而已。

「好愉快啊————————」

聽到夏提雅歡喜的叫聲，被授命待在大廳入口防止獵物逃走的吸血鬼新娘低頭搭話：

「您好像很高興，真是太好了，偉大的主人。」

「輪到主餐囉————！」

夏提雅用力將布萊恩逃進的倉庫大門強行打開，門鎖整個彈飛，被扯斷的絞鍊還連著門拿在夏提雅的手中。

倉庫雖然狹小，但裡面擺放了幾個袋子和木箱。

夏提雅在這裡聞到出乎意料的味道，那是夾雜著沙塵味道的——新鮮空氣，來自戶外的風的味道。同時，人的氣息也逐漸淡去。即使因為血之狂亂而差點渾然忘我，但夏提雅還是隱約記得自己肩負的使命。

「咕啊————！」

發出一道可說是怒吼或者也可說是咆哮的怪聲，夏提雅推開擋路的貨物，往風吹來的方向前進。

貨物後方出現一個洞，不到一公尺的前方被砂石擋住，新鮮的空氣就是藉由其中一些空隙流通。

「逃生通道嗎————！」

低階吸血鬼並沒有說謊，他不知道這裡有一個逃生口。

利用魔法迷惑時，有一件事很容易遭到誤解，那就是只能問出對象知道的事情而已。中咒者無法回答不知道的事情，而且如果對方將假情報信以為真，那就只能問到不正確的情報。

和馬雷不同，夏提雅並沒有撤除土堆的魔法，如果使用衝擊波清除，天花板可能會整個坍塌。

被逃走了。

染成血紅的思考迴路中浮現這句話，夏提雅可以隱約理解，這代表自己肩負的部分任務已經失敗。

感到憤怒的夏提雅露出猙獰的表情。

為什麼區區蛆蟲般的人類，沒有按照納薩力克守護者夏提雅的想法行動啊。

想要讓你們這些多餘的生命，稍微對充滿光榮的納薩力克貢獻一點心力，為什麼你們就是無法理解，不對此感到高興啊。

夏提雅咬牙切齒發出聲音，這時理應布署於洞窟外的吸血鬼新娘，從後方傳來呼叫。

「——夏提雅大人！」

對擅自離開崗位的吸血鬼新娘感到火大的夏提雅，有些不耐煩地想要殺了她，視野瞬間染成紅色，但最後還是努力忍住怒火。如果是有急事才離開崗位，還是應該饒了她。

「什——麼事——？」

「有好幾個人正往這裡過來。」

「嗯——？殘存的黨羽嗎————？那麼————前往迎敵吧————！哈哈哈、哈哈哈、哈哈哈哈哈！」

4

夏提雅向上一跳，宛若飛舞在夜晚的小鳥，單腳跳上位於入口處用來當作屏障的圓木上。隨侍的吸血鬼新娘們慢慢跟著往入口方向前進。

夏提雅帶著微笑望向目標。

眼前是一支幹練的整齊隊伍。

前鋒有三名男戰士，各自穿戴不同的裝備，但至少都有穿著由許多鱗片打造的鱗鎧(Scale Armor)，一隻手拿著出鞘的武器，背上背著大盾。

跟在後面的是一位身穿繩鎧(Banded Armour)的紅髮女戰士。

被隊伍保護在後方的是一位手持杖，裝束簡單的男子，應該是魔力系魔法吟唱者吧。旁邊則跟著一位在鎧甲外披著神官服，脖子上掛著類似火焰形狀聖印的信仰系魔法吟唱者。

全部共六人的男女，看到從洞窟出來的夏提雅雖然感到吃驚，卻依然不慌不亂地提高警覺，這是經驗累積出來的反應。

「不錯呢——」

雖然宰殺像豆腐般脆弱的人類也不錯，不過還是這種較為耐打的對象比較有趣呢。

紅色眼睛發出如此期待的神色，夏提雅向對方露出猙獰的微笑。

「說話呀！」

魔力系魔法吟唱者的臉上浮現驚愕之色，但也只有出現一瞬間，立刻板起臉來：

「對方可能是吸血鬼！只有銀武器或魔法武器才有效，打不贏！撤退戰！別看她的眼睛！」

——一道幾乎可以讓此窪地所有人都聽得到的叫聲響起。

只有指出重點的這道指令，立刻讓所有人迅速做出反應。前方的戰士拿起背上大盾擋在前方，進入防禦態勢。並轉移視線，瞄準夏提雅的腹部和胸部。

在這段期間，位於後方的女戰士拿起前方戰士遞來的武器，開始塗起一些東西。

一道令人不快的味道飄進夏提雅的鼻子。

那是鍊金術銀。

是由鍊金術師調製出來的一種特殊塗料。塗在武器上面，具有同等於銀效果的特殊魔法藥劑就會像薄膜一樣，包覆在刀身上面。

一般用銀打造的武器不但價格昂貴，刀身也比鐵製的武器柔軟，不適合長期使用。因此大部分的冒險者都會購買這種塗料，必要時就塗上武器，讓武器暫時具有銀的效果。

揮舞著暫時散發銀色光芒的武器，一行人開始一面牽制敵人一面撤退。

撤退動作也是訓練有素，整個隊伍像是一個單獨的個體，整齊劃一地往後退去。

「吾神，炎神——」

「別做無意義的事，快點施展防禦魔法！」

制止打算舉起聖印的神官，魔力系魔法吟唱者開始對前鋒施展魔法，神官也跟著開始發動魔法。

雖然會根據職業而有所不同，但大多數的神官都可以行使神力擊退、收服、消滅不死者、惡魔和天使等敵人。不過，這種方法只能用來對付比自己弱小的低階魔物。也就是說，神官打算使用神力擊退不死者時，魔法吟唱者瞬間看穿敵我實力差距，反倒指示神官如果有那種餘力，還不如趕快採取其他行動吧。

看著對方這一連串的行動，夏提雅盯上隊伍的領隊，打算遵照命令把對方抓起來。不過，想要目睹更多鮮血的殺戮衝動卻逐漸吞沒內心。

壓抑不住想要大開殺戒、徹底粉碎、大卸八塊、沾滿血腥的衝動，氣息紊亂地不斷喘氣，嘴角已經累積許多泡沫。

——抗惡防禦（Anti-Evil Protection）——

——低階精神防禦（Lesser Mind Protection）——

兩名魔法吟唱者依序對前方的戰士施展防禦魔法。

夏提雅興奮到極點的腦袋裡，稍微萌生一點敬佩之情。雖然施展的是最低階——第一位階的魔法，不過面對眼前的敵人卻是相當適當的魔法。和剛才那些隨便發出攻擊的傭兵不同，也和單槍匹馬出來應戰卻連武技都不會使用的那個愚蠢戰士不一樣。

不過——徒勞無功的事，不管再怎麼掙扎還是徒勞無功。面對實力差距如此明顯的敵人，即使如此努力還是沒有任何意義。

如此可愛的抵抗像是最後一根稻草，壓垮了夏提雅搖搖欲墜的自制心。

「已經……不行了——我受不了了——！」

發出拋開束縛的聲音，夏提雅往前踏出一步。

相當輕盈，有如跳舞般輕盈。但是對眼前看到的人來說，那速度幾乎超越疾風。

她就這樣使出貫手。

貫穿盾牌、粉碎鎧甲，無視魔法防禦，劃破皮膚、肌肉、骨頭，將前一刻還在跳動的心臟抓在手裡，然後一口氣——摘出來。夏提雅在癱倒的戰士面前，把手中扭曲變形的赤黑團塊展示給所有人看。女戰士發出小聲慘叫，神官則露出一臉扭曲的憎惡表情。

看到這些意料中的表情，感到滿意的夏提雅露出噁心的笑容發動魔法。

「創造不死者。」

失去心臟的戰士慢慢了站起來，變成一具最低階的不死者魔物殭屍（Zombie）。但是她的行動還沒結束。

夏提雅將手上的心臟一口吞下去，接著將手伸進漂浮在頭上的血塊。抽出來的手中有個跳動的血塊——仿製的心臟。接著把那顆血塊往殭屍的身體丟過去。

血塊像蟲子般蠕動著，扭曲著形狀滑進殭屍的身體。瞬間，殭屍的身體動了起來，全身痙攣了數次後，外表開始慢慢產生變化。

彷彿全身的水分全部蒸發，皮膚變得有如乾枯的樹皮，還長出銳利的爪子與突出的犬齒。沒多久，眼前的不死者已經不能再稱為殭屍。

看到低階吸血鬼的誕生，冒險者們感到震驚地大叫起來。

「不可能！沒有聽說過有這種不須支付代價，就能夠使用如此高階魔法的吸血鬼！」

「事實擺在眼前，不要慌！冷靜對付！」

「可是……！」

「——很難撤退了！攻擊吧！」

「喔！」

神官慌亂起來，不知道是否對此有所感覺，一名戰士往夏提雅砍過去。另一名戰士則砍向已經變成低階吸血鬼的過往同伴。

「吾神，炎神啊，請擊退不淨者！」

神官持有的聖印發射出不可視的放射狀神聖力量，當然，對夏提雅沒有任何效果。

「哈哈哈、哈哈哈、哈哈哈哈哈！」

一名戰士的劍刺進低階吸血鬼的身體，可能是神官的神聖之力產生效果，身體受到束縛而無法動彈的緣故吧。正因為是還沒完全變成低階吸血鬼的不穩定殭屍，神聖之力才會生效，但自己創造出來的殭屍被神聖之力打敗，這已經足以讓夏提雅感到不快了。

以小指彈開揮砍過來的劍，夏提雅煩躁地瞪著後面的神官。

「礙事————！」

右手隨意一揮，光是如此漫不經心的一擊，揮劍的戰士便身首異處，噴著鮮血癱軟倒地。

——低階增強膂力(Lesser strength)——

強化魔法施加在最後一名戰士身上。動作變慢的低階吸血鬼和施加了強化魔法的戰士。這兩者的戰鬥以戰士取得上風的狀態進行著。

看到他們似乎玩得很開心感覺不便打擾，而且還有獵物在。現在依然帶著嗜血想法的夏提雅如此思考，轉而面向神官。

女戰士挺身而出，擋在攻擊火線上，而且只是拿著鐵製的武器。

真可愛，即使膽戰心驚還提劍擺出攻擊架勢——不過，那模樣簡直就是小動物的可憐抵抗。夏提雅感受到下腹部似乎發熱起來的那種喜悅。

咬斷指頭時她會發出什麼聲音呢，也可以割下她的耳朵餵她吃。不，在此之前還是先喝她的血比較好吧。畢竟她可是來到外面後，第一個遇到的女獵物。

「妳就是飯後甜點啦———」

張口大叫，然後縱身一躍。

夏提雅輕鬆跳過女戰士，來到魔力系魔法吟唱者和神官面前。

神官還來不及反應，夏提雅已經抓住他握著聖印的手，使勁地用力一捏。遭到懸殊握力的壓迫，神官手骨完全粉碎，無處可去的肌肉和皮膚從夏提雅的手裡噴出。

「咕啊———！」

聽著神官的慘叫，感到相當滿足的夏提雅決定給予溫柔的慈悲，打算解除他的痛苦。

手一揮，看到神官脖子噴出的鮮血被頭上的血塊吸收後，夏提雅高興地點點頭。

這時候有人使出全力往夏提雅的背後刺入一劍。不過，這樣的攻擊根本毫無效果，夏提雅像大樹般一動也不動，只是從胸部刺出的劍有點礙事。

「不會吧……沒效！這不是銀武器嗎？」

劍確實刺穿了胸部——心臟的位置，但夏提雅卻一副若無其事的模樣，讓女戰士發出混雜哀嚎的尖叫。

女戰士並沒有攜帶銀製的武器，應該是從被殺的戰士身上撿來的。

魔力系魔法吟唱者說的沒錯，不過，並非全對。對夏提雅有效的武器，除了必須是銀製的武器之外，還要內含一定以上的魔力，或者注入了強大魔力等具有特定屬性的武器。單單銀製武器無法給予傷害。

夏提雅不理會後方的女戰士，望向吃驚的魔力系魔法吟唱者。

「魔法箭（Magic Arrow）！」

魔法吟唱者拚了命地發動魔法，兩支光箭射向夏提雅，不過——卻被輕鬆抵消。

這是夏提雅的特殊技能——魔法無效化造成的結果。這個技能並不完美，防禦效果會受到施法者的能力影響。不過，能力如此懸殊的話，就能輕鬆達到魔法無效的效果。

也就是說，魔力系魔法吟唱者對夏提雅完全無計可施。

「好——無——趣——喔——！」

夏提雅隨手一揮，不費吹灰之力就讓已經不再感興趣的對象人頭落地。

回頭一看，發現低階吸血鬼和戰士依然打得難分難捨。

夏提雅隨手抓住滾落在地上的兩顆頭顱的頭髮將之提起，看似無趣地往兩者丟去，大約六公斤左右的重量以超乎常理的速度飛去。結果不言可喻，雙方一同慢慢癱軟倒地。

在夏提雅放任不管的期間，甜點（女戰士）不斷拚命揮劍對夏提雅的身體亂刺亂砍。

不過，那又如何呢？

對於不痛不癢的夏提雅來說，這一切根本是毫無意義的行為。唯一造成的影響是衣服出現破洞，但只要夏提雅沒事，身上的魔法服裝就會自動復原。

「那麼——甜點——！我要開動了喔——！」

像是把最喜歡的食物留到最後吃的小孩——不過，臉上卻帶著令人作嘔的邪惡笑容，夏提雅轉身面對從後方揮砍過來的女戰士。

和夏提雅血紅的瞳眸四目相交，完全明白自己是最後一人的女戰士，淚眼汪汪地一步一步往後退去。接著拚命翻找自己的腰包，似乎打算從裡面拿出什麼。

夏提雅悠哉地望著已經染成血紅世界的這幕光景。有點好奇，不知道她在做什麼。

不久，女戰士取出一個瓶子丟了過來。

夏提雅稍微瞄了一眼在空中翻滾而來的瓶子，露出冷笑。

雖然女戰士是使出全力一丟，但瓶子的飛行速度對夏提雅來說實在慢到不行，可以輕鬆躲開，但強者的驕傲不允許躲避行為，而且她還想繼續看下去，想要目睹女戰士的最後王牌被粉碎時那瞬間的表情。

殺戮的欲望不斷高漲。

但夏提雅努力壓抑下來。因為愈是忍耐，品嚐時就能感受到愈強烈的喜悅。

夏提雅望著朝自己飛來的瓶子，呆呆思考著。

大概是聖水吧，不然就是著火型火焰瓶。明明不管再怎麼掙扎都無濟於事也不死心呢，真是可悲的抵抗，一開始還是先讓她在求生不得求死不能的狀態下，慢慢品嚐她的血吧。如果她是處女，就一直吸到歸天為止，不是處女的話，可玩的花樣就更多了呢，要盡量以不出血的方式來玩。

如此決定的夏提雅，單手輕鬆撥開飛來的瓶子。揮開時的衝擊力道讓紅色液體從開啟的瓶口飛濺出來，灑在夏提雅的肌膚上。

接著傳來——一陣微微的刺痛。

夏提雅的腦袋瞬間空白，原本的嗜血欲望立刻飛到九霄雲外。

茫然地望著產生疼痛的部位，那是揮開瓶子的手，沾到溶液的地方冒出刺激性臭味與一縷輕煙。

夏提雅轉移目光，看向掉在地上的瓶子。瓶口開著，裡頭飄出淡淡的香氣，那是夏提雅很眼熟的容器。

在納薩力克地下大墳墓經常使用的藥水瓶。

裡面的液體應該是低階治療藥（Minor healing Potion），治療系的道具可以讓不死者受傷，夏提雅的肌膚會稍微溶解也是這個緣故。

「怎麼會有這種事！」

發出震撼空氣的怒吼。

「給我活抓那個女的！」

聽到夏提雅的命令，至今只是在後面袖手旁觀的吸血鬼新娘們出現反應，動了起來。她們瞬間趕上趁著夏提雅發呆期間轉身逃跑的女戰士，抓住對方的左右手。

女戰士雖然拚命抵抗，但人類和吸血鬼的力量懸殊，很快就被抓到夏提雅面前。

「看著我的眼睛！」

夏提雅抓住女戰士的下巴，硬要對方看著自己的魔眼。當然，非常留意力道的大小，要是一不小心太過用力扯掉下巴，可就是一大慘事了。

因為夏提雅雖能使用神官系的魔法，但身為不死者，無法使用一般的回復魔法。

被強迫看往魔眼的女戰士，眼睛覆蓋了一層類似薄膜的東西，原本充滿敵意與恐懼的臉上，已經變成友善的表情。這是特殊技能「迷惑之魔眼」帶來的迷惑效果，感覺效果發揮得十分充分的夏提雅放開女戰士。

她有好幾個問題想問。

不過，最先想問的問題只有一個。

夏提雅撿起掉在地上的瓶子，拿到女戰士面前：

「這瓶藥水是怎麼回事！是在哪裡從誰的手中得到的！」

「是在旅店，從一個身穿黑色鎧甲的人手中得到的。」

這又如何呢？女戰士帶著這種感覺的輕鬆回答，讓夏提雅幾乎全身凍結。

「……不會吧……不，這不可能……不過……是在哪裡……是在哪個城鎮的旅店？」

「是在耶．蘭提爾的旅店。」

夏提雅大吃一驚，感到一陣天旋地轉。因為她隱約猜到女戰士口中的黑鎧人物是誰。

如果猜想沒錯，那麼又有新的問題浮現。為什麼這個女戰士會有藥水？那位人物不可能無緣無故把藥水送她。

「難不成……」

那位人物也對這個女戰士下達了什麼指令？或者是為了建立管道，送給她來強化彼此的友好關係也有可能。

夏提雅的腦海中，浮現出納薩力克地下大墳墓的絕對主人，安茲·烏爾·恭的英姿。自己或許搞砸了主人某項計畫的不安，讓夏提雅感到無比焦慮。

「妳為何來在這裡？目的是什麼？」

已經沒有閒情逸致再用遊女那種調調講話了，必須努力打聽出消息才行，她帶著和剛才完全不同意義的充血眼神瞪著女戰士。

「是的，我們的主要工作是保護城鎮，聽到這附近有強盜的巢穴，所以前來查探。結果發現似乎有不尋常的狀況發生，因此兵分二路，我們負責強行偵察的任務而來到此處。」

「兵分二路？」

「是的，因為不清楚強盜的人數有多少，所以擬定兵分二路的計畫，我們佯裝出擊，讓另一支隊伍將敵人引誘到現在建造中的陷阱區域。」

「還有另一支隊伍啊。」

覺得麻煩事又添一樁的夏提雅嘖了一下。

「那麼，你們有幾個人來到這裡？」

「包含我在內共有七人，然後——」

「嗯？等等，七人？不是六人嗎？」

夏提雅的目光看向倒在周圍的屍體。三個戰士、一個神官、一個魔法師——還有這個女的，人數不對。

看到夏提雅充滿疑問的眼神，女戰士回答得相當乾脆：

「是的，還有一名游擊兵(Ranger)，遇到緊急狀況時他會到耶．蘭提爾求援。」

「妳說什麼……？」

剛才魔力系魔法吟唱者的聲音非常大，沒錯，聲音大到——幾乎可以讓這個窪地中的所有人聽見。

「咕！」

睜大雙眼的夏提雅，以超越疾風的速度衝上窪地。她跳上窪地邊緣環顧四周，但即使夏提雅的眼睛具有夜視能力，也無法看到樹林深處，雖然聚精會神地豎耳傾聽，卻只能聽到風吹撫草木的聲音而已。

夏提雅並沒有感知系能力和搜索系魔法，在這種狀況下，要從整座森林中找出一個人大概是不可能的。

「可惡！」

她不禁冒出一句咒罵。

被逃走了，真的太輕忽了。這麼一來——已經被逃走兩隻了，夏提雅咬牙切齒。

「我的家畜！」

幾道影子在夏提雅的腳邊晃動起來，數隻野狼的身影自其中湧現，當然和一般的野狼不同，牠們的漆黑毛髮像是裹上一層夜色，散發紅色光芒的赤紅眼睛蘊含著邪惡的狡獪。

這是七級魔物，吸血鬼之狼（Vampire Wolf）。

夏提雅擁有的特殊技能之一「召喚眷畜」，可以召喚出各種魔物，但當中看起來比較擅長追蹤魔物的只有這種。

「給我追，把森林中的人咬死！」

聽見這道怒吼般的命令，十匹吸血鬼之狼一起跑進森林中。

目送著吸血鬼之狼的背影，夏提雅覺得能夠解決對方的可能性很低，腦中浮現亞烏菈的身影，即使沒她那麼厲害，但既然對方是游擊兵，應該也會知道躲避追蹤的方法吧。

也就是說會被對方逃掉，既然這麼判斷就該思考下一步怎麼走。夏提雅急忙回來，抓住女戰士問道：

「除了妳之外，還有其他人從黑鎧人物手中收到藥水或其他東西嗎？」

「不，應該沒有。」

「是嗎！那麼，下一個問題，那個游擊兵有可能和其他隊伍會合嗎？」

「不會。我們的計畫是，只要我們隊伍遇到可能遭到消滅的狀況，他就必須拋下隊伍回到都市。因為這是我們最可能存活下來的選項。」

失敗時的後路加上未雨綢繆的謹慎作法，在如此設想周全的狀態下行動。可說是這個緣故才讓夏提雅陷入束手無策的狀態，領悟到這點的夏提雅怒火中燒。

「區區人類竟然還有這麼多鬼點子——如果能夠獲得統治你們的許可，我就以蟲子應有的待遇來飼養你們！」

即使發怒也無法改變現狀。

有吸血鬼存在的這個情報，確實被對方帶回了都市。

雖然不知道對方是否有看清夏提雅的外表，但以人類的視力應該無法在夜晚觀察到位於窪地中央一帶的夏提雅。

即使如此——

「可惡！」

夏提雅罵了一句，繼續自顧自地沉思起來。

安茲給她的命令是——

這次的目標獵物是犯罪者，即使消失也不會有人抱怨的那種。

例如，若在強盜中有那種會使用武技或魔法的傢伙，就算吸乾當奴隸也沒關係，絕對要把他們抓起來。如果在犯罪者中有詳知世界情勢或熟悉戰鬥的傢伙也別放過。但別引起風波，如果被人知道是我們納薩力克動的手，或許會造成許多麻煩。

——以上。

這麼說來，她已經有許多地方違背了命令。

夏提雅努力忍住想要搔頭的衝動。

「還不要緊、還不要緊、還不要緊。」

她像在催眠般不斷如此告訴自己。

或許對方會把吸血鬼的情報帶回去，但自己的名字和納薩力克的相關情報並沒有暴露。

也就是說，並沒有留下任何能將襲擊此處的吸血鬼和納薩力克聯想在一起的線索。都市裡的人們如果從這個方向來推測，也只會認為這裡的傭兵全被野生的——如果有的話——吸血鬼殺害。

雖然破綻百出，但對方如果沒有獲得更多情報，絕對無法找到他們頭上來。

夏提雅繼續陷入沉思中。

接下來的問題是該如何在上述的條件下，處置這個女人。

雖然這個女人處於迷惑狀態，但並沒有完全失去記憶。最一勞永逸的辦法就是送她歸西，但這樣會有一個問題，那就是自己的主人為什麼要送她藥水。

如果主人是出於某種理由或目的才送她藥水，那麼殺了這個女人就等於阻礙了主人的目的，那可相當不妙。

若是放她回去，雇主一定會產生疑問，為什麼只有她活著回來。而且她還知道許多情報——特別是夏提雅的外表等。現在雖然不成問題，但將來會如何發展沒人可以預料。

最好的辦法是聯絡主人，但夏提雅不會使用「訊息（Message）」的魔法。

那麼該如何是好呢——

「啊——會被安茲大人罵的……」

以沒人會聽到的聲音輕輕嘟囔了一句，夏提雅抱頭苦思。

「如果沒有血之狂亂……不對，這麼說對創造我的佩羅羅奇諾大人太失禮了。如果可以壓抑住血之狂亂的話……」

即使後悔也已經為時已晚，不管如何處置這個女人——看來都免不了一頓罵，但是要怎麼做，傷害才會最少呢。

worse比worst好一點。

夏提雅不斷思考再思考，想到腦袋幾乎快要冒煙後終於得出結論。

與其殺了她，還不如放她回去才有更多可能。殺了她就無法挽回了，但放她一條生路絕對會有所變化。

夏提雅如此判斷。不對，可以說她是在拚命欺騙自己。

「妳叫什麼名字？」

「布莉塔。」

「知道了……我會好好記住！」

夏提雅讓名叫布莉塔的女子留在原地，帶著自己兩名奴僕吸血鬼新娘來到稍遠的地方：

「總之先把這裡的所有東西全部回收後，就此撤退。」

有些不安，不知是否有時間回收。但還是要賭一把，希望能讓對方誤以為自己是以財寶為目的。既然任務已經失敗，至少要做點準備，讓假情報可以散播出去。

「夏提雅大人，女人要如何處置呢？」

聽到這個問題後，夏提雅望向看似落寞地站在稍遠處的布莉塔。

「就這樣不用管她吧。」

「不是，屬下是問其他女的。」

「——什麼？其他女的？」

「是的，夏提雅大人。為了尋找漏網之魚，我前往內部搜索，結果發現好幾個像是被當作洩慾對象的女人，要如何處置那些女人呢？」

夏提雅臉色一僵。

這是怎麼回事啊。

夏提雅再次轉頭一看。

如果自己的臉沒被看到，可以不管她們直接離去吧。不過，也不知道這麼做是否正確。麻煩死了，乾脆連她們也幹掉吧。不對，那麼一來，只有布莉塔生還或許會顯得很不自然。

完全找不到對自己最有利的結論，夏提雅傷起腦筋。

「該如何處——」

「啊？我不知道啦！」

夏提雅露出的表情像是在說：妳這傢伙幹嘛跟我說這種事啊。只要不知道，不管做了什麼都可以為自己辯護，但既然知道，卻故意不管，那就明確背叛了自己的主人。

「不管了，不知道！我不知道啦！把她們丟在這裡，丟在這裡啦！把布莉塔也一起丟進那堆女人裡。」

「這樣好嗎？」

「我怎麼知道好不好，可惡，給我閉嘴啦！」

「非常抱歉，夏提雅大人。」

「撤退了，快點準備吧！」

吸血鬼行禮後開始行動，這時候夏提雅抱著頭慢慢蹲下來。

「……一定會挨罵……怎麼辦啊……不過……嗯？」

夏提雅抬起頭，朝吸血鬼之狼前往的森林方向望去。

「……找到了嗎？」

夏提雅感覺自己召喚出來的家畜瞬間消失，那種消失的感覺並非被魔法送回，而是遭人殺害。

「把那個女的安置好之後跟上來！準備好識別物！」

很快做好決定，夏提雅只簡單地如此下令後便以迅雷不及掩耳的速度奔馳而去。

雖然在森林中速度終究會慢下來，但即使如此，只要對方是人類，就算騎馬也無法從現在的夏提雅手中逃脫。

一口氣穿越森林，到達家畜們送出最後反應的地點。

眼前出現的是十二個人。

全都配戴著各式各樣不同的完整武裝。

並非樸實無華的外觀，匠心獨具的形狀和夏提雅擁有的裝備很像，感覺起來威力也相當強大。當然，夏提雅並沒有什麼特殊技能可以辨識魔法道具的威力，只是單憑想像而已，甚至感覺那些武裝是傳說級以上的道具。

夏提雅浮現疑問，不知這些人是何方神聖。過去夏提雅在這世界看過的人，和這十二名男女給人的感覺大異其趣，像是獅子和老鼠那樣不同。

夏提雅一一打量這十二名男女，最後將目光停留在一名男子身上。

（這個男人……很強？）

並非專業戰士的夏提雅，感到吃驚的同時也判斷起對方的實力，只知道他不但比自己這次帶來的吸血鬼新娘還強，也遠遠凌駕戰鬥女僕索琉香。

夏提雅仔細觀察著這名男子。

他身上配戴的是男性用的裝備品，所以才會猜測他是男人，但外貌看起來卻相當中性。不知是男還是女，既像男性又像女性，或者既不像男性又不像女性的那種人。身高不高——相貌看起來也很年幼，或許正在成長階段——所以更難斷定。

一頭黑髮長到幾乎要碰到地面，銳利的紅玉眼瞳對夏提雅露出警戒的眼神，他拿著一把和身上裝備大異其趣的窮酸長槍。

「——使用！」

男子發出一道如冰冷湖面的聲音，隊伍出現慌亂。夏提雅無法判斷出這句話代表什麼意思。不過，應該是想要使用威力強大，足以和夏提雅唯一的神器級道具匹敵的的道具吧。

對方隊伍聽從指示開始行動，但夏提雅完全無動於衷，因為她有所忌憚的人只有一個，其他人看起來都沒有多大威脅。

一行人行動的中心是一名裝扮奇特的女子。

領口屬於立領設計，兩旁各有一道很深的開叉，應該可以稱為女性用的連身裝吧。顏色是銀白色，上面以金線繡著一隻朝天空飛翔的五爪飛龍。

在安茲的世界稱這種服裝為旗袍。

不過那個女人的年紀很大，已經滿臉皺紋，露在外面的腳也像牛蒡或蕃薯乾一樣。很不適合身上的那套服裝，應該說看起來令人想要皺眉。夏提雅甚至還故意轉移目光。

不過這就是最後一絲的陰錯陽差吧。

至今發生的所有一切，都可能因為一點小小的變化而出現截然不同的結果。

如果安茲沒有抓到尼根，如果安茲沒有對教國的情報系統魔法進行強烈反擊，如果教國沒有誤以為是災難龍王復活，如果夏提雅沒有分心——一切都會有所不同吧。不過，有這麼多的如果加在一起，或許反倒可以說這是一種必然。

那件旗袍的名字叫做「傾城傾國」。這是他們所信仰，解救眾人的神所遺留下來的寶物，夏提雅擁有的力量甚至還沒有那件道具強大。

——一陣冷顫。

身為守護者，納薩力克地下大墳墓最高等級的夏提雅，身體為之一顫。這是一種敏銳的感覺，或者說是第六感發出的警訊。

夏提雅的眼睛一轉，打算抓住那個讓自己直覺發出警訊的老太婆。

真的必須幹掉的是那個人類。

領悟到這件事的夏提雅正打算出手時，持槍的男子跑進來。

「別擋路！」

夏提雅使出全力將他打飛。但遭受看似能粉碎脆弱人體的一擊，男子卻只有被擊飛並沒有陣亡。而且即使遭到擊飛，男子依然保持著戰意。

夏提雅以老太婆為中心發動魔法。

「捕獲全種族集團（Mass Hold Species）！」

她想要捕捉幾個人。因為她有種預感，捕捉到這些人不但能夠挽回之前的失態，還能得到讚賞。

如此思考後，夏提雅的內心突然變得空白起來。

像是部分思考已經消失的那種感覺，她無法理解這是怎麼回事，接下來，當領悟到自己發生什麼事時，夏提雅感到無比震驚，即使身為不死者卻依舊湧現恐懼的感覺。

那是精神控制。

身為不死者的自己應該對精神控制具有完全的抗性，但神智還是遭到控制。她拚命地想要讓逐漸變白的內心留下憎惡的意念，腦中掠過無數最糟的狀況——

「呀啊————！」

——她發出哀號，流著血淚企圖抵抗。抵抗那道企圖玷污自己這個納薩力克地下大墳墓守護者的控制力。

不過，即使夏提雅拚命抵抗，意識還是不斷遭到染白，也沒有辦法使用傳送魔法。因為如果被那些事情分心，她的意志很快就會遭到控制。

夏提雅利用職業本身的特殊技能創造出清淨投擲槍，蘊含神聖系屬性的巨大長槍，即使本人屬性偏惡，但依然能夠給予對手極大損傷。而且最重要的是，發動時額外支付MP還能賦予絕對命中的追加能力。

夏提雅拚死全力抵抗，同時瞪著發動技能，打算玷汙自己的那個老太婆。夏提雅已經沒有把那個手持巨大鏡子般的盾牌，守護在老太婆面前的男人看在眼裡。

然後——投擲。

以保有意識般的動作，射出手中的長槍。

在逐漸染白的意識之中，全力使出特殊技能，發出強化後的一擊。

猶如閃光的迅捷一擊沒有落空，貫穿男子擋在前面的盾牌，命中位於後方的老太婆。

痛苦吐血的兩人、鬧烘烘的集團。這就是夏提雅最後看到的世界。

過場

里·耶斯提傑王國王都。

位於王都最深處的王城羅倫提，等間隔建造的二十多座圓形巨塔之間以城牆連結起來。弗藍西亞宮殿便座落於其中腹地。

宮殿內有一間比起華麗裝潢更加重視功能性的房間，許多貴族與重臣聚集在裡面舉行宮廷會議。

其中也有王國戰士長葛傑夫·史托羅諾夫的身影。他正跪在自己誓死效忠，坐在王座上的主人，國王蘭布沙三世面前。

（看起來似乎變得更蒼老了呢。）

儘管只過了半個月，自己出發前的國王和現在相比，讓葛傑夫有這種感覺。

自己敬愛的君主，那頭已經蒼白的頭髮散亂，瘦弱的身體即使恭維也說不上健康，臉色也很差。握著權杖的手像枯枝一樣細，戴在頭上的王冠看起來似乎相當沉重。

在位三十九年，現今六十歲。本來已經到了應該要把王位讓給繼承者的時候，但問題是沒有合適的繼承人選。

並非沒有王子可以繼承。雖說有兩位王子，但都遠遠說不上優秀，現在讓位的話，一定會成為身後那些大貴族的傀儡。

老人發出一道無力的聲音：

「戰士長，你能平安歸來實在太好了。」

「是！謝謝您，陛下！」

這句充滿體恤的言語讓葛傑夫深深一鞠躬，如此回應。

「嗯，寡人當然已經有收到一些報告，不過還是請戰士長親自詳細說明一下，到底發生了什麼事。」

「遵命。」

葛傑夫向國王詳細說明離開王都後，在卡恩村發生的事情。說得特別詳細的是自稱為安茲．烏爾．恭這位神祕的魔法吟唱者，但並沒有提及疑似斯連教國間諜的事。因為葛傑夫判斷，這件事只要少數人知道即可，並不適合在這裡提出。

所以，葛傑夫滔滔不絕地說明。路過不平拔刀相助的男子，如何赴湯蹈火，捨身解救村民的英勇事蹟。

「這樣啊，真是一段佳話。竟然不顧自身危險解救弱者……」

國王這句充滿感嘆的稱讚，讓幾名貴族發出輕視安茲．烏爾．恭的言論。

有問題的可疑人物。

不敢以真面目示眾的怪人。

名字古怪的魔法吟唱者。

最後甚至出現，他該不會是為了推銷自己才自導自演了這場襲擊的意見。

葛傑夫努力克制，不讓怒氣表露出來。他對於恩人被說成這樣，卻連一句辯護的話都說不出口的自己感到窩囊。

這當然有其原因。因為對恩人冷嘲熱諷的那些貴族有一個共同點，他們都是屬於大貴族派這個巨大派系的人。

里．耶斯提傑王國是一個領土由國王掌握三成、大貴族掌握三成，另外四成由其他貴族掌握的封建國家。而現在王國內正分成兩派，朝夕上演著權力鬥爭的戲碼。

一方是擁王派，另一方是包含王國六大貴族半數以上的大貴族派。雖然是在國王面前，但這裡也只是戰火的延長線，兩派互相鬥爭的場所罷了。
正因為如此，身為擁王派，又是國王心腹的葛傑夫才不願隨便插嘴。知道自己的笨拙口才絕對無法辯過這些貴族，所以必須避免失言而落人話柄。
（……斯連教國的祕密部隊能夠掌握我們的行動適時出現……這就代表間諜很有可能潛藏在王國內部。這樣的話，或許是大貴族派的人吧……）
葛傑夫的目光看向貴族行列中的其中一位，眼神特別冷冽的貴族。
此人將金髮全部綁在後方，有著一雙細長的碧眼。
膚色是沒有曬太陽的那種人特有的不健康白色。瘦長的身材更給人一種毒蛇般的印象。
年紀應該不到四十，但因為那不健康的膚色，看起來格外蒼老。
他是被稱為雷文侯的六大貴族之一，為了自己的利益，像蝙蝠一樣兩邊討好的男人，也是站在國王次子那邊的貴族。
（如果會背叛王國，應該就是這傢伙吧？）
察覺葛傑夫目光的雷文侯彎起原本就已經很薄的嘴唇，這個挑釁的態度讓葛傑夫的表情變得更加僵硬。
「那麼，戰士長的報告就先到此為止，其他還有重要事情需要決定。」

感覺有些疲倦的國王說出這句話，讓坐在一起的貴族們暫時鳴金收兵。葛傑夫走向國王身邊，環顧貴族們。身為國王親信的他，早已習慣令人不快的目光瞪視。

「那麼，如果按照往年慣例，數個月後應該會與帝國發動戰爭，接下來就針對這個議題進行討論。雷文侯，向大家說明吧。」

「遵命，陛下。」

彷彿鬼魂般的男子無聲無息地走上前，開始輕聲說明起來。

沒有人吵鬧。他不但對每個派系都有影響力，也是六大貴族中最有實力的一位。論誰都不敢與他為敵。

雷文侯將今後的計畫，由誰出多少兵等事項，在毫無異議的狀況下說明完畢後，露出輕浮的笑容向國王一鞠躬：

「——報告完畢。」

「謝謝你，雷文侯。有人有意見嗎？」

室內又開始喧囂起來，彼此互相交頭接耳。

「這次輪到我們擊退對方，就這樣直接反攻帝國了吧。」

「完全沒錯，也差不多厭倦光只是擊退帝國了。」

「正是如此。就讓帝國那些愚蠢的傢伙見識我們的可怕之處吧。」
「沒錯，伯爵大人所言甚是。」
室內響起華服男子們愉快的笑聲。
別作夢了。如果能如此駁斥不知有多暢快。
王國和鄰近的帝國，每年都會在卡茲平原兵戎相見。
至今雙方都沒有出現太過嚴重的傷害，不過那是因為帝國沒有全力出兵。如果當真想要攻陷王國，根本沒必要在卡茲平原設陣，等待王國的軍隊前來。
葛傑夫和一些還會用腦袋思考的貴族認為，帝國會使用這種手段，目的是要消耗王國國力。
招募平民組成軍隊的王國；和由具有騎士位階，象徵專業戰士之士兵組成的帝國。
哪邊的士兵較強一目了然，因此王國必須動員超出帝國一倍以上的平民。而兵力愈多，軍隊需要的糧食數量就愈大。的確，有些魔法道具可以生產糧食，但那些只有考量營養價值的食物，味道難吃到甚至連餓著肚子的人都會猶豫是否要入口，因此絕對無法成為主要糧食。
而且帝國的侵略時間剛好是晚熟麥的收割期，導致各個村莊都缺乏人手，麥子等穀物的收割持續延宕。
用不著全力進攻，王國的國力就會自然衰弱，王室權力也會隨之低落。
正因為如此，大貴族派才會對此視而不見。對王室——敵對派系的權力低落感到高興。
（國力一旦衰弱，帝國就會全力進攻了吧。真的覺得對方會滿足於現在這種小規模戰爭嗎！想法為什麼這麼天真呢？）
相信自己的絕對權力會永遠存在，葛傑夫對這樣的貴族們感到火大。
「這麼說來，救助戰士長的那名可疑魔法吟唱者，說不定是帝國的人喔？目的是為了潛入我方當間諜。」
「啊，原來如此，說得沒錯。聽說帝國有魔法吟唱者的學院，非常有這種可能。」
「斯連教國的人，名字是由名、受洗名、姓所組成，不過，他的名字也有可能是偽裝的一環？」
「在王國內出現那樣的人物總是令人覺得不舒服，還是想點辦法來對付他會比較好吧？」
「或許也可以考慮把他捉起來。真要說起來，像冒險者工會那些擁有好幾個魔法吟唱者又擅自活動的組織，才是問題所在呢。必須盡快想辦法解決才好，例如把他們收歸為直屬於我們之類的。」

「支付給工會的金錢也不能小覷。生活在王國內的冒險者，幫忙擊退出現在境內的魔物卻要收費也很不合理！」

「把他帶回來問話，應該是最好的辦法吧。」

聽到這裡的葛傑夫，再也無法悶不吭聲了。絕對不能允許他們繼續對解救自己、村民和部下的恩人口出惡言。

「請等一下。首先，那位魔法吟唱者對王國非常友好，想要逮捕這種友善人士的想法實非賢明——」

葛傑夫發出意見，企圖改變宮廷會議越發偏頗的討論方向。幾名貴族露出明顯的厭惡之色。

葛傑夫只憑藉自己的劍術本領爬到今日的地位，看在擁有悠久歷史的貴族眼裡不過像是一夕致富的暴發戶。

因此葛傑夫備受厭惡。尤其他在王國中劍術無人能及，這也更加深了貴族的敵意。

他們這些身分高貴的貴族，最難以忍受的就是本領比不上身分原本比自己還要低的人。

有幾位貴族不等葛傑夫說完就繼續開口，紛紛出言否定安茲．烏爾．恭，其他人也跟著出聲附和。

王座上的國王，發出一道夾雜著嘆息的嘶啞聲音：

「……好了，寡人可以斷定戰士長的判斷沒有錯。」

「唔……如果陛下這麼說的話……」

貴族們沒有反駁，暫時收起充滿嘲笑意味的笑容。

葛傑夫對提拔自己，自己誓死效忠的君主送出充滿感謝的眼神。

看到葛傑夫眼神的國王，輕輕點頭示意。

●

每次都會引發權力鬥爭與奉承諂媚的會議結束後，雖然身心俱疲，但沒有表現在臉上的葛傑夫陪同國王走在宮殿的走廊。

曾在過去的戰爭中傷到膝蓋，拄著楞杖的國王有時會走得有些搖搖欲墜，但考慮到國王的尊嚴，葛傑夫還是沒有伸手攙扶。而且，如果已經到了需要別人攙扶才能走路的狀態，大貴族派要求讓位的聲音就會愈來愈強，要求國王讓位給自己所操控的傀儡王子。

雖然葛傑夫覺得不捨，但國王還是必須自行走路才行。

以緩慢速度走在走廊上，來到王室房間附近時，國王突然冒出一句話：

「……遏止帝國的侵略還需要貴族的力量。如果當面否決他們的意見，不需等帝國侵略，這個國家就會自行分裂了。」

雖然內容唐突，但葛傑夫非常清楚國王想說什麼，所以只能緊咬嘴唇。

「帝國實在令人羨慕。」

葛傑夫還是找不到什麼話，可以安慰國王的這句低喃。

帝國在三代之前也是屬於封建國家。不過，貴族們的勢力逐漸遭到削弱，在現任皇帝即位時，已經變成絕對王政。

現任皇帝——吉克尼夫．倫．法洛德．艾爾．尼克斯。

即位時幾乎殺得血流成河，因此以鮮血皇帝這個稱號為人所知的青年。葛傑夫回想起在戰場上看過的他，那個曾經想要延攬自己的皇帝。

那位皇帝實在是一位天生的統治者。

「因為我的膚淺想法以致於無法保護你，真的很抱歉。就連危險的命令都無法讓你們配戴完善的武裝前往……請原諒寡人，不，請原諒我……你的部下也是因為這樣才喪命吧。」

「不，沒有那回事……」

「葛傑夫啊，沒關係的。雖然稱不上謝罪，但我想送慰問金給死者的家屬。另外我也想直接向恭閣下表達謝意，衷心感謝他解救了我最忠心的親信。」

明明不是自己被解救，國王竟然想要親自對區區一名草莽野夫表達感謝之意，這件事應該有點困難。不過——

「只要是仁德之輩，光是聽到這句話應該就會感到滿足了吧。」

「是嗎——喔？」

走在通道的兩道身影映入國王眼簾，特別吸引目光的是走在前面的美貌女子。那女子的美貌據說已經美到無法畫出肖像圖，實在是難以形容的美。

國王露出微笑，他對小公主的愛勝過其他孩子。

拉娜．提耶兒．夏爾敦．萊兒．凡瑟芙。

這位第三公主繼承了耀眼母親的美貌，以「黃金」這個稱號廣為人知。

芳齡十六，已經到了即使招婿也不稀奇的年紀。這也是讓貴族們蠢蠢欲動的原因之一。

稱號由來之一的金色長髮，光滑柔順地流過頸項披在背後。露出微笑的嘴唇雖然是櫻花般的淡粉紅，看起來卻相當健康。彷彿藍寶石的深藍眼瞳帶著柔和的色彩。

充滿設計感的白色禮服，更加深她給人的清純印象，掛在脖子上的黃金項鍊，彷彿象徵著她的高潔靈魂。

站在她後方的是一位介於少年與青年之間的男子。身穿白色鎧甲的他，可以用一句烈火來形容吧。

彎起的三白眼上面，有兩道粗獷的眉毛。

臉上帶著如鋼鐵般堅強意志的固定表情，有著日曬的黝黑顏色。為了行動方便與避免戰鬥時拉扯等理由，金色頭髮剪成俐落的整齊短髮。

這位名叫克萊姆的少年是葛傑夫不知如何相處的對象。並非討厭，倒不如說是喜歡。

不過，葛傑夫實在無法忍受他身上散發出來的那種沉重氣氛。他並不討厭一本正經的人，但還是希望對方能夠稍微放鬆一下會比較好。

但葛傑夫還是非常理解他的心情。

隨侍在王國最美女子身旁的他，經常遭受嫉妒與怨恨，應該連朋友都沒有吧。而且他的出身也和葛傑夫一樣——不，是比葛傑夫還差。因此無法表現出脆弱的一面，一舉一動都不能讓主人受到批評。

「父王，戰士長。」

國王對小跑步過來的拉娜露出微笑，點頭回應深深一鞠躬的克萊姆。

「會議終於結束了呢。」

「嗯，因為討論了很多議題。」

「這樣啊。女兒稍微想了一下，想讓父王聽聽女兒的意見才會在這裡等您。」

「是嗎，是這樣嗎。那還真是抱歉呢。」

她的意見可不是什麼雞毛蒜皮的小事。

她之所以被稱為「黃金」的另一個理由，就是她具有靈活頭腦與令人敬佩的精神，不但設立了劃時代的機構，還提出新的法案。

她的提案幾乎都是為那些社會底層的平民所規劃的救濟措施，而且並非以施捨的方式，而是籌備好援助政策，讓那些有意願自助的人民，有機會可以自食其力。

不僅如此，還能同時改善平民的地位，提高他們對王室的忠誠、強化生產力，都是會影響到王室利益的政策。

雖然遭到那些不願強化平民地位的貴族從中作梗，所有成立的機構幾乎全都解體，但見識廣博的人士和受到恩惠的人民都給予極高的評價。

「那麼，回房後再好好聽妳說吧。」

「不過，父王，現在是女兒的散步時間，女兒先和克萊姆去附近晃晃後再回來。」

聽到公主表示散步比和國王談話更為重要的克萊姆，表情變得更加僵硬，葛傑夫覺得他有些可憐。

（不過，拉娜公主本來就很我行我素，身為隨從也只有隨侍一途。）

「是嗎，那妳去吧。回來之後到我的房間說給我聽。」

「知道了。那麼走吧，克萊姆。」

「屬下告退。」

葛傑夫以戰士身分向低頭鞠躬的克萊姆開口建議：

「克萊姆你也要精進劍術，以期在任何狀況下都能保護拉娜公主。」

「是！」

克萊姆用力地點頭，反倒是拉娜卻發出不滿的聲音。

「克萊姆才沒有問題呢，無論什麼時候，他一定都能保護我。」

毫無根據的說詞。不過聽到公主這麼一說，好像也有這種感覺。

「那麼我們走吧，克萊姆。」

拉娜的纖纖玉指，拉了一下身旁的克萊姆衣服一角。雖然應該是無意識的舉動，不過發現公主此舉的克萊姆，表情變得更加僵硬，恐怕已經像鑽石那麼硬了吧。

「是的，公主。」

被拉娜公主拉著的克萊姆雖然面無表情，但眼睛卻浮現痛苦與感嘆之色，隨著公主離去。

兩人雖然忘了尊卑之分，但國王對此卻毫無任何意見，只像是望著早已遺失的可愛事物，默默注視著兩人。

「……身為國王感到悲哀是很不好的一件事吧。」

克萊姆出身不詳，是拉娜在離開城堡外出時撿到的貧民之子。

骨瘦如柴，幾乎快要餓死的小孩，為了保護救命恩人不斷努力。不對，光是努力還不足以形容吧。

沒有劍術才能，沒有魔法才能，沒有任何得天獨厚的身體能力。

但是，他卻一點一滴地鍛鍊。當然，他的才能還不到葛傑夫的地步，也沒有到達英雄的領域。即使如此，他努力鍛鍊出來的實力，依舊到達所有王國士兵中的頂尖等級。然而還是有些東西無法超越。

那就是地位、權力，還有身為一個人的價值。

拉娜公主身為人的價值非常高，克萊姆根本配不上。

「屬下能夠體會。」

「雖然自知愚蠢，但還是至少想要讓一個女兒……能夠得到自由。不行，這樣會被其他女兒罵呢……真的老了啊，竟然會想到這些事情。」

國王望著空中，彷彿那裡有誰一樣：

「說不定，我也必須讓這個女兒陷入不幸呢。」

如果現在要把這位公主嫁出去，對象一定是大貴族派的人吧。

如此心想的葛傑夫什麼話都沒說，因為不知道該說什麼才好。能夠理解國王煩惱的人，只有相同地位的人才行，葛傑夫並非那樣的人。

兩人之間籠罩著一股沉默，為了揮去沉默再次邁開步伐前進。

第三章 混亂與掌握

Chapter 3 | Confusion and Understanding

1

傳送後的安茲，眼前看到的是一座山丘。不，並沒有那麼高，頂多只是六公尺高的平緩隆起。

隆起的土堆上面像草原般茂密地生長著低矮的尖葉植物，這座土堆感覺像是很久以前就已經隆起的樣子。放眼望去四處可見很多類似的隆起，讓人覺得這附近一帶就是此種地形。不過事實當然並非如此。

這個地形是納薩力克地下大墳墓守護者之一的馬雷，以魔法的力量所造成的。埋在這片土地下方的，正是納薩力克地下大墳墓的地表岩壁。

安茲發動「飛行(Fly)」，瞬間飛越土堆。在廣闊的視野內，看到一整片長滿雜草的大地，完全看不出半點納薩力克地下大墳墓地表部分的墓地模樣，似乎全被土堆覆蓋住了。

安茲沒有留戀這樣的光景，保持著原來的速度繼續飛行。

來到某個地點時，視野內的景色，隨著一道刺穿薄膜般的感覺出現變化。丘陵地形的景色消失，熟悉的家映入安茲眼簾。

這就是突破幻術防壁的證明。

沒有減緩「飛行」的速度，安茲的目標是最為巨大莊嚴的中央靈廟。因為那是通往納薩力克地下大墳墓內部的唯一入口。

一直飛到灰白靈廟的樓梯附近，發現底下有無數人影的安茲壓抑住焦躁的情緒，降落到人影面前。

「安茲大人，歡迎回家。」

隨著一道溫柔的女子聲音，許多歡迎安茲回家的問候聲也跟著陸續響起。

站在前方，身穿純白禮服的女子正是——納薩力克地下大墳墓守護者總管雅兒貝德，也是最清楚目前狀況的人物。

隨侍在後面的四位女僕是戰鬥女僕，她們後面站著八十級的僕役。

安茲利用「訊息」和雅兒貝德說完話之後，馬上向娜貝拉爾下令，進行傳送。在「訊息」過後只經過五分鐘，就有這麼多人出來迎接安茲歸來，由此可以一窺雅兒貝德身為管理者的手腕。

感到佩服的安茲舉起手輕輕一揮，回應僕人的問候。本來應該說一兩句慰勞的話比較妥當，但現在的情況並不適合。

「雅兒貝德，關於『訊息』中提到的那件事……」

夏提雅真的背叛了嗎？

他想要如此詢問但卻欲言又止。因為心中浮現不安，害怕如果真的開口，或許夏提雅背叛這件事就會成為事實。而且在僕役面前談論這個話題也太過危險。

「是的，那麼您要到其他地方談嗎？」

「說得對……應該到王座之廳談，對吧？」

「是的，那麼由莉，向安茲大人送上戒指。」

站在後方的女僕當中，靜靜走出一位戴眼鏡的女僕。

身上穿的雖然和娜貝拉爾一樣都是戰鬥用的女僕裝，但有一些細節並不相同。

娜貝拉爾的女僕裝是以防護為主，但她的服裝卻是著重在行動方便。從她的裙子前方沒有金屬板這一點，就可得到印證。

金屬護手上有著突出的尖刺，握起拳頭後就可化身為致命的武器吧。

藍色的寬大頸飾上面，裝飾著半透明的小型寶石，浮現並非出於反光，而是如火焰般晃動的光彩。

頭髮從後方挽起綁成晚宴頭，端正的臉龐帶著犀利與冷冽，充滿知性的感覺。

她正是由莉・阿爾法。戰鬥女僕的副隊長。因為男性的塞巴斯為隊長，所以在女僕之中，說由莉是整合者也不為過。

她雙手捧著一個盤子，鋪在上面的紫色絨布放了一枚戒指——安茲．烏爾．恭之戒。

安茲拿起戒指戴在無名指上。

可以讓人在納薩力克地下大墳墓內任意傳送的這枚戒指，每當安茲每次外出時都會取下寄放，因為擔心可能會被搶走。

望著戴在自己骨頭指頭上的戒指，安茲像是感到認可般點點頭。幾天沒戴的不適應感消失了，令他覺得非常滿意。

「那麼，走吧，雅兒貝德。」

因為無法直接傳送到王座之廳，因此他啟動戒指的力量傳送到王座之廳的前一個房間。

打開厚重的大門，安茲在雅兒貝德的陪同下往位於內部，以水晶做成的王座方向前進。

走著走著，安茲開口問出剛才想問的問題。

「那麼，開始之前，我想先問幾個問題。妳說夏提雅背叛，那麼她在背叛時，也在同一個地方的塞巴斯有什麼反應？他沒跟著一起背叛嗎？」

「是的，他並沒有背叛的跡象。」

「那麼，有向塞巴斯打聽相關訊息了嗎？」

「有的，已經打聽完畢。根據塞巴斯表示，他們遇到了強盜。之後聽說夏提雅為了捕捉強盜所以前往對方的巢穴。在這段期間並沒有什麼可疑的情況發生，還口口聲聲地表示會對安茲大人盡忠職守的樣子。」

「原來如此，也就是說，之後發生了什麼事才讓她萌生反叛之心了。」

「是的……另外，她好像還帶了兩名吸血鬼新娘，不過似乎已經被消滅了。」

「……是嗎。不過那種小嘍囉……不，這就表示發生了足以讓她們消滅的事。那麼，換我大致說明一下，我這邊發生了什麼事吧。」

來到通往王座樓梯的附近，事情便幾乎已經全部講完。不過，最重要的墓地一事還沒說完，所以安茲繼續說了下去。

全部結束後，靜靜聆聽的雅兒貝德點點頭表示了解。

雖然安茲很想問一下自己的處置是否有不妥之處，但現在還有更重要的事情想知道。

安茲望著王座，吟唱出規定的暗語：

「開啟主電源。」

一個有點像控制台，卻又截然不同的半透明視窗在眼前開啟。視窗內以標籤分成好幾頁，頁面上寫滿了密密麻麻的文字。

這是納薩力克地下大墳墓內的管理系統。

裡面記載著一天所需的管理費用；現在的僕役種類、數量，以及啟動中的各種魔法型陷阱裝置等，設計為同樣可以從這裡大致進行管理。在ＹＧＧＤＲＡＳＩＬ的時代，不管在何時何地都能觀看，但安茲透過實驗知道，這套系統在這個世界只能於心臟區的王座之廳運作。

（雖然每次都要來這裡有點麻煩……但有戒指可以傳送……所以也不用太過在意吧。）

安茲以熟練的動作，開啟裡面的ＮＰＣ標籤頁面。

裡面記載的是與公會成員共同創建的ＮＰＣ名字一覽表。顯示方式從原本的片假名排列順序改成等級高低的排列順序後，安茲從上依序瀏覽名單——目光停留在一個地方，就這樣默默將目光移到雅兒貝德的臉上。

「是的，已經變成這樣了。」

一連串以白色文字顯示的名字中，只有夏提雅．布拉德弗倫的名字變成黑色。

安茲知道這種文字變化所代表的意義，不過——

反覆觀看了兩次、三次，知道自己絕對沒有看錯後，安茲在心中大喊「不可能」。如果只有骨頭的臉還能動的話，現在一定是露出驚愕的表情吧。

「……死亡嗎？」

安茲不死心地詢問雅兒貝德。內心期待著，或許自己在傳送到這世界的時候，系統出現了什麼變化。不過，雅兒貝德說出口的事實卻是無比殘酷。

「死亡的話文字會消失。暫時變成空白，這是代表背叛的意思吧。」

「嗯……是沒錯。」

安茲如此回答雅兒貝德，再次回憶起在ＹＧＧＤＲＡＳＩＬ時，看到的這種文字變化。

雅兒貝德雖然說是背叛，但其實那和系統的意思稍微有點不同。的確，廣義來說或許是類似背叛，但那是受到第三者精神控制後所造成的結果，讓暫時採取敵對行動的ＮＰＣ名字出現顏色變化。

不可能。

安茲再次在心中如此否定，夏提雅和安茲一樣都是不死者，也就是說她同樣是那種不管正面負面，任何精神作用都會無效化的種族。這樣的夏提雅為什麼會受到精神控制呢。

夏提雅單純地背叛納薩力克還比較可以令人接受，例如，因為一些理由——對自己的待遇感到不滿、外面有人提出更好的條件等緣故才背叛。

如果不是那樣，那就是在傳送到這個異世界時，發生了什麼超越安茲知識的事情所造成。

安茲腦袋裡浮現恩弗雷亞的臉。沒錯，如果是像他擁有的那種天生異能（Talent）等未知能力，或許有可能影響不死者的精神吧。

「……會不會是受到這世界的特有生物、現象所造成的特殊影響呢？」

「不太清楚。但是夏提雅背叛是不爭的事實，建議立刻組成討伐隊。」

這時安茲突然醒悟，剛才迎接安茲回來的僕役，他們的主要任務會不會是討伐夏提雅？回想起來，隊伍裡面挑選了許多在納薩力克中也算罕見，具有能夠有效對付不死者的神聖屬性攻擊手段的僕役。

雅兒貝德口氣堅定地繼續說道：

「我想毛遂自薦擔任隊伍的指揮官，如果安茲大人允許，還想任命科塞特斯為副指揮官，也打算挑選馬雷入隊。」

這個選擇，是能將夏提雅確實消滅的完美布陣，可以感受到雅兒貝德是非常認真的。夏提雅・布拉德弗倫非常強。若單純只以守護者來比較的話，她是除了高康大之外最強的一位。因此如果想要有絕對的把握可以打贏她，就要派遣雅兒貝德挑選的那些成員對付，否則相當困難。

「您意下如何呢？」

「不，這個定論還下得太早。先確認夏提雅到底是為了什麼才背叛吧。」

「安茲大人果然是宅心仁厚呢。但是不管對方有什麼理由，只要敢與無上至尊為敵，就不必仁慈對待。」

「不是的，雅兒貝德。我並非對夏提雅仁慈，純粹只是不了解她背叛的原因。」

如果這件事也有可能發生在夏提雅以外的人身上，那就必須找出解決辦法才行。若是對待遇方面感到不滿，其他僕役和NPC也可能有同樣問題，必須針對將來可能發生在其他人身上的事情，採取必要的對策。

如果是受到天生異能等能力的強行控制，也必須找出應付方法。

聽到「訊息」告知過去同伴們創造出來的NPC背叛時，他覺得自己這個公會長好像被公會同伴否定了，受到嚴重打擊還差點跪下來。不過，這已經不只是被否定就可了事的問題了。

不是以公會長身分，而是必須以納薩力克地下大墳墓的絕對統治者身分解決問題才行。現在氣餒還太早，假設——雖然不可能——但是夏提雅若真的遭到強行控制，那就必須救她才行。

無法在部下遭遇困難時出手相救，還擺出一副了不起嘴臉的上司，根本就是不合格的領導者。

身為統治者的安茲必須保護屬下。

「那麼，夏提雅現在人在何處，有掌握她的下落嗎？」

「非常抱歉，尚未確認。考慮到夏提雅可能會攻擊納薩力克，所以先將她的直屬部下關起來，同時為了加強防禦也已經派遣僕役前往地下一層。」

「是嗎，這樣的話就先試著掌握夏提雅的下落，到妳姊姊那兒去吧。」

2

納薩力克地下第五層是以冰河為概念打造出來的極寒地帶。會讓人產生錯覺，好像從內部發出光芒的藍白冰山，有如墓碑般矗立在無止盡的白色大地上。自籠罩著厚厚雲層的天空飄落的白雪，在吹撫過寒冰而含有冰涼水氣的冷風下翩翩起舞。遠方可見的樹冰林被白雪完全覆蓋，宛如隱身在純白披風下的巨人。

安茲的衣服被刺骨寒風吹拂，隨風劇烈飄揚。想起一旁雅兒貝德的穿著，安茲開口發問：

「妳不冷嗎？如果有需要可以穿上鎧甲喔，這點時間應該還是有的。」

任何冰系攻擊對安茲都完全無效，不管如何寒冷都不會受凍。不過雅兒貝德不一樣。如果穿戴完整裝備，這點寒氣應該不會造成傷害，但現在的雅兒貝德卻是一身白色禮服。在傳送前雖然問過她，但總覺得她可能只是在硬撐。

不過雅兒貝德卻對如此擔心的安茲溫柔一笑。

「謝謝您的關心。但不要緊的，安茲大人，這點寒氣完全不成問題。」

安茲點頭回應：「這樣啊。」

原本這裡會施加冰損傷和動作遲緩的區域效果，但因為啟動的話需要花錢，現在處於解除狀態。這該說是當初的決定帶來的幸運嗎。還是雅兒貝德本身擁有消除冰損傷的魔法道具或特殊技能呢？

基本上，NPC的武裝是由設定的成員所賦予，安茲有自信說得上是瞭若指掌的只有潘朵拉．亞克特和其他寥寥數人而已。雖然在傳送之後，他姑且大致重新看過所有人的數據。

安茲摒除腦海中浮現的疑問，望著眼前那棟兩層樓的雄偉洋樓。

在這個冰天雪地的寒冷世界中，只有這座建築物散發出異樣的氣氛。宛如故事書裡的樓房，充滿童話世界的感覺。

不過，表面卻結著一層冰，給人一種寒冷的不適氛圍。事實上，這座樓房的名字完全沒有童話的感覺。

它的名字叫做冰結牢獄。

所有與納薩力克為敵的人都會被關在這裡。

「走吧。」

安茲簡潔地告知一句，推開結滿冰的大門。即使表面覆蓋了一層厚厚的冰，大門依然輕易開啟，那是宛如迎接來訪者的開門方式。

打開門的瞬間，竄出一股寒氣。因為牢房內的氣溫比外面的極寒世界還要低。

全身受到寒風吹拂，雅兒貝德這時才發起抖來。看到這一幕的安茲，伸手進入空間，取出一件深紅色的披風，下襬部分是模仿燃燒火焰的圖樣。

「穿著這件披風吧，雅兒貝德。雖然沒有特別強的魔法效果，但要阻擋寒氣已經綽綽有餘了。」

「竟然賞賜我這麼貴重的東西！非常感謝！我會把它當做一輩子的寶物。」

安茲並沒有說要送她，但看到雅兒貝德的滿臉笑容，無法繼續說什麼的安茲只能望向大門另一側。

一條寧靜陰暗的通道，一直延伸到牢房內。

「對了，陽光聖典的餘黨也是關在這裡吧。」

「是的。尼羅斯特應該正嚴密地看守著他們才對。好溫暖，好像被安茲大人抱在懷裡一樣……呵呵呵。」

「……是嗎，那真是太好了。」

被我這種無肉又無皮的手臂抱住，應該也不會溫暖吧，不過安茲當然不可能說出口。因為他可沒有不識相到這種程度。

將身體披著披風扭來扭去的雅兒貝德身影完全逐出視野，安茲緩緩地邁開步伐。

「妳在做什麼，已經沒什麼時間了……這次情況特殊喔。」

「是、是的！」

安茲的常駐技能（Passive Skill）「不死祝福」會讓安茲察覺到潛藏在館內的所有不死者。覺得這樣有些煩的安茲解除特殊技能，無視不死者在覆蓋了一層藍白寒冰的走廊上移動。如果沒有事先採取移動阻礙的對策，或許會在完全結冰的走廊上跌倒吧。

「……安茲大人，要呼喚尼羅斯特過來嗎？竟然沒有來帶路，讓納薩力克的最高統治者獨自前往……」

「不用了。雖然也不是壞事，但那傢伙的話有點多。現在有急需解決的事情要辦，我希望盡量避免浪費時間。」

「遵命，那麼等這件事結束後，我會好好告誡尼羅斯特，要他不要廢話太多。」

「不不，也不用那樣，我並沒有覺得那麼不舒服。」

「可是……」

看到身旁的雅兒貝德皺起眉頭，安茲讓不會動的臉浮現苦笑。身為主人，覺得屬下能替主人著想是很好，但這麼一來，搞不好可能會導致屬下以後都不敢發牢騷了呢。

「沒關係。我愛你們所有人，不管是你們的優點或缺點都一樣，因為你們都是過去同伴創造出來的。看到如此用心設計的部分而感到不快，那才是我的不對呢。」

沒錯，如果夏提雅是根據設定才背叛，那就必須原諒。因為她只是遵從了創造者佩羅羅奇諾的意志吧。不過他並非那種會在公會內埋下不和種子的人。這讓安茲感到一頭霧水，因為他是那種愛開玩笑，不喜歡破壞同伴間情感的男人。

（這麼說來，果然還是外在的原因嗎？因為那種文字的顯示方式，代表是受到了精神控制……不過也無法完全否定未能確認的部分，或是因為來到這個世界後設定出現變化的情況，我也沒有完全將ＮＰＣ的性格設定全都牢記在心。而且ＮＰＣ的性格設定，有些部分似乎和身為創造者的公會成員類似……我想應該沒有人可以將性格全都憑空設定，所以可能就是這樣吧。這麼說來，夏提雅……會不會是在設定上，被設下了什麼類似限時炸彈的機關？因為她的創造者喜歡H Game，所以在她身上輸入了什麼攻略事件之類的……哇啊，很有可能。）

安茲無力地嘆了一口氣，這時候才終於察覺到身旁女子出現的異常變化。

她雖然只是看著正前方默默行走，但和剛才不同，並沒有隨著安茲的步伐行走。而且雖然面朝前方，但並非看著前面，只是將眼神固定在一個點而已。

安茲發現雅兒貝德口中唸唸有詞後，豎起耳朵仔細聆聽。

「我愛你……我愛你……我愛你……」

只是不斷說著這句話，像是壞掉的音樂播放器一樣。

「……喂，雅兒貝德，我說的是愛你們所有人，所有人喔？」
雅兒貝德動作怪異地轉過頭來。
「不、不過，也就是說，這也包括愛我吧！」
「唔……也是啦。」
「咕呼！」
雅兒貝德雙腳併攏，可愛且輕盈地跳了起來——撞進天花板。
擁有超凡的身體能力就是這麼回事吧。
砰！不對，應該是轟隆吧。天花板發出一道驚人的巨響，讓人知道那股衝擊有多大。聽到如同炸彈爆炸的聲音，地板和天花板慢慢出現非實體魔物的半透明模樣。
這些是潛藏在這間牢房中，剛才被安茲的特殊技能偵測到的不死者。
「喔，你們可以退下了，沒什麼大不了的事。」
安茲的眼前是高興到快要哼起歌的雅兒貝德。雖然撞進了天花板，但她的種族特殊技能可以減輕損傷，所以似乎根本不會痛。
各種不死者恭敬地一鞠躬後，再度消失身影，回到預防敵人進攻的崗位。
「……雅兒貝德，差不多要到妳姊姊的房間了。準備好了嗎？」
原本還非常開心的雅兒貝德，表情瞬間嚴肅起來。

「遵命，那麼我要取出人偶了。」

「嗯，拿給我吧。」

雅兒貝德把手伸向牆壁，一隻白色的透明手臂伸出牆壁，將一個人偶放在雅兒貝德的手上。那是一個嬰兒人偶，大小也和嬰兒差不多。

安茲接下人偶，目不轉睛地盯著瞧。

「真的很噁心呢。」

那是模仿嬰兒的誇張造型，就像將丘比特的人偶完全扭曲，尤其是那雙骨碌碌的大眼睛特別噁心。安茲皺起不存在的眉毛，將目光望向通道的盡頭。那兒有著以門為中心繪製的一幅巨大壁畫。

是媽媽和嬰兒吧。那是一幅慈母抱著嬰兒的畫。

如果只是這樣應該會是相當美麗的一幅畫吧。不過可能是年代久遠，粉刷的地方有些脫落，變成一副慘不忍睹的模樣。尤其幾乎已經看不到嬰兒的樣子，只留下類似殘骸的東西。

安茲推開門。

門扉無聲無息地滑開——傳來嬰兒的哭泣聲。

並非一道、兩道，也非迴響的聲音。

那是由數十、數百道的哭泣聲合而為一後，傳到安茲他們的耳裡。不過，房間內並沒有看到任何嬰兒。

雖然看不見，不過確實存在。

在沒有擺放任何家具，空蕩蕩的房間中央有一個搖籃，有個女人輕輕搖著搖籃。

即使安茲他們進入房間，穿著黑色喪服的女人依然默默不語，只是自顧自地搖著搖籃。看不到她的臉，因為她的臉被黑色長髮完全蓋住。

平常如果有ＮＰＣ看到無上至尊（安茲），依然不予理會，雅兒貝德一定會大聲斥責。不過，她卻什麼話都沒說。安茲知道這是什麼緣故，因為雅兒貝德稍微戒備的身形已經足以說明一切。

「差不多要開始了嗎？」

「應該是的，請留意。」

彷彿是以兩人的對話為信號，女子的動作像是凍結般一動也不動。接著慢慢將手伸進搖籃，輕輕取出裡面的嬰兒。不，那並非真的嬰兒，是嬰兒人偶。

「不對、不對、不對、不對。」

她用力搖晃然後丟出去，被用盡全力丟出去的人偶撞上牆壁，四分五裂地飛散。

「我的小孩、我的小孩、我的小孩、我的小孩——！」

女子發出咬牙切齒的聲音，以這個聲音為信號，地板和牆壁上的哭泣聲變得愈來愈大，聲音來源終於現身，如同半透明嬰兒的肉團從中滑了出來。

「翠玉錄桑居然在這種地方配置了這麼多魔物喔……到底花了多少錢啊。」

這個類似嬰兒的蠕動肉團是接近二十級的魔物，名叫腐肉赤子（Carrion Baby）。

在YGGDRASIL這款遊戲中，只要使用遊戲中的貨幣或是付費，就可以將非自動冒出的魔物配置在迷宮內。不過，被消滅之後無法復活，對玩家來說比較像是奢侈品，若非重視角色扮演性的玩家是不會配置這種魔物的。

在這裡配置了這麼多非自動冒出的腐肉赤子——即使等級很低，也可以一窺翠玉錄這個人有多講究。

正當安茲感到佩服時，女子不知從何處取出一把大剪刀，緊緊握在手中。銳利的眼神從那一頭亂髮中，瞪向安茲他們。

「你們、你們、你們、你們，搶走了、搶走了、搶走了、搶走了，我的小孩、我的小孩、我的小孩、我的小孩——！」

「……真的是妳的姊姊。和妳很像呢。」

「咦？是、是嗎？」

似乎認為安茲他們的悠哉對話是惡意舉動，女子帶著殺氣化為疾風朝向安茲奔馳而去。只跨出數步就讓彼此的距離縮短到零，身穿黑色喪服的女子以如此異常大步的奔跑方式衝過來。

女子向安茲奮力刺出手中的剪刀——

「妳的孩子在這裡。」

——安茲將人偶遞給女子後，女子的動作像按下停止按鈕般立刻凍結。接著收起剪刀，慢慢收下人偶。

「乖乖乖！」

她滿懷慈愛地抱住自己親愛的孩子，彷彿永遠不會放開。接著小心翼翼地將嬰兒放回搖籃，然後將長髮覆蓋的臉轉向安茲他們：

「飛鼠大人，還有我可愛的妹妹，別來無恙？」

「好久不見了呢，妮古蕾德。妳似乎也……別來無恙，我也深感歡喜。」

在這一連串的過程中，安茲能夠不慌不忙地冷靜應對，是因為在之前的遊戲中已經目睹過這個瘋狂的場面。

（那時候可是嚇到尖叫呢。）

公會同伴說創建了新的角色，找他和其他公會同伴去看，結果大家一起發出尖叫，聯手全力攻擊妮古蕾德的情景，如今已是令人懷念的回憶。

「姊姊，好久不見。」

沒錯，這位妮古蕾德正是雅兒貝德的姊姊。同時也和雅兒貝德一樣都是由翠玉錄這位玩家創建的NPC。

如果說雅兒貝德是強烈地表現出他所喜愛的落差萌那一面，那麼妮古蕾德就是將翠玉錄這位玩家喜愛恐怖電影的另一面強烈體現出來的角色。

（雖然完全不是壞人，不過卻是一位個性強烈的人呢。）

平常說話時，他就是一位條理分明的人，但談論得愈深入，他的強烈性格便會表現出來。回想著過去的公會成員時，妮古蕾德將完全遮住臉的長髮從中撥開，露出廬山真面目。

她可能是覺得遮著臉有點失禮吧，但安茲倒是希望她能保持原狀。

她的臉真的相當詭異，沒有皮膚，是一張肌肉外露的臉。

沒有嘴唇只有像珍珠般美麗的牙齒，沒有眼皮只有閃閃發亮的眼睛，單看牙齒或眼睛都相當美，但整體看起來卻只會覺得噁心。

像會在恐怖電影中出現的醜臉又可怕地扭曲起來。因為沒有皮膚有點難以判斷，不過她和安茲不同，臉上還有肌肉，因此可以推測出來那應該是在笑。

「那麼飛鼠大人，有什麼事——」

「——啊，抱歉。那時候妳沒有到王座之廳所以不知道，我現在不叫飛鼠，已經改叫安茲・烏爾・恭了。今後叫我安茲。」

聽到一道倒吸一口氣的驚呼聲，接著妮古蕾德慢慢抬起頭：
「遵命，安茲大人。」
「那麼妮古蕾德，我來這裡是想請妳幫忙，可以以妳的能力助我一臂之力嗎？」
「我的能力嗎？是生物方面呢？還是無生物方面呢？」
「……姑且算是生物……應該是生物吧……跟妳講明吧，目標是夏提雅．布拉德弗倫。」
「樓層守護者？……失禮了。如果是安茲大人的命令，屬下立刻行動。」
雖然發出充滿疑惑的聲音，但妮古蕾德還是立刻答應要求。
「拜託妳了，姊姊。」
有些耍寶地立起拇指，回答雅兒貝德的拜託後，妮古蕾德開始發動數種魔法。種類相當豐富，安茲想起那些魔法很多都是之前才剛聽過。昨晚讓娜貝拉爾施展的各種魔法。
妮古蕾德是魔法吟唱者，在納薩力克內也是幾乎位居最高階的高等NPC。雖然外表看不出來，但她的職業結構都是專門用來收集情報的調查系類型。所以安茲才會來這裡請她幫忙尋找夏提雅。
以符合本身能力的速度，妮古蕾德很快地便報告結果。
「找到了。」

「叫出『水晶螢幕Crystal monitor』。」

再次發動魔法後，浮現出來的水晶螢幕上出現一個類似森林廣場的地方，有個身穿鎧甲的人站在樹林中。

安茲讚賞了一句。

「厲害，以定點方式捕捉到目標，果然是名不虛傳的特化型魔法吟──」

感嘆的稱讚隨著影像變得更鮮明後，就此消失。

浮現在螢幕中的人，身穿染滿鮮血般的深紅色全身鎧，只有臉部位置開了一個大洞的頭盔像個天鵝頭，左右突出兩根類似鳥類的羽毛。胸部至肩膀掛著翅膀造型的裝飾，下半身則是一件鮮紅的裙子。

一隻手握著一把奇形怪狀的巨大長槍，類似上理化課時會用到的滴管。

這是在信仰系魔法吟唱者中，擁有特化戰鬥能力的女武神這個職業的夏提雅·布拉德弗倫，進入完全戰鬥狀態的模樣。

「滴管長槍！是佩羅羅奇諾大人送給夏提雅的神器級魔法道具！」

雅兒貝德看到夏提雅的武器後，發出驚愕的聲音。

安茲擁有的神器級道具，數量多到可以穿戴到全身可裝備道具的每個地方。但這不代表那些道具可以輕易製造出來。

ＹＧＧＤＲＡＳＩＬ的魔法道具是埋入電腦數據水晶製作出來的，但魔物掉落的電腦數據水晶性能參差不齊，若是要製作神器級道具，必須有好幾個被稱作「極稀有掉落物」的電腦數據水晶才行。不僅如此，若是要將這些電腦數據水晶埋入容器——例如劍之類的武器——還必須是那種以超稀有金屬打造出來的武器才行。

因此，即使到達一百級，連一個神器級道具都沒有的玩家也不算少數。

即使是前十大公會的安茲．烏爾．恭公會成員，也沒有連ＮＰＣ的武裝都湊齊神器級道具，頂多只讓他們持有一兩個而已。

而夏提雅．布拉德弗倫持有的神器級道具正是滴管長槍。

名稱聽起來有點蠢，但能力卻是極為惡毒。有些電腦數據水晶可以吸收一定比例的損傷量，回復裝備者的體力，而滴管長槍更是強化此一能力的箇中翹楚。

「……立刻動身吧。」

「咦？啊，請等一下！夏提雅既然已穿起全副武裝，可以想見到時候絕對會一觸即發，必須挑選一些保護大人的護衛才行。」

「沒有那種時間了，若是交涉失敗，只要立刻撤退——」

『安茲大人，打擾了。』

一道女子的聲音在腦中響起，那是留在耶．蘭提爾的娜貝拉爾的聲音。

這個絕差時間點的唐突呼喚，讓安茲稍微火大。
「怎麼了，娜貝拉爾？現在——」
我正在忙，想要如此說的安茲把話說到一半停了下來。
因為他想起昨晚也是打斷了安特瑪的「訊息」。雖然覺得當時是不得已，但若是當時能立刻行動，或許狀況會與現在不同。因為也可以把解救恩弗雷亞的工作交給娜貝拉爾處理。
些許的後悔讓安茲回復冷靜。
NPC把安茲當作絕對至尊。因此即使是錯誤的判斷，還是很容易把安茲的話當作第一優先。正因為如此，安茲才必須保持冷靜，盡可能小心謹慎地行動，避免發生失誤。
（對我這種普通人來說，這還真是無理的要求呢……）
嘲笑自己漏洞百出的判斷力，苦笑地認為那實在是不可能的安茲，感受到「訊息」中的娜貝拉爾，散發著下屬等候主人差遣的氛圍，像是被雷打到般全身一震。
（我在想什麼啊？我可是安茲．烏爾．恭，納薩力克的統治者，以大家的的總稱為己名之人。沒錯，我不是鈴木悟。不可能？不對，既然要自稱這個名字，就必須將不可能化為可能。）
「……不，沒事。怎麼了？妳有緊急狀況才用『訊息』聯絡我吧？」
『是，其實是冒險者工會的人在找安茲大人。』

「……如果是昨晚的事就請他們等一下……不，不對。應該是其他事情吧？」
『是！大人果然明察秋毫。』
娜貝拉爾在這時候含糊其詞，以沉默表示迷惘。不久，她似乎已經在心中找到結論，再次開口：
『其實，除了之前的那件事之外又發生一個問題。就是……關於吸血鬼的事件。』
「什麼？妳說吸血鬼？」
安茲將目光轉向出現在「水晶螢幕」上，目前依然站得直挺挺的夏提雅。
「關於那個吸血鬼，對方有提到些什麼嗎？例如說銀髮，或是身穿深紅鎧甲之類的。」
『沒有，很遺憾，來找大人的人只不過是個跑腿的。對方只說詳情會在工會說明，希望大人能儘早過去。聽說已經有好幾支冒險者隊伍都到了……工會使者正在附近，該如何向他轉達呢？』
安茲閉上眼睛，當然沒有眼球，只是眼窩中的燈火消失罷了。
「關於娜貝拉爾傳來這樣的『訊息』，妳怎麼看，雅兒貝德？」
說明完畢後，雅兒貝德低下眼神，數秒後再次看向安茲。
「在情報不足的現況下，不管選擇哪一方都各自有優缺點。只能任憑安茲大人您的個人喜好來選擇吧。我個人認為，可以不用理會那些人類也無所謂。」

安茲對雅兒貝德表達感謝後，陷入深思。

如果以夏提雅為優先考量，發展到最惡劣狀況的場合。

若以工會為優先考量的話，夏提雅的現況又會出現怎樣的轉變呢。

往壞處想的話，感覺不管如何都會演變為最壞的事態。

這時候如果有同伴在場，就可以採用多數決立刻做出決定吧。但現在同伴並不在。身為納薩力克地下大墳墓的託管者，以如此重要的名字自稱，自己必須決定。

經過一番猶豫後，安茲做出結論。

「雅兒貝德，派人去監視夏提雅。我去一趟耶・蘭提爾的工會。等這件事結束後，帶我去找夏提雅。」

「遵命。」

「妳有聽到了吧，娜貝拉爾。」

『遵命。那麼屬下就告訴使者，您將會前往。』

「啊啊，跟他這樣說吧。那麼雅兒貝德，不好意思，我要前往工會。」

「明白了，我這就遵照剛才的指示，派遣幾名僕役出去。」

「麻煩了。還有我會把戒指交給由莉，之後就麻煩妳回收了。」

其實還有東西想要交給圖書館長，不過覺得已經沒有那種時間的安茲，立刻發動戒指的能力進行傳送。

房間裡留下姊妹兩人，氣氛變得輕鬆起來。像是在等待這個時機般，妮古蕾德那沒有眼皮的眼睛，發出好奇的眼神。

「怎麼了？夏提雅發生什麼事了？」

「嗯，她好像造反了。」

「……無法置信……這怎麼可能……真的嗎？」

「我也無法置信，不過結論就是這樣。」

「那麼快點把她解決掉不就得了。但是看樣子，安茲大人似乎不希望那樣？」

「是啊。因為安茲大人非常仁慈……不，應該是判斷還沒調查夏提雅為什麼背叛就殺了她，或許會造成重大失誤吧。安茲大人應該會那麼認為才對。」

哦——，妮古蕾德發出一道不知道是同意還是否定的微妙語氣。

「知道了，在妳派僕役前往監視夏提雅之前，我就先暫時從這裡進行魔法監視。」

「麻煩妳了，姊姊。」

認為話已經說完，正打算解放戒指的能力時，雅兒貝德察覺姊姊好像有什麼話想說。正經時候的姊姊是那種會把想說的事情好好說出來的類型，會讓姊姊如此欲言又止的理由只有一個。

雖然不想問，但考慮到話題萬一不是之前那件事，即使不願意也必須開口發問。

「怎麼了，姊姊？」

「……因為我不被允許離開這座冰結牢獄，所以不清楚外面的情況，那個絲比尼兒現在還好嗎？」

……果然是這樣。

雅兒貝德在心裡如此想，後悔開口發問，但還是不動聲色地配合這個話題說道：

「姊姊，妳對那女孩這麼稱呼……」

「我非常討厭那女孩，即使我們都是翠玉錄大人創造出來的角色……不，絲比尼兒被創造出來的方式，根本和我們不一樣。她絕對不是那種可以讓人敞開心胸的對象。」

「沒有那回事啊，姊姊。她很可愛啊。」

「在我看來，只會覺得妳是被她矇騙而已。絲比尼兒她絕對會對納薩力克帶來巨大的災害，我可以跟妳打賭。」

「……關於這個觀點，我們是處於永遠的平行線呢，我相信那女孩絕對不會成為禍害。」

「是嗎，如果身為——守護者總管的妳這麼決定，我也不好再說什麼，不過我還是希望，妳能以守護者總管的身分將我的顧慮牢牢記住。」

「知道了，我會將姊姊的顧慮牢牢記住。」
忍住想要嘆息的情緒，雅兒貝德傳送到他處。
不過，平常只是一笑置之的事情，今天卻像是一根尖刺刺入心中。
無上至尊創造出來的人物，全都是赤膽忠心，她是這樣認為的，但夏提雅還是造反了。
那麼其他人也有可能背叛吧。
說不定，妹妹也有背叛的可能——
她無法將這種想法完全抹去。不過對雅兒貝德來說，這絕非一件壞事。
雅兒貝德在傳送的地點，帶著恍惚的迷濛眼神。
「安茲大人，我愛的人，我是您的忠犬，您的奴隸。」
她向不在此處的男人表達心意。
「即使納薩力克的所有人都造反，我都會站在您的那一邊。」

3

「來來來，飛飛先生，請找空位坐下。」

房間內有六名男子，其中三位是全副武裝的剽悍男子，另一位雖然也是雄壯威武卻沒有任何武裝的男子，站起來向安茲如此招呼。還有一位身穿長袍感覺有些神經質的消瘦男子，最後是位於房間最裡面的肥胖男子。

安茲在所有人的注視中坐下後，站著的男子立刻再度開口：

「就讓我先自我介紹吧。我是在這個城鎮擔任冒險者工會會長的布爾敦．艾恩扎克。」

是位看起來相當精悍的壯年男子。

散發出身經百戰的強者氛圍，應該沒有人會懷疑他是一位優秀的戰士吧。

「這位是市長帕納索雷．葛爾傑．帝．雷天麥亞先生。」

安茲輕輕點頭後，帕納索雷便稍微揮了揮手回應。

肥胖——不，老實說根本是全身肥肉。腹部有著一團臃腫的肥油，連下巴也長滿過度的肥肉。因為長滿肥肉，臉上看起來根本就是不起眼的肥胖型鬥牛犬。

頭頂的頭髮已經稀薄到可以反光，剩餘的頭髮也已經變白。

「飛飛先生，請多指教。」

不知道是不是鼻塞，說話時常會冒出噗咿聲。安茲再次向肥豬般的男子點頭示意。

「這位是耶．蘭提爾魔法師工會會長提歐．拉克希爾。」

感覺有點神經質，非常消瘦，像竹竿一樣纖細的男子向安茲點了點頭。

「而他們三人和你一樣是受我們之邀前來，都是耶・蘭提爾引以為傲的冒險者小隊。由右至左依序是『克拉爾格拉』的代表伊格法爾吉先生、『天狼』的代表。佩洛提先生和『虹』的代表摩克納克先生。」

被介紹的這三人，和脖子上掛的金屬牌顏色——秘銀色——相得益彰，站姿威風凜凜，甚至令人有強而有力的感覺。身上穿的裝備品雖然對安茲來說像是廢物，但和這城鎮遇到的冒險者相比卻好很多。

每個人的眼神都帶著不同的情感，但其中的共同情緒應該是好奇心吧。

其中一人——克拉爾格拉冒險者小隊的代表伊格法爾吉，目光銳利地瞪著坐在椅子上的安茲，冷冷問道：

「在此之前，有件事想先請教一下，艾恩扎克工會會長。我沒有聽過飛飛這個名字，既然是秘銀等級，他應該曾經有過什麼豐功偉業吧？」

雖然語氣中帶有一點敵意，不過，似乎完全不在意的艾恩扎克，開朗地回應：

「他的豐功偉業是收服了森林賢王，昨晚還三兩下就解決了發生在墓地的事件喔。」

「墓地的事件？」

和一頭霧水的伊格法爾吉不同，「虹」這個冒險者小隊的代表摩克納克發出一聲驚呼。

「莫非是出現大量不死者的那個事件？」

「噗咿——你的消息還真靈通呢。因為收到相當麻煩的消息，所以已經下達指示，要求底下盡量不要洩漏才對，你是從哪聽到的？」

不知是不是因為鼻塞的緣故，對話時也常會聽到噗咿這個走調的聲音。而且可能是因為用嘴巴呼吸，他的語氣幾乎沒有抑揚頓挫。感覺有點奇怪，像是在逐字唸劇本一樣。

「抱歉，市長。我也是稍微聽說而已，實在很難回答是從哪裡聽來的。而且我也不知道詳情為何。」

兩人的目光相交，相視一笑。摩克納克是假笑，市長則是苦笑。

「噗咿——聽起來就像在說謊，不過算了。知道不死者這件消息的人應該很多吧。噗咿——抱歉，不小心插了一下嘴。」

「不要緊的，市長。因此工會就結果判斷，認為飛飛先生是符合秘銀等級的冒險者。」

「只有這一件嗎？只解決了一個事件？依序歷經升級試驗的冒險者，應該會不滿吧？」

剛才對艾恩扎克還維持的禮貌已不見蹤影，伊格法爾吉露出明顯的敵意，這時旁邊又冒出一道冷言冷語。

「哼，工會會長，老實說我也和他一樣，對飛飛先生的秘銀等級感到不滿。」

從旁插嘴的是魔法師工會會長——拉克希爾。他臉上露出嘲諷的表情，不過安茲明白那表情並非針對自己，而是針對伊格法爾吉。可是當事者似乎沒有看懂，伊格法爾吉對拉克希爾露出友善的微笑。

「魔法師工會會長似乎和我是英雄所見略同呢。」

「呵、呵呵。」

像是聽到了什麼好笑的事情，拉克希爾的薄唇彎得更薄了。那表情絕非善意的表現，因為他的眼神中清楚呈現輕蔑之色。

「是嗎？我倒覺得你和我的看法是天差地別呢。」

「你這話是什麼意思——」

「真是的，別吵了，伊格法爾吉先生。工會還有人認為，飛飛先生是完成山銅等級的偉業喔。」

「啥！」

伊格法爾吉的臉上像是在說那怎麼可能。

看見那副表情，拉克希爾笑到整張臉扭曲起來。

「飛飛先生只憑兩人——不，連同森林賢王共三人就突破了數千隻的不死者，當場打倒正在進行邪惡儀式的人物。」

「——那種小事，只要擅長祕密行動就辦得到！」

拉克希爾有些裝模作樣，唉地嘆了一口氣：

「你說的確實沒錯。我也認為只是那樣的話，飛飛先生還不能算是山銅等級吧。不過一具不死者的骸骨，說明了飛飛先生的實力。」

拉克希爾把話說到這裡後，帶著嚴肅的眼神望向身穿漆黑鎧甲的安茲。

「……骨龍(Skeletal Dragon)的骸骨，飛飛先生殺死了具有絕對魔法防禦的可怕不死者。」

「這、這個嘛！骨、骨龍確實很強！不過只要是秘銀等級的冒險者還是能夠打——」

「——能同時打倒兩隻嗎？」

「什麼！」

驚呼的聲音不只來自伊格法爾吉，其他兩位冒險者也驚呼出聲。接著兩人望向安茲的視線出現了微妙變化，彷彿想是要調查湖水深度的調查員。

「留在現場的是兩隻骨龍殘骸。你們隊伍能夠在短時間內突破數千隻不死者，消滅兩隻骨龍，殺死企圖引發未知現象的首謀嗎？在前往墓地的冒險者中，還有人目睹了扭曲靈魂的死靈(Wraith)等強大不死者。你們能夠攻陷那樣的險地嗎？」

伊格法爾吉無言地咬緊嘴唇。

「再問你們一個問題吧。飛飛先生的隊伍聽說除了飛飛先生之外只有一位女性。那位女子是魔法吟唱者，對付具有絕對魔法抗性的骨龍，只能說相當無能為力。在這樣的情況下，若你們同樣只有兩人……不，連同森林賢王只有三人的話，能夠完成那樣的豐功偉業嗎？」

拉克希爾對安茲恭敬地鞠了一個躬：

「在下謹代表城鎮的一份子，向安茲先生表達感謝之意。如果您沒有迅速出手，不知道有多少生命會因此犧牲，雖然謹代表個人表示感謝，但如果您有任何需要，只要吩咐一聲，在下都會盡可能協助。」

「您過獎了，魔法師工會會長。我只是接受巴雷亞雷小兄弟的委託，解決了問題而已。」

「呵呵呵呵……」

拉克希爾笑了出來，笑聲中充滿佩服之意。

「您果然可以稱得上山銅……不對，可以稱得上精鋼級了。以這麼少的人數完成如此偉業，竟然還如此謙卑，甚至說得像是家常便飯一樣。聽說您的同伴能夠使用的魔法到達第三位階……應該不是真的吧？」

「很高興您的讚美……但是，我不想隨便展示本領。」

「是嗎，那還真是可惜。」

安茲和拉克希爾兩人談笑風生，這個態度讓伊格法爾吉面紅耳赤，大聲吼叫起來：

「我們只要動員所有人，還是一樣能夠解決問題！說起來，隊員人數那麼少是他的問題吧！只是因為品格有問題，才召集不了什麼隊員吧！」

室內的氣氛變得劍拔弩張，像是為了降溫，一道噗咿的走調聲音響起。

「這個話題就到此為止吧。這次聚集各位到此，可不是為了讓大家來吵架的喔？」

聽到最後發出的噗咿聲，伊格法爾吉洩了氣般地坐下來。不過還是帶著充滿怒火的眼神瞪著安茲。兩位工會會長對這副模樣無奈地搖了搖頭。

「我能明白兩位看重實力的心情，但這次的主題並不在此喔，還是快點把問題解決比較好吧。」

「市長，感謝您。」

「嗯？雖然不知道你要謝我什麼，不過還是請你們繼續說下去吧。其實我也不太清楚到底是怎麼回事。」

「好的。若是當時能立刻報告就好了……」

「別在意，我當時也忙於處理和史托羅諾夫先生有關的事情。」

又冒出一道走調的噗咿聲。

「那麼，進入正題——」

「在那之前，至少要有點最基本的禮儀，應該脫下頭盔吧？」

帶著如此諷刺的語氣，伊格法爾吉又再次插嘴，即使言之有理，還是讓人覺得有點火大，其他冒險者也都幾乎皺起眉頭。

「沒關係，這次他說得很正確。我的確有失禮數。」

不過當事人安茲卻異常冷靜地脫下頭盔，露出以魔法偽裝出來的臉。相貌平凡，並不是什麼美男子。

「因為我來自國外，為了不想招惹麻煩，才會戴著頭盔。請原諒我的無禮。」

「呿，是外國人喔。」

「給我節制點，伊格法爾吉。保護人類不受魔物侵犯的冒險者沒有國境之分。你這樣對工會創立以來的不成文規定出言抱怨，真讓同樣身為冒險者的我感到羞恥。」

一道斥責再次插嘴的伊格法爾吉的聲音響起，知道這是在場所有人的意思後，他才心不甘情不願地住嘴。

「……因為就像這樣，光是來自國外就會經常受到有色眼光對待。」

安茲的這句話讓幾個人的臉上露出苦笑。伊格法爾吉的臉上已經氣到一陣青一陣白，但安茲再次戴起頭盔時，已經沒有人再抱怨了。

「那麼，希望不要再節外生枝了，我想立刻進入正題。」

「都是因為有人遲到，以致於到現在還沒聽到內容。」

「關於這點真是抱歉，還請見諒。」

安茲低下頭來真心道歉。安茲在身為上班族的時候也曾有過類似經驗，被上司說全員到齊後才能開始進行會議，因此只能壓抑著想要回家的那種心情。他真的很能體會。

帶著這種心情坦率道歉的表現，和不斷冷嘲熱諷的伊格法爾吉形成強烈對比，讓安茲看起來更加高尚。一道感嘆的聲音響起，讓伊格法爾吉的臉變得更加難看，因為他理解到自己的評價不知道已經變得多低了。

不過，還有一個人比伊格法爾吉還要生氣。

「……夠了沒有啊，如果再繼續插嘴，就給我滾出去。」

那個人當然是艾恩扎克。眼睛充滿明顯的怒火，完全沒有半點剛才的穩重口氣，瞪視的對象當然是伊格法爾吉。

伊格法爾吉輕輕低頭行禮表示抱歉。

看見對方如此坦率的舉動，安茲感到疑惑。如果從他剛才對自己的敵意來看，這時候即使表現出類似國中生反抗父母的態度也不奇怪。那麼，為什麼他會在這種時候退縮呢。

經過短暫思考後，安茲得到一個假設的結論。

在這個聚集了秘銀級冒險者的場所，一個人如果被趕走，那麼他會招來怎樣的批評呢。即使與事實有所出入，但還是有可能會被認為是因為毫無價值才被趕走。這麼一來，他在冒險者內的地位將會一落千丈，這就是他閉嘴的緣故吧。

「先簡單報告一下，約在兩天前的晚上，在耶・蘭提爾近郊街道巡邏的冒險者遇到吸血鬼，其中有五名冒險者遭到吸血鬼殺害。這次召集大家到此就是為了那個吸血鬼的事。」

繼續聽完吸血鬼的外表說明後，安茲的期望輕易地遭到粉碎。

根據劫後餘生的冒險者描述，雖然因為太過害怕，只隱約記住吸血鬼的服裝、髮色等外觀，但卻留下「銀髮大口」的強烈印象。

即使只記得模糊的外表，但只要認識夏提雅的人聽到，很快就能聯想到是她。看來在安茲心中，已經可以確定吸血鬼是誰了。

（真的不知道是什麼原因才演變成這種情況。但是若不竄改那些殘存者的記憶，恐怕有些不妙，找到機會就來執行吧。）

當安茲皺起幻影眉毛的期間，談論還是不斷持續進行著。

「原來如此。我也不太清楚這件事，不過為我一個人說明也太占用大家時間，所以再找機會說給我聽，我有問題的話再問你們吧。」

「了解。那麼各位，有沒有什麼問題？」

「所謂的近郊是在哪一帶？」

「從都市北門前進，走路約三小時的地方。那附近有一片很大的森林，就在那座森林裡面。」

「那些冒險者是什麼等級？」

「鐵牌等級。」

「……想請教一下，只為了吸血鬼就召集這麼多冒險者過來嗎？是打算採用競標的方式嗎？」

「就是說啊。吸血鬼的話，白金等級的冒險者就足以對付了吧？我完全搞不懂為何要召集這麼多的秘銀級冒險者過來。」

「原因很簡單啊，因為那個吸血鬼很強。」

拉克希爾插嘴回答，每個人都露出訝異的眼神看向拉克希爾。

「很強的吸血鬼……？」

「你的意思莫非想說，對方是高階吸血鬼……出現在十三英雄譚裡那位著名的吸血鬼王侯『滅國』嗎？」

「不知道對方是不是那位吸血鬼王侯，不過冒險者遇到那吸血鬼時，對方使用了第三位階魔法『創造不死者』。這代表什麼意思，應該不需要向你們這些冒險者說明了吧？」

無話可說。不只如此，他們僵硬的表情已說明了一切。

「唔——我完全不懂是什麼意思，可以告訴我嗎？」

「真是抱歉，市長先生。」

「能夠使用那種領域的魔法，如果單純評價，可以把對方看成是具有白金等級的能力吧。」

大概理解此一解釋的帕納索雷皺起眉頭。

「也就是說……我不用這種方式說話了。」

帕納索雷的眼神變得銳利起來，光是這樣給人的感覺就為之一變。從剛才懶豬般的怠惰表情變成猙獰的野豬表情。不，這才是帕納索雷真正的面貌吧。

「也就是說，魔法師工會會長你的意思就是如此囉。足以和白金級小隊匹敵的魔物，擁有白金級的能力。」

「您說的沒錯。」

「單純來判斷的話就是強上加強的意思囉？」

「可以這麼認為沒錯。」

「如果以軍隊來說的話，相當於怎樣的程度呢？」

「軍隊嗎……這個問題有點難呢。」

拉克希爾有些傷腦筋，接著再度開口。

「這只是我個人的約略想法，先把話說在前頭，這個想法並非絕對。如果把對方當成軍隊來評估的話，不死者不會疲勞也不需飲食……勉強來說應該相當於萬人左右的軍隊吧。」

「你說什麼！」

這個結論讓帕納索雷發出驚愕表情，像是要徵求意見般環顧其他冒險者。除了安茲外，其他人都點頭同意魔法師工會會長的說法。

艾恩扎克開口表示「我來接續提歐的話——」，像是接下拉克希爾的棒子一樣開始繼續說道：

「一般認為白金等級以上的冒險者，大約占該國冒險者的百分之二十左右。王國內的冒險者大約有三千人左右，因此在王國全土超過八百萬的人口中，白金級以上的冒險者只有六百人左右。可以理解嗎？白金級以上的冒險者就是這麼少。」

「這樣啊。雖然不想理解，但我已經理解了。那麼，針對這樣的狀況，想要問一下你們這些冒險者。你們有自信能夠前往討伐嗎？如果沒辦法……這個嘛，去請戰士長葛傑夫先生幫忙如何？」

葛傑夫・史托羅諾夫——王國的最強戰士，超過精鋼等級的冒險者，可以稱為王國最後王牌的人物。

不過，艾恩扎克卻立刻出言否定。

「的確，或許沒有戰士能夠戰勝史托羅諾夫先生。不過，比他更弱的冒險者小隊和史托羅諾夫先生對戰的情況，獲勝的一方絕對會是冒險者小隊。因為冒險者小隊具有各種攻守方法——以史托羅諾夫先生為例的話，冒險小隊可以使用的魔法和武技是史托羅諾夫先生的四倍。對付具有特殊能力的魔物時，老實說這樣的差別可說相當巨大。」
「唔……」
「上上之策是召集精鋼級和山銅級的冒險者吧。在此之前，先讓我們這裡這些城鎮最強冒險者，建立防衛網以阻止吸血鬼入侵。」
「這個方法會不會太被動了？」
「考慮到最壞的發展，這應該是上上之策。對方可是一個人便足以匹敵整支軍隊喔？」
「足以和龐大兵力對抗的力量，會突然出現在各種場所的恐怖……實在不願想像。」
如果是萬人的軍隊，可以從行軍形跡輕易發現對方位於何處，而且為了維持這樣的軍隊，也必須準備適當的大量糧食，這樣就很難進行長期作戰。
可是，如果這是個人的情況，又會變得如何呢？而且還是那種能夠使用「隱形」等各種魔法，擅長祕密行動的個人。
「不過，關於工會會長的意見，以我身為冒險者的身分來說，要建立防衛網是很難的一件事。因為為了配合彼此的行動，需要長期訓練才行……」
「不需那樣，只要能夠共同作戰即可，各位覺得這樣如何？」
冒險者立刻反對市長提出的意見。
「應該辦不到吧。想要有默契地行動，就必須擬定綿密的作戰計畫才行，但計畫愈是綿密，發生意料外的情況時愈是容易出錯。如果是那樣，倒不如別合作各自戰鬥還比較好。說起來，為什麼那個吸血鬼會出現在那種地方？工會方面調查到什麼程度？」

「關於這方面，因為對方是強大的吸血鬼，工會也還沒辦法查到非常詳細。正想要組成調查小組時就發生昨晚那件事，將人力分散到那裡去了。」

「……原來如此，擔心這兩個事件有關聯嗎？」

「正是如此。」

「墓地那件事飛飛先生不是解決了？有從首謀者的遺體和遺物上，調查到像是兩者之間關聯性的線索嗎？」

這個問題讓現場陷入短暫的沉默。

安茲稍感疑惑，之前回答毫不遲疑的工會會長，第一次稍微將眼神轉向市長。那是詢問的眼神。只是，稍微想想，這可是對都市進行恐怖攻擊的犯人的相關資訊，可能有些可以，但有些不可以對冒險者講吧。

「從遺物中得知對方是知拉農。」

三名冒險者的臉色嚴肅起來。

不過對安茲來說，這是初次聽到的名字。他不禁向根本沒在信的神祈禱，希望不會被問到這個自己不懂的事情。

（無知真是可怕，必須盡快收集情報才行。）

「那個操控不死者的祕密組織啊。那麼果然還是和吸血鬼有關聯吧。」

「在都市內和都市外同時引發問題，目的是想要藉此分散戰力嗎？還是兩者都是幌子，真正的計畫才正要進行……這樣就太糟了呢。」

「當務之急應該要先進行偵察吧。從游擊兵的報告得知，在發現吸血鬼的地點附近有個洞窟，聽說，那裡是強盜的巢穴……」

「吸血鬼已經離開那裡的可能性比較高……不過還在那裡的可能性也並非為零，應該先派人到那……」

說話的冒險者突然閉嘴。

這是理所當然的反應，因為前往吸血鬼最有可能存在的地方調查，就等於是同意跳進最危險的地方。如果真的遇到，吸血鬼又擁有預測中的戰鬥能力，那麼絕對是必死無疑吧。

剛才那段話，和委婉地叫人去死沒什麼兩樣。

「……這件事先擱下吧。還是先強化都市防衛要緊。因為吸血鬼或許已經在這個瞬間，潛入了城內也說不定。」

「……只要使用魔法，要潛入城內可說是輕而易舉。這裡不像帝國首都那樣，有天空騎兵和魔法吟唱者到處巡邏。」

可能使用「飛行」從空中潛入都市，也可以使用「隱形(Invisibility)」正面入侵。魔法就是這樣棘手，因此先集中戰力進行防禦是極為理所當然的想法。

「可是，在沒有得到任何情報的狀況下也很難對付，還是應該先調查那個洞窟！」

這個極為合理的提議，讓現場的意見漸漸整合起來。

這樣的情況對安茲來說相當不妙。

夏提雅如今的外貌被人知道會非常糟糕。雖然不知道今後會如何發展，但夏提雅目前的模樣被都市──甚至被王國內廣泛得知，可能會對今後的幕後行動造成很大阻礙。

安茲拚命思考，看有沒有辦法可以將事情引導到其他方向。

結果，只有一個辦法可以讓夏提雅的外表不被洩漏出去。

安茲吞下口中根本不會分泌的唾液，開口說道：

「首先，有一個錯誤的地方。那就是吸血鬼和知拉農沒有關係。」

「為什麼？飛飛先生，你知道什麼內幕嗎？」

「我知道那吸血鬼的名字，因為那吸血鬼是我一直以來追殺的對象。」

「什麼？」

現場的空氣震動起來。

安茲快速運轉腦袋，重頭戲接下來才要開始。

「那是非常強的吸血鬼，我會成為冒險者，目的其實也是為了收集他們的情報。」
這個故意散播的情報，讓艾恩扎克立刻上鉤。
「他們？飛飛先生你是說他們嗎？」
「是的，有兩名吸血鬼，其中銀髮的女吸血鬼名字是……」
他突然在這裡停了下來，原本想要說卡密拉，但女吸血鬼叫那種名字的話實在太過平常。如果有玩家在場，這個名字很快就會讓他們察覺自己的存在。正當遲疑著這下不知該取什麼名字時，他突然靈光一閃，脫口說出一個名字。
「赫妞佩妞特。」
「啥？」
他聽到愣愣的疑問聲。不過，並非一個人，幾乎是所有人一起發出。
「……是赫妞佩妞子。」
雖然是自己說的名字，但感覺好像和剛才說的不一樣，但如果有人這樣質疑，他打算堅稱是剛才說錯了。
「赫妞佩妞……？」
「是赫妞佩妞子。」
雖然他將女吸血鬼名字的最後一個字取成「子」，但光是從名字，不管任何YGGDR

ＡＳＩＬ的玩家都絕對察覺不到是自己取的吧。安茲對於這個完美無缺的命名充滿自信，在頭盔底下露出自豪的笑容。

「是、是嗎？那個赫妞……算了！既然知道那個女吸血鬼的名字……也差不多該讓我們知道你的真正身分了吧？你是來自哪個國家——」

「——很抱歉，現在還不能說呢。小弟身負機密任務。如果被你們知道後，我會離開貴國，吸血鬼就請你們自行解決，我不想讓狀況變成國對國的事情。市長你應該了解吧？」

市長緩緩點頭，看到這個情景的艾恩扎克咬緊嘴唇，目光銳利地瞪向安茲。

工會會長的目光對安茲來說根本不痛不癢，但他們對自己編出來的謊言會相信到什麼地步，又有沒有什麼矛盾的地方呢？安茲的心裡湧現這兩點不安，但甩開不安的安茲帶著一點絕對不讓任何人干預的憤怒情緒繼續說著：

「由我們的小隊負責偵察。如果在那裡發現吸血鬼，我們就當場消滅吧。」

遲到的漆黑戰士斬釘截鐵地如此宣告。

雖然看不見他的臉，但卻可以清楚地感受到語氣中充滿自信與決心。

令人錯以為空氣都震動起來的壓力，讓人發出倒吸一口氣的聲音，現場所有人甚至都覺得那是自己發出的聲音。

「那、那麼，其他小隊——」

「——不用，我不需要扯後腿的包袱。」

他打斷對方的提議，輕輕揮手如此示意。

帶著桀驁不遜的態度，無禮宣告。

面對同級冒險者，這樣的言行舉止並不恰當。不過——在場身經百戰的冒險者們直覺認為，這樣的態度絕對不是來自蠻橫、自戀與驕傲，而是來自冷靜的算計。同時也是來自他那能夠如此斷言的實力。

這個男人絕非常人。

像是漆黑鎧甲在眼前膨脹，遭到壓迫的感覺，甚至有種房間變窄的錯覺。可以從這個男人身上感受到至今見過且永遠趕不上的人物，例如精鋼級冒險者的那種感覺。

這傢伙足以稱為英雄。

艾恩扎克忍住不說話，然後深呼吸了數次。不，在場的所有人都做出相同舉動，市長甚至還流著汗，鬆開領口。

艾恩扎克彷彿耳語般輕聲問道：

「——報酬呢？」

「這個問題之後再談無所謂。不過，等完成這次的事件……發現吸血鬼並將之消滅之後，希望最少能夠得到山銅等級。以便在搜索另一名吸血鬼時，讓我可以更方便行動一些，因為要一一證明我的實力也很麻煩。」

在場的所有人感到理解地發出恍然大悟的聲音。

冒險者並不是替都市或國家工作，不過這個都市目前並沒有山銅級的冒險者。如果成為這個都市的最高階冒險者，想必可以在此獲得無人不知無人不曉的名聲。不僅如此，還可能因為山銅級的稀罕性加持，讓聲名更加遠播。這麼一來，就會有更多人前來委託高危險性的任務，也變得更有機會可以獲得強大吸血鬼的情報。

不過，有個男人即使在理性上接受，在情緒上卻無法接受。

椅子發出聲響，往聲音來源看過去——不用說，當然就是剛才一直找安茲麻煩的伊格法爾吉。

「我不能完全相信你。說、說起來，那個吸血鬼是否真的那麼強也還不清楚！即使是施展魔法操控殭屍，也可能是利用道具辦到的。我也要一起去！」

即使受到震撼，伊格法爾吉依然能夠如此反對，都是因為他對安茲充滿不滿與敵意，不願承認安茲實力的緣故。

可能是同為冒險者對他的這種態度感到不快吧，佩洛提發出帶刺的聲音。

「伊格法爾吉，你那種態度——」

「──沒問題啊。」

安茲很乾脆地答應。不過，這絕非出自善意的表現，接下來說出口的話非常冷酷。

「不過，你跟過來的話……必死無疑喔？是否會全滅倒是不知道啦。」

極為理所當然的口氣，不像威脅也不像開玩笑。這種像是斬釘截鐵地宣告他人未來命運的說法，讓伊格法爾吉的身體為之一震。不，不只是伊格法爾吉，在場所有人都被一陣刺骨的寒氣籠罩全身。

安茲輕輕聳肩：

「我已經警告過了，如果你還是覺得無所謂就跟過來吧。」

「當、當然！」

雖然是虛張聲勢，但他絕對不會在這裡退縮，不可能就此退卻。身為同等級的冒險者，怎麼能在都市當權者的面前丟這種臉。

就在兩人針鋒相對的時候，稍微冷靜下來的艾恩扎克向安茲發問：

「自信滿滿是很好，但你憑什麼能如此充滿自信？當然，我們很清楚你的堅強實力，但從敵人的實力判斷，你應該也知道這件任務並不是那麼容易才對。我們也有些擔心是否可以將一切全都交給你處理。如果……萬一你敗退的話，我們也需要想好後路才行……」

像是一拍即響，安茲立刻回應：

「我有殺手鐧。」

「是什麼？」

安茲從懷裡拿出水晶，以此回答感到興趣的艾恩扎克。

「……該不會是那個吧！不可能，太難以置信……」

突然大聲吼叫的拉克希爾，像喘氣般繼續說道：

「我曾在珍貴古書中看過……聽說教國有一種被稱為至寶，具有強大能力的魔法道具。這就是其中一種……封魔水晶，你為什麼會擁有這麼稀有的道具！」

「真令人吃驚……你答對了。而封印在水晶裡面的是第八位階魔法。」

「我沒聽錯吧！你說什麼！」

安茲的回答讓拉克希爾發出吶喊，被絞殺的雞都不會發出這樣的怪聲吧。臉上的表情也扭曲得相當恐怖。

吃驚的人不只是拉克希爾，在場所有人——不，除了市長外的所有人都因為驚愕與畏懼而露出目瞪口呆的表情。只要是稍有經驗的冒險者，就能理解安茲表達的意思與那個道具的價值。

「……第八位階……那是編造出來的謊言吧？」

「……或許是天方夜譚，但如果有那樣領域的魔法……真的就是神話領域了。」

「開什麼玩笑，那是胡扯吧！」

三位冒險者——甚至連伊格法爾吉——都浮現畏懼的神色，目不轉睛地注視著那顆放在漆黑護手上的水晶。

「不好意思！那、那個道具可以借一下嗎？」

「為什麼？」

「那個……單純只是身為魔法吟唱者的興趣而已。我發誓絕對不會做出奇怪的舉動！如果你需要什麼東西當抵押，我可以將身上的所有道具全都交給你，例如這條腰帶——」

看到還沒說完就急忙脫下腰帶的拉克希爾，安茲有點受不了地回答：

「我知道了，沒有那個必要。請看吧，在這裡。」

「不好意思，我也可以摸嗎？」

「那我也要！」

封魔水晶輾轉經過好隻手後才來到拉克希爾的手上，最後摸到的拉克希爾著迷地癡癡望著封魔水晶，像是拿到了渴望已久寶石的女人一樣。不對，或者也可以說是拿到了渴望之物的少年吧。

「太漂亮了……對了，飛飛先生，可以對它施展魔法嗎？」

看到安茲揮手表示同意後，拉克希爾便興高采烈地發動魔法。

「道具鑑定（Appraisal Magic Item）、賦予魔法探測（Detect Enchant）。」

發動兩種魔法的男子，表情漸漸誇張起來，接著——

「好厲害！」

——之前散發出來的幹練男子氣概蕩然無存，天真眼神中散發出純粹的驚喜之色，口氣也截然不同，看起來就像一個少年。

「真的喔！封印在這裡面的確實是第八位階！我的魔法只能看出這一點……但這還真是厲害，太厲害了！」

他像發狂般不斷狂吼，讓在場的所有人全都目瞪口呆，接下來拉克希爾做出的舉動是拿起水晶，舔來舔去，拿在臉上摩擦——簡直就是瘋子的行為。

「冷、冷靜點！你在幹什麼啊！」

被友人這種不曾出現的瘋狂舉動嚇到，艾恩扎克站起來靠近拉克希爾。事實上，大家都對他發出不知是驚愕還是受不了的眼神。位居都市要職的男人竟然做出這種舉動，實在太難看了。

「混蛋！這怎麼可能讓人冷靜得了！這實在太厲害了！裡面封印的真的是第八位階喔！雖然無法知道是什麼魔法！」

拉克希爾依然止不住興奮的情緒，眼睛閃閃發亮地注視著水晶。不久終於稍微回復理性，開口向安茲發問：

「飛飛先生！這、這顆水晶是在哪裡發現的！快告訴我！」

「在某個遺跡發現的，同時還發現了許多道具。當然，這顆水晶裡面當時已經封印著魔法，我拜託某位大魔法吟唱者判定過了。」

「原來如此！那、那麼遺跡的地點是！」

「在很遙遠的地方……我只能這麼告訴你。」

安茲這個理所當然的回答，讓拉克希爾遺憾地緊咬嘴唇。

「那麼，差不多可以還我了吧？」

「嗚……啊。」

拉克希爾環顧四周，依依不捨地將封魔水晶還給安茲。斜眼看著拿起羊皮紙擦拭水晶的安茲，拉克希爾大聲叫了出來：

「回到正題，我——反對安茲先生前往消滅吸血鬼！」

現場籠罩起吃驚的沉默，艾恩扎克以手遮住臉，不過還是相當慎重，表情苦澀地發問：

「……為什麼突然反對？雖然不用問也知道原因……但還是姑且問一下。」

「喔，這個嘛……因為太浪費了嘛……」

完全瘋了，艾恩扎克對朋友的現狀如此斷定，完全不予理會。

「那麼，可以不用管拉克希爾的意見……」

「等一下！第八位階真的是神之領域的魔法喔。竟然要將這麼貴重的道具用在區區吸血鬼身上！」

艾恩扎克的眼睛浮現怒火，這已經是令人忍無可忍的發言了。實在不是身居高位的人該有的態度。

艾恩扎克壓抑憤怒，以平緩的聲音告訴拉克希爾：

「……不好意思，拉克希爾。真的別再鬧下去了。」

隱含在這句話中的強烈情感似乎讓拉克希爾回復理性，啞口無言。臉上稍微泛紅是因為對剛才的自己感到可恥吧。

斜眼確認朋友再次回復正常，艾恩扎克盡可能冷靜地出言委託：

「……那麼，飛飛先生，一切就麻煩你了。」

看到對方低頭委託後，安茲充滿自信地點頭。

「了解了。」說了這一句之後從頭盔的縫隙看向伊格法爾吉：

「等一下要盡快出發，因為吸血鬼的懲罰就是在日光下會行動變慢。」

「懲罰？哎，就是弱點吧，確實行動會變慢。我這邊很快就能準備好。」

「……不用跟你的同伴討論嗎？」

「沒問題，他們會理解的。」
「……是嗎，那麼，一小時後在耶．蘭提爾的正門見。」
「一小時？會不會太早了點？還有很久才會日落耶。」
「我想要快點趕去，如果你是因為勇氣不足，需要一些下定決心的時間，那麼我就把你留在這裡自己過去，有意見嗎？」
「知道了，我立刻著手準備。」
明顯火大的聲音，讓伊格法爾吉坦率地如此回應後立刻起身。安茲冷冷地看向伊格法爾吉的背影後，轉頭環顧留在室內的眾人。
「那麼我現在立刻出發，希望其他人能好好保護耶．蘭提爾。我不希望，當我沒有遇到吸血鬼回來之後，卻發生什麼棘手的問題。」
「嗯，雖然不能保證完全沒問題，但我們會盡最大努力。你們要是遇到危險，也請立刻撤退。」
安茲點點頭後離開房間。
最後留在室內的有三人，分別是帕納索雷、艾恩扎克和現在依然露出眷戀表情的拉克希爾。

「讓大家看到我出糗的模樣，真是抱歉呢。」

「沒有啦，不要緊啦。」

帕納索雷帶著苦笑回應拉克希爾的賠罪。不過，大家對拉克希爾的評價絕對是大幅改變了吧。

拉克希爾自己也覺得很窩囊吧，但即使如此，現在仍然難掩興奮之色。之前遇到藥師莉吉時，對方激動地談論著藥水的事情。看到那興奮模樣，自己還帶著冷冷的眼神認為，有必要為那種東西興奮成那樣嗎，現在心中則充滿著想要嘲笑那時候的自己的心情。

他明白了，當眼前出現自己無法得到的東西時，誰都會無法壓抑住心中的驚愕與感動情緒。

「是珍貴到那種地步的道具嗎？」

拉克希爾沉默了一下。那是為了壓抑住剛才湧現的那種少年情緒。

「是的。那是有可能令過去和魔法相關的所有一切，全都大大改變的道具。其實，超越第六位階的魔法只是一種傳說。不過剛才還是我第一次親眼見識到。」

名為位階魔法的各種魔法，聽說是在六百年或五百年前才出現於這個世界。之後雖然出現了幾位魔法吟唱者的英雄，但能夠使用第七位階以上魔法的英雄，除了十三英雄外其他都是謠言。

在英雄譚中，有位英雄使用過一種讓人想要斬釘截鐵地說「第七位階以上的魔法也做不到」的魔法，但普遍認為，那只是一段毫無證據的故事罷了。而且十三英雄是否真的施展了第七位階以上的魔法也是疑點重重。

不過——

拉克希爾心想，那些英雄譚或許並非全都是虛構的故事。他把這件事記在心裡，告訴自己以後有空記得調查一下。

例如揮舞白蠟樹枝，消滅許多龍的哥布林王；在天空長久遨翔的帶翼英雄；騎乘三頭龍(Trihead Dragon)的魔戰士；與忠心的十二騎士共同統治水晶城的公主等。

「那麼，可以完全信賴他嗎？」

帕納索雷口中的他，不用說就是安茲。

從身穿黑色氣派鎧甲的冒險者手中拿到藥水，用這瓶藥水丟向吸血鬼才將對方擊退——這是生還冒險者的證詞。

因此，他們找來這都市中最高明的藥師莉吉詢問那藥水的效果。結果得知，那是幾乎和剛才的封魔水晶同等稀有的道具。

雖然只擁有一個稀有道具只會令人覺得可疑，但擁有兩個的話，就會讓人想知道那人到底是何方神聖。只是，那個吸血鬼停止攻擊的理由到底是什麼？

可能性有二。一是敵對關係，另一個則是雙方為禍福與共的同盟關係。所以才要把飛飛將剛才的話和這個可能性連接起來，飛飛這個突然現身的冒險者和吸血鬼，真的是敵對關係嗎？

「他和吸血鬼可能是一夥的嗎？」

他們擔心的地方就是這裡，三人回想著飛飛這號人物與剛才的談論。

「這個可能性很低，拉克希爾你覺得呢？」

「我的意見也一樣，想要假裝殺了吸血鬼，再把那女吸血鬼藏匿起來的話，還有更好的方法。」

即使假設他和吸血鬼是一夥的，飛飛剛才的應對方法對他一點好處也沒有。

「會不會是想要成為山銅級的冒險者？」

「應該不可能吧，市長。冒險者的確享有名聲和知名度，但與權力可說相當遙遠。成為山銅級的冒險者後會有什麼好處？艾恩扎克。」

「……可以獲得報酬較好的委託工作，名聲變得更高。運氣好的話還可能獲得條件不錯的官職……不過，好處大概也只是這樣吧。若想要獲得權力，還是用別的辦法比較快。」

冒險者給人比較深刻的印象是消滅魔物的專業傭兵。的確，或許可以成為冒險者工會的會長，但還是無法爬上能夠左右王國政治的地位。

「如果需要錢，只要賣掉那顆水晶就可以一輩子不愁吃穿了吧。實力像他那樣堅強的話，也可以很快提昇名氣吧。事實上，似乎已經有部分衛兵把他稱為傳說英雄了呢。」

帕納索雷點頭示意。

一招就解決拔地參天的巨大不死者，勢如破竹地突破密密麻麻的無數不死者群，那副英姿真是名符其實的大英雄。

這是目睹飛飛戰鬥英姿的衛兵們口耳相傳的評價，甚至還拍胸脯保證，只要有他在，根本不用怕任何魔物。

「話雖如此，還是很遺憾，並沒有任何確實的證據可以證明他值得信賴。不過飛飛先生本身的說詞並無矛盾，而且如果他是敵人，為何要拿出封魔水晶給我們看？所以應該可以相信他吧。」

拉克希爾的這句話讓其他兩人面露苦瓜臉。臉上明顯寫著，看到剛才那種瘋狂的樣子，這個意見實在很難令人信服。

「市長、艾恩扎克。你們兩人不相信飛飛先生的理由，是因為他突然現身，還有在他現身時，吸血鬼也剛好出現對吧？不過我個人覺得，飛飛先生的話已經足以解釋了。」

兩人同時點頭，表示的確沒錯。

「還有就是吸血鬼看到飛飛先生的稀有藥水後就停止攻擊女冒險者的這件事，如果吸血鬼是被飛飛先生追到這裡，那麼這也說得通。而且女冒險者沒死，也可以認為是吸血鬼為了讓飛飛先生知道自己在這裡，才故意留下女冒險者沒殺。」

「原來如此……讓飛飛先生認為自己在附近，好把他困在這裡啊。因為女冒險者持有藥水，吸血鬼懷疑她和飛飛先生有關連才放了她，以便讓自己在此處的消息儘速傳開，沒有矛盾……」

「……從飛飛先生對那個吸血鬼如此窮追不捨來看……對於他來到這裡，真的很難感到高興呢。」

「沒錯，市長。不過，雖然還不知道他是來自哪個國家的何方神聖，在他打倒吸血鬼之前，還是先好好對待，同時加以戒備吧。雖然個人覺得不需要那麼懷疑……呵呵，我很想和飛飛先生談論道具的事情呢，那件鎧甲看起來也相當珍貴的樣子。」

「……說到飛飛先生，對了市長，知拉農的屍體呢？」

「不知去向。」

市長苦著臉回答。

安茲打倒的悽慘屍體，被放置在衛兵層層保護的安置所，但在天亮之後卻突然不知去向。雖然猜測是有人入侵後搶走，但警衛沒有遭到攻擊，也沒有人看到可疑的人影。

為了防止傳送魔法，安置所以阻隔傳送魔法的方式打造，可說是密室的一種。因此連入侵路線都不知道，簡直是像煙一樣憑空消失。

現在也還在城內暗中進行搜索，但沒有發現任何相關線索，今後找到的可能性等於零。也就是說，理應可以從屍體中得到的線索已經蕩然無存。

「那人進行過不死者儀式，會不會是變成不死者之後逃走呢？」

「……不能完全否定這個可能呢。」

「真是傷腦筋，還沒有完全取證完畢耶……唯一還可能留有線索的就是位於那靈廟底下的祕密神殿吧？如果那裡還留有什麼證據就好了。」

「聽你這麼一提，飛飛先生似乎沒有進到裡面的樣子，如果有發現原主不明的高價道具，可以交給他嗎？」

「嗯，如果那些道具和他們進行的儀式無關，就根據冒險者規則交給飛飛先生吧。」

4

安茲奔馳在街道上。

暖風灌進頭盔的縫隙，吹到相當於眼睛的部位，若是有眼球，他或許會不斷眨眼吧，對沒有任何器官的安茲來說，只會覺得是「有風在吹」。

往下一看，地面像飛箭般迅速往後流動，不知道是不是因為距離地面很近，還是因為其他緣故，感覺比實際速度還快，雖說如此還是一點都不覺得恐怖。只是當每次身體高高彈起，就會反射性地加強腳下的力道。

雖說倉助很會維持平衡，但除了體型超級巨大這點外，牠根本就是如假包換的加卡利亞倉鼠。也因為必須把腳張得很開才能騎乘，在沒有馬鞍也沒有馬鐙的不穩定騎乘姿勢下，即使像安茲這種平衡能力超群的人都要小心避免掉下來，相當難騎。

（騎著倉助應該很難揮劍吧，或許要盡快製作倉助用的馬鞍和馬鐙才行呢。請正在打造這次或許會派上用場的偽裝用鎧甲的鍛冶長，順便準備一下吧。）

會讓安茲如此認為，除了因為騎起來不穩定之外，更重要的因素是身旁並行的那個身影。

在一旁騎著馬並行的是娜貝拉爾，她騎在以動物雕像（Statue of Animal）·戰馬（War Horse）這個道具召喚出來，穿著金屬重裝馬鎧的巨大馬匹上。

娜貝拉爾技術精良地控制著巨馬，奔馳在街道上的英姿實在太過耀眼。她的馬尾隨風飄揚，身上穿著咖啡色長袍被自前方而來強風吹拂，高高鼓起的模樣，彷彿電影中的一幕。

和自己騎乘的巨大加卡利亞倉鼠相比，實在是天差地遠。他帶著沮喪的心情看向前方，那裡有一群男子。

是四人一組的小隊，身上的武裝比之前和安茲一起冒險的漆黑之劍成員更加齊備。

安茲將漆黑之劍的事情拋到記憶角落，釋放糾結的思考後，出神望著四人所騎的馬。

威風凜凜的馬。

安茲不懂馬，但是那些馬毛色漂亮，體型也相當壯碩，應該是一種名馬吧。

騎馬的四人，以類似等腰三角形的隊形奔馳，看起來也像是電影的一幕。

（騎倉助的自己看起來像個蠢蛋，實在有夠蠢的。）

他心情相當低落，不過似乎只有安茲這麼覺得。

「你騎的魔獸很驚人呢。」

騎在身旁的一位伊格法爾吉的同伴，開口向安茲搭話。口氣和伊格法爾吉不同，不含敵意。可能身為冒險者的好奇心受到刺激，語氣中充滿驚嘆與好奇。

「那叫什麼魔獸？很有名吧？」

「……牠叫森林賢王。」

「咦？什麼！是那隻傳說中的魔獸嗎！」

瞪大雙眼的男子發出驚叫。

（還是無法習慣這種反應，需要對倉鼠如此大驚小怪嗎……嗯？）

安茲在視野的一角，看到倉助驕傲地擺動著牠的鬍鬚，耳朵也跟著晃動。可以從腰部傳來更加劇烈的震動得知，牠有一半的注意力都放到安茲他們的對話上。

安茲以戴著護手的手，毫不留情地往倉助的頭劈下去之後，聽見一道感觸良深的聲音傳來。

「沒有，只是聽伊格法爾吉說過……原來如此，他又眼紅起來了啊。」

「他是怎麼形容我的？啊，算了，不說也沒關係，從你的表情我大概可以猜到。」

「哈哈哈，抱歉，那傢伙……其實也不壞，只是有時候會貪圖眼前的利益。」

「……有那樣的同伴，虧你們至今能平安無事。還是說小隊已經換了不少人？」

「沒有，自從組隊以來，沒有任何人掛掉。因為人格與能力不能相提並論，那傢伙是相當優秀的冒險者。」

「優秀……呢。」

安茲把臉轉向伊格法爾吉後，看到一道充滿敵意的銳利眼神。

「真是辛苦了呢。」

安茲哼笑著，拋下這句話後，輕輕舉起手向娜貝拉爾示意，命令她壓抑住對伊格法爾吉逐漸湧現的激動情緒。安茲不希望在這裡引起紛爭，現在還有更重要的事情需要處理。

安茲向娜貝拉爾下達指示後，倉助抬頭望了過來。

「主公……鄙人頭很痛耶……」

烏黑的眼瞳發出泛淚的閃耀光芒。

他感到些許罪惡感，剛才或許劈得太用力了。但要是以這種速度被甩下來，那可不妙。

即使激烈撞上地面，安茲還是不會受到半點傷。安茲曾經利用和自己一樣具有相同減輕傷害能力的僕役進行過實驗，即使從一千公尺的高度掉下也不會感到疼痛。

問題是同行者會對如此強壯的安茲感到疑惑，既然已經讓他們隨行到這裡了，他希望能好好相處到最後，這是安茲毫無虛偽的衷心希望。

「跑得再稍微穩定點，我不想用力夾緊你的身體。」

「遵命，主公是在擔心屬下的身體對吧！」

這次倉助則是因為感激而熱淚盈眶，安茲命令牠跑的時候要注意前面，這時候剛才那位伊格法爾吉的同伴又感到佩服地稱讚：

「喔，真厲害，竟然能夠以這種姿勢保持平衡呢。即使平衡力超群，這種姿勢不會相當危險嗎？」

「因為我已經習慣了……不過，之後打算替牠裝個馬鞍。」

「馬鞍啊……有點討厭……當然是在開玩笑啦！如果是主公的意見，鄙人倉助絕對會無異議遵從！」

籠罩在在娜貝拉爾的銳利眼神下，倉助拚命表現出忠心耿耿的忠臣模樣。安茲的腰部傳來發抖的震動，和奔馳時的那種震動感覺不同。

安茲皺起在頭盔底下的那張幻影臉。

（沒必要殺氣騰騰地恐嚇一隻倉鼠吧？這麼忠心是很令人高興，但會不會做得太過火了？歧視人類是無所謂，但也要看時間和場合……這部分她似乎也沒有很理解……她的設定就是這樣嗎？若是這樣那也沒辦法，不過……）

光是帶著倉助一起行動，就讓飛飛這個冒險者聲名大噪，而森林賢王自己表示忠心的模樣，與感到恐懼的害怕模樣，兩者給人的感覺會截然不同。前者會讓人認為安茲是偉大的冒險者而給予良好評價吧。雖然控制牠這個事實沒有什麼不同，但既然有機會，當然希望往提高名聲的那邊發展。因為他想要得到英雄的稱號而非梟雄。

而且，如果能讓納薩力克以外的人效忠，對將來一定會有所幫助。

安茲稍微自我反省，對待倉助或許太過粗暴，因此輕輕撫摸剛才被自己手刀打到的部位，像是在對待小動物那般溫柔。

「主公……好難為情喔……」

附近出現咬牙切齒的聲音，夾雜著馬匹奔馳的聲音清楚傳進安茲耳裡。

（……我會這樣做，有部分原因也出自於妳喔？話說回來，妳是多用力啊，果然是因為嫉妒嗎，應該為她做點什麼比較好吧？娜貝拉爾也很盡忠職守，可是……該給她什麼獎勵才好呢？）

正當安茲煩惱著不知道要送戒指還是財寶時，伊格法爾吉發出一點都不友善的聲音。

「喂，飛飛，已經到達目的地了喔。」

示意了解後，倉助隨之慢慢降低速度。和馬不同，能夠心靈相通是騎乘倉助的最大好處之一。如果騎的是馬，毫無騎乘經驗的安茲沒有自信能夠駕馭自如。

（騎倉助雖然有些難為情，但能因此不用騎馬也該覺得幸運吧。不過將來或許會遇到需要騎馬的情況，為了應付不時之需，還是稍微練一下騎馬比較好吧。）

安茲跳下倉助，帶著感謝之意輕撫倉助後，看到娜貝拉爾把馬變回雕像，男子們將馬牽到一邊。

「那麼，出發吧，要以什麼隊形前進？」

「我們走前面，你們跟在後面即可。」

「你們要怎麼做我們管不著，但請顧慮我們小心行動喔。」

聽完伊格法爾吉不耐煩的回應後，安茲帶著娜貝拉爾和倉助走進森林。

在卡恩村附近森林的時候也一樣，人跡罕見的森林裡非常難走。但對身穿各種魔法道具的安茲來說簡直是如履平地。此外，也因為擔心夏提雅的緣故，他的腳步很自然地不斷加速，有時候甚至會被伊格法爾吉要求走慢點。

雖然他要求得沒錯，但粗暴的言詞中卻充滿敵意，跟在旁邊的娜貝拉爾好幾次都差點破口大罵，卻都被安茲硬是阻擋下來。

「快到了，別輕舉妄動。」

看到娜貝拉爾看似納悶的表情讓安茲在頭盔底下笑了出來，這時候倉助察覺到有些不對勁，像是要聽清楚聲音的來源般不斷動起耳朵。

知道倉助是因為什麼緣故才做此反應的安茲，在倉助的耳朵旁說了一句：

「——別聽了。」

「什麼？主公，您在說什麼——」

「——如果你聽到的是金屬聲，那就是我的手下發出來的聲音，別在意。」

「是、是這樣啊，失禮了，主公。」

「那麼，除此之外，有發現什麼跟蹤的跡象嗎？」

已經命令妮古蕾德監視，此外也採取許多預防措施，不過為了保險起見還是再次確認。

「沒有，除此之外，似乎沒有任何人跟蹤。」

「喂——發生什麼事了嗎？」

之前騎馬走在安茲旁邊的男子，探過頭來詢問。並非隊伍代表的伊格法爾吉過來詢問，理由應該不用說也知道吧。

安茲把手輕輕一揮，回答對方沒什麼。

「是嗎？」

男子好像不怎麼接受的樣子，但知道安茲不打算說之後，男子便聳聳肩不再說話。

（雖然我對你們完全沒有恨意啦。）

安茲沒有說出口，只在心裡如此嘀咕，默默於森林中前進。

進入森林一段距離後，突然從後方陸續傳來急忙拔出武器的聲音。安茲停下腳步，悠哉地回頭望去。

「怎麼了嗎？」

「還問怎麼了，走在前面的話至少也稍微警戒一下吧。」

男子們第一次對伊格法爾吉充滿敵意的聲音，表現出贊同的態度。

「喂！躲在那邊的傢伙，給我慢慢出來！」

伊格法爾吉喊話的方向，有棵足以讓人躲起來的樹。

劍拔弩張的氣氛中，安茲若無其事地往那棵樹木的方向走去。雖然後方有慌張的聲音叫住安茲，但安茲完全不予理會。

娜貝拉爾露出一副理所當然的表情，倉助雖然感到有些疑惑，但也沒有阻止。

一走近樹木後，像是要回應般，一位和安茲穿著相同顏色鎧甲的人物從樹木後方現身。手上拿著一把發出微弱的病態光芒，有著巨大斧頭（Bardiche）的武器。

魄力十足的戰士現身，讓現場籠罩一股異樣的氣氛。不，應該說只有部分地方籠罩異樣氣氛才正確吧。

安茲輕輕舉起手一揮，開口問候：

「辛苦了。」

「謝謝您，安茲大人。」

現身者——雅兒貝德恭敬地行君臣之禮。

「那麼，夏提——」

「——她到底是誰？是你的同伴嗎？還有安茲大人是怎麼回事？」

接二連三的疑問陸續從安茲的後方大聲傳來。

這對伊格法爾吉他們來說是理所當然的反應，但對現在依然維持君臣之禮的雅兒貝德來說，卻是罪該萬死的舉動。像是要將周圍全部燃燒殆盡的猛烈怒火，迸發出來。

倉助發起抖來，全身的毛也整個豎起，超越以往的程度。

第三者都出現這種反應了，面對怒火的當事者，當然全都臉色慘白，感覺下個瞬間就會小命不保，額頭冷汗直流。

「替大家介紹一下吧，這位是我的同伴——雅兒貝德。」

「安茲大人，竟然將我這種人稱為同伴……我是您忠心的臣子。」

「說得也是，剛才的話撤回，她是我的部下，這樣足以回答你們的問題嗎？那麼雅兒貝德，按照當初的聯絡，採取下一步吧。」

正當男子們個個目瞪口呆之際，起身的雅兒貝德往男子們走去。

「差點忘了，我的名字不叫飛飛，真正的名字叫安茲。不過，也沒必要記住就是了。」

看到男子們毫不猶豫地露出一頭霧水的表情，讓雅兒貝德可愛地笑了出來。不過，那笑容裡帶著極冷的情緒。

「那麼……雅兒貝德，把他們解決掉吧，只要捉一個人……不，多捉一個人起來當作備份吧。已經發動干擾了，所以可以放心使用魔法通訊。」

正當安茲那毫無感情的平靜聲音讓伊格法爾吉一行人感到驚愕莫名時，安茲繼續下令：

「也將屍體帶回納薩力克，具有這樣實力的話，可以拿來實驗，看看可否用來當作高階不死者的媒介。」

「遵命。」

雅兒貝德緩緩地輕揮有著巨大斧頭的武器。

這個舉動不含殺氣，也沒有敵意等任何負面情緒存在。

這是理所當然的。因為砍下低等生物(人類)的頭，對雅兒貝德來說，就像是要她切掉蘿蔔上的葉子一樣。

如果這不是安茲的命令，或許根本不需要試揮武器，確認自己的狀態是否無恙吧。

伊格法爾吉一行人即使無法理解現在的狀況，也知道自己身陷危機，全都拿起武器應戰。

全身受到驚愕眼神籠罩，安茲只是稍微聳聳肩。

「不好意思呢。在工會時我說錯了，不是『跟過來的話必死無疑』，而是『跟過來的話就殺了你們』才正確。」

安茲向眾人宣告死刑。

「我已經警告過了，但你們卻不聽。那麼這就是你們選擇的結果。心甘情願地認命吧。」

伊格法爾吉一行人選擇撤退。

沒有做出任何溝通意見的手勢與動作立刻選擇逃走，是因為他們知道彼此的戰力差距。

而且選擇的方法並非一起逃，而是分開逃這個活命機率較高的方式。

對方的舉動似乎大出雅兒貝德的意料，她晚了一步才開始行動。雖然她的身體能力遠超過安茲，但要將逃進森林的敵人一網打盡還是有些棘手。

她瞬間就追上了第一個選擇的目標，使用捕捉系的特殊技能，讓對方昏厥。

雅兒貝德以敏銳的聽覺，掌握住夾雜在昏倒那人發出的慘叫聲中不斷遠去的金屬聲，但因為被森林的樹木擋住視線，難以確定位置。而且沒有穿金屬鎧甲的人，頂多只會發出踩踏草木的聲音，所以不具有游擊兵和盜賊職業的雅兒貝德又更難掌握了。

雅兒貝德搖頭嘆氣起來，然後下令：

「馬雷，去收拾那兩人。啊，對了，對安茲大人不敬的那傢伙記得要解決掉。」

5

伊格法爾吉拚命狂奔。

在工會的時候，他早已了解飛飛這個男子是比自己強的冒險者，但伊格法爾吉還是不願承認這個事實。

只是，目睹了他騎乘魔獸——這附近自古相傳的傳說大魔獸「森林賢王」的威風模樣，即使不願意也只好承認。能夠憑實力馴服那樣的魔獸，他的能力確實已經超越秘銀級。

知道當時大家在房間中談論的話並無虛假後，伊格法爾吉的內心充滿怒火。

不知道他是哪個國家的名人，但可別妨礙自己。如果想蒐集情報，我可以給你們，但請你們到旁邊涼快。

自己的地盤遭到入侵——伊格法爾吉實際上是如此覺得。

自己一行人為了實現夢想拚命鍛鍊，歷經無數九死一生的冒險才慢慢爬昇的階級，卻被人從旁連跳好幾級，當然只會讓人感到不快。

有機會的話就要把他踢落，即使散播不實謠言也要破壞他的評價，伊格法爾吉是帶著這樣的企圖才跟他同行。

正因為如此，當飛飛身穿黑色鎧甲的同伴現身，宣稱要殺掉伊格法爾吉一行人時，他才能毫不遲疑地選擇撤退。即使害怕，依然能夠比任何人更快採取行動，就是受到想要快點將對飛飛——不，安茲這個人的不利消息向工會報告，這種惡意的想法所驅使。

（活該，我一定會活著回去，把你幹的好事全部公諸於世！）

即使知道這個瞬間，那把恐怖的武器可能會從後面砍下——即使知道生命可能有危險，伊格法爾吉依然難掩心中的情緒，發出嘲笑。

他完全不管同伴死活，不，如果他們能夠成為讓自己活下來的肉盾，那就萬萬歲了。

（我要成為第一，然後進入山銅級、精鋼級，成為人人口中的英雄。）

除了自己以外，不需要任何強者。同伴都是為了讓自己攀上顛峰的墊腳石，自己才是和過去的十三英雄一樣解救世界的英雄。這就是小時候，伊格法爾吉從來到村莊的詩人口中聽到英雄譚後所立下的夢想。

破壞這個夢想的人——超越自己一行人的男人。而且，特別還是那種打零工的傢伙，更是無法原諒。

狂奔、狂奔、再狂奔。

能夠在森林中臉不紅氣不喘地不斷狂奔，就可證明伊格法爾吉是名符其實的秘銀級冒險者吧。

不過——

伊格法爾吉的內心產生漣漪，而且還是相當大的漣漪。

（這裡是哪裡？怕他們或許會埋伏在安置馬的地方……所以應該繞了路……咦……？）

伊格法爾吉的感覺是那樣沒錯，他的方向感如此告訴他，不過，他的第六感卻說並非那麼一回事。即使是第一次造訪的森林，他也不可能迷路。但不知為何，還是不知道自己身在何處。

一定是我的錯覺。

他如此判斷。不過，他一點都不覺得這是錯覺，雖然不願意但也只能承認並非錯覺。

「……迷路了嗎？怎麼可能……身為巡林者的我會迷路？」

伊格法爾吉學得的職業是專精野外行動的巡林者。就某種意思來說，森林就像他的後院一樣。但如今卻有股莫名的異樣感湧現，這座森林好像變成肉食動物的血盆大口。

「簡直像迷宮一樣……」

應該熟悉到不行的森林出現巨變，讓他打從心裡感到不安與焦慮。

這時候——

一道小小的沙沙聲響起。

想起剛才的黑色死刑執行者，伊格法爾吉急忙轉頭看向聲音來源，看到一位從樹後探出頭的小孩。

那是黑暗精靈(Dark Elf)，是森林精靈的近親，居住在森林深處的人種。

（為什麼這裡會有黑暗精靈？）

聽說黑暗精靈的巨大村落位於更加南方的大森林深處，人跡未至的地方。黑暗精靈基本上就像那樣，應該是居住於遠離文明的地方才對。這個部分和會和人類交易的森林精靈大不相同。

這樣的黑暗精靈，而且還是小孩子一個人獨自出現的異樣感，讓伊格法爾吉產生疑問。

這時候，小孩戰戰兢兢地走出來。

（是個小丫頭啊。）

身上穿的是女性裝扮，那端麗無比的容貌浮現害怕的表情，刺激著伊格法爾吉的虐待慾望。雖然曾想過這丫頭或許是飛飛派來的人，但兩者的態度實在相差太大，因此他覺得不可能而一笑置之。

更要重要的是，這丫頭如果是居住在這座森林的黑暗精靈，一定知道安全路線吧。而且若是黑鎧女追來，還可把這丫頭拿來當做肉盾。如此盤算的伊格法爾吉打算要脅對方乖乖聽話，踏出一步。

「……喂。」

他故意發出充滿恐嚇感覺的低沉聲音，讓黑暗精靈嚇得往後退開一步：

「那個，對、對不起……」

看到那種膽戰心驚的模樣讓伊格法爾吉露出冷笑，覺得計畫應該可以順利進行。

「不用道歉啦，有點事情想問妳，過來一下。」

「呃……呃呃，那個……對、對不起。」

不知道對方為什麼要再次道歉，伊格法爾吉的頭上冒出問號，但黑暗精靈少女手上的檀木法杖已經早一步揮了過來。

植物像鎖鏈般將伊格法爾吉的全身綁得密密麻麻。

他驚愕得全身發抖。

秘銀級的自己竟然無法擋住這種小丫頭發動的魔法？

就算使盡全力想要掙脫，植物還是一動也不動。內心充滿焦躁的伊格法爾吉虛張聲勢地大吼：

「臭、臭丫頭！如果不放了我，就宰了妳喔！喂！」

黑暗精靈戰戰兢兢地低著頭，走向伊格法爾吉。

這時候，伊格法爾吉才發現對方的裝扮非同小可。服裝和鎧甲皆相當驚人，幾乎都是伊格法爾吉不曾獲得的精良物品。還有，她的眼睛——過去從森林精靈的朋友口中聽說過的記憶，再次朦朧地浮現腦海。

只是，在記憶完全成形之前，一道影子就落到臉上。

少女用力地揮下法杖。

少女的臉上依然還是害怕表情，但眼睛卻不帶任何情感。對接下來要向伊格法爾吉做的事情完全沒有任何感覺。那畏畏縮縮的態度，看起來像是被人指示的一種演技。

他把眼前這位少女和剛才那位惡魔般的黑鎧女，聯想在一起。

「等、等一下！妳想幹什——」

雅兒貝德到達時，正好是馬雷的法杖往男子頭上揮落的瞬間。頭盔被法杖打到變形，底下的頭顱也整個凹陷，眼珠子被強大的撞擊力道擠壓出來。腦袋就這樣被完全打爛，像是在夏天海邊打西瓜那樣。

「辛苦了。」

「那、那個，雅兒貝德大人，辦、辦完了……這、這樣可以嗎？」

脫掉頭盔的雅兒貝德，對畏畏縮縮抬起視線的馬雷露出微笑。

「很棒喔，雖然殺的方式有點髒，但完全沒問題吧。安茲大人應該也會稱讚你。」

「真、真的嗎！嘿嘿嘿。」

開心地露出笑容的黑暗精靈看了一眼屍體後，雅兒貝德問道：

「還有一個人呢？」

「啊，那、那個……已經解決了。那、那個……屍體移到樹木後面……」

「是嗎，很完美呢。那麼馬雷，可以替我把屍體運回納薩力克嗎？」

「知……知道了。」

雅兒貝德再次對拿著沾滿血的法杖，笑嘻嘻地點頭回應的少年露出微笑。真是個老實的乖小孩。

不過，可以再落落大方一點就好了。

6

「事情辦完了，安茲大人。」

脫下頭盔抱在腰旁走回來的雅兒貝德說完第一句話後，安茲便滿意地點點頭。這麼一來，就沒有任何目擊夏提雅的人了。解除鎧甲的束縛，輕鬆自在的安茲向雅兒貝德問道：

「辛苦了。那麼回收的事情處理得如何？」

「已經命令馬雷運回納薩力克了。」

「是嗎，那麼問題算是解決了。被吸血鬼殺害的他們就節哀順變了，存活下來的我們則繼續前進吧。」

「遵命。那個……安茲大人，抓著您披風下襬的那個是什麼？」

安茲轉頭一看，發現那是很自然地——因為很大隻，還能這麼做實在令人費解——抓住披風下襬的倉助。那雙大眼明顯地有些濕潤，毛也因為害怕而豎起。當然，害怕的對象是雅兒貝德。

「牠算是我的寵物，取名叫做倉助。」

「什麼！這傢伙竟然得到了納薩力克所有人都夢寐以求的地位！」

「……嗯？……啊，倉助。這位是對我忠心耿耿，管理我的居城納薩力克地下大墳墓的雅兒貝德。也是你的上司，問候一下吧。」

「鄙人正如同主公介紹名叫倉助，今後也請多多指教，雅兒貝德大人。」

「……多多指教，倉助。」

「好了，問候就到此結束吧。從這裡開始，就先暫時由我和雅兒貝德前往，娜貝拉爾帶著倉助和馬雷一起回納薩力克吧……要稍微留意一下我放進你嘴裡的那個東西。」

「是！」

娜貝拉爾回答得相當有精神。倉助在嘴裡轉動那個在墓地取得的智慧道具，含含糊糊的向娜貝拉爾發問：

「了、了解了，主公。還有，這個東西有點吵耶！我可是還有重要的事情要問呢！你稍微給我在嘴巴裡安分點！那麼，鄙人有問題想請教……娜貝拉爾大人，鄙人不會有危險吧？會不會被吃掉啊？」

「你既然是安茲大人的寵物，大家當然不會在沒有允許的情況下把你吃掉。我會好好向大家轉達，不用擔心。」

安茲臉上雖然沒動，但卻在微笑。看來在耶・蘭提爾讓他們兩人一起行動後，感情似乎變得更好了。

「好了，那就上路吧，雅兒貝德。」

「遵命。」

在娜貝拉爾和倉助的目送下，安茲帶著雅兒貝德往夏提雅的所在前進。

「對了，安茲大人。因為那些男人的屍體讓屬下想起安茲大人在王座之廳說過的事，不需要回收昨晚安茲大人解決的那些男女屍體嗎？」

「這個嘛……」

他正想要再次把昨晚告訴過娜貝拉爾「必須將他們當成這次的事件的首謀者交出去」這件事拿出來講時，被雅兒貝德繼續說出口的話打斷。

「和安茲大人戰鬥時，有些情報可能會被他們掌握，既然有能讓死者復活的魔法，就應該回收屍體才不會造成危險吧？難道是有什麼特別的理由？」

安茲停止呼吸，不，原本就沒在呼吸。

雅兒貝德的這句話真是一針見血。

（…………糟糕。）

在這個世界有起死回生的魔法存在，也就是說，有比驗屍更好的方法，可以找出既正確又詳細的情報。

安茲想起那晚的事。自己的真正身分、納薩力克的名字還有娜貝拉爾的能力。那些男女都知道，尤其是那個女子更是特別不妙。

這並不是說句失敗就能了事的失誤，這個失誤實在太過致命了。

只能期望這裡沒有會使用復活魔法的人，但從陽光聖典那裡得到的情報顯示，在斯連教國中好像有人會使用。不僅如此，最高階冒險者會使用的可能性也很高，國家高層也可能背地裡掌握一些能使用復活魔法的人吧。

那麼，一旦他們判斷死者掌握了重要情報，耶．蘭提爾的高層就應該會找人使用復活魔法。聽說他們差點引發的問題足以撼動耶．蘭提爾，那麼高層應該會想要探聽出更詳細的情報。

安茲感覺到自己不存在的心臟，似乎快速地發出怦通怦通的聲音。

（該如何是好？）

不用問，只要現在去把屍體搶回來即可。不過，該命令誰去呢？

安茲在那個地方命令娜貝拉爾不用管屍體，應該開誠布公地告訴她那是失誤嗎？

（……不，應該別說。）

在不知道夏提雅為什麼背叛的情況下，還是應該避免說出這種會讓他們的忠誠度更加降低的話。這種時候別慌忙下令肯定比較好。

安茲似乎體會到公司上司不願承認失敗的理由，帶著祈禱的心情做出結論。

「……妳說得沒錯，不過，我有特別的理由才會放任那些屍體不管。放心好了，所有一切都在我的掌握之中……除了夏提雅背叛的這件事以外。」

「這樣啊！真不愧是安茲大人。我想到的事情，安茲大人早已料到了啊。多嘴了……非常抱歉。話說回來，為什麼安茲大人完全不使用復活魔法？收集情報時，應該可以對死亡的人類等對象使用啊。」

「……唉呀？」

安茲很自然地發出一道走調的驚呼聲。

「我沒說過嗎？那麼妳有聽過迪米烏哥斯的治癒實驗嗎？」

「有的。砍斷四肢，然後在砍斷的地方施加治療魔法的那個實驗對吧？」

「沒錯。那麼再問妳一個問題。妳知道復活魔法要施加在什麼地方嗎？」

「不是屍體嗎？」

「……不是喔，嗯，應該不是吧？」

雅兒貝德和安茲一起陷入沉思，雅兒貝德的眼睛突然為之一亮。

「啊，我說錯了。安茲大人說得對，並非屍體，是靈魂！」

「沒錯。在迪米烏哥斯的實驗中，被砍落的四肢會消失，然後從身體長出來。那麼對靈魂施展魔法的情況，屍體又會變成怎樣呢？」

在ＹＧＧＤＲＡＳＩＬ中，想要發動會讓經驗值消失的復活魔法時，有四種復活方法可以選擇。

第一種是當場復活，第二種是在迷宮等處的入口復活，第三種是在附近的安全城鎮復活。然後第四種是在公會根據地等指定的重生點復活。

那麼，在這個世界使用復活魔法時，又會是怎樣的復活方式呢？

安茲最想避免的當然是第四種回到重生點的復活方式。如果尼根的重生點是在斯連教國，就等於是幹了一件親切地將擁有情報的敵人復活，然後放虎歸山的蠢事。

因此，才無法進行復活系魔法的實驗，結果這反倒出現了事與願違的後果。

「原來如此，是這麼回事啊，這的確是需要留意的地方。真不愧是安茲大人，如此明察秋毫令人佩服。」

看到雅兒貝德低下頭如此感嘆，安茲立刻搖頭回應：

「妳真的不用如此在意。不過，必須得找個地方做個實驗才行……嗯嗯。那麼，重新提起精神出發吧。」

安茲在雅兒貝德的引導下，在森林中邁步前進。

兩人來到森林中一處開闊廣場。

可說是充滿純樸風情的這個地方，站著一位完全不搭調的鮮紅盔甲人物。在陽光照射下，閃亮耀眼的模樣的確充滿夢幻的雰圍，但散發出來的血腥惡臭將整個氣氛完全破壞。

夏提雅。

外觀和出現在「水晶螢幕」上的時候完全一樣，甚至她的姿勢，看起來也沒有改變過。因此安茲一瞬間甚至湧現一種自己是不是正在觀看螢幕的錯覺。

不過，這裡有真實的感覺，那就是隨風飄散而來的血腥惡臭。

安茲不斷呼吸，當然他的身體並無法呼吸，只是模仿呼吸的動作，或者是帶著那種情緒。

「夏提雅。」

安茲開口呼喚。

安茲覺得自己發出的應該是充滿威嚴，並非嘶啞低沉的窩囊聲音。

但是沒有得到回應。

再次呼喚之前，安茲目不轉睛地仔細打量夏提雅。

夏提雅並非不理睬，她張開的紅色雙眼空洞無神，令人覺得似乎沒有意識存在。

同行的雅兒貝德對夏提雅的這種態度感到憤怒。

「夏提雅！妳不但連一句解釋的話都沒有，還對安茲大人如此無禮——」
「雅兒貝德，囉唆！安靜！別動！不准妳靠近夏提雅！」
安茲口氣粗暴地制止想要踏出一步的雅兒貝德。平常安茲很少會對過去同伴創造的NPC表現出這種態度，但只有這時候無法克制情緒。
安茲對夏提雅的現狀就是如此震驚。
「……難道這是……有可能嗎？……無法置信。」
將自己過去看過的光景與現在的夏提雅模樣互相比較，安茲感到驚愕。同時精神也被強行穩定下來，做出冷靜的判斷，知道那個可能性最高。
安茲開口向雅兒貝德說話。他想要把心中想法告訴其他人，藉此讓自己也了解事實。
「可以確定了，夏提雅現在受到精神控制。」
「這是安茲大人在王座之廳所說的那個原因造成的嗎？」
「還不知道是否如此……從陽光聖典那裡獲得情報時，我曾目睹過類似的光景，這果然是精神控制造成的結果。雖然不知道身為不死者的夏提雅為何會受到精神控制，但果然是這世界才有的某種特別事物造成的嗎？」
安茲抱起胳臂，目光銳利地瞪著站得直挺挺的夏提雅。
「夏提雅的精神受到神祕人物控制，而在對方下達命令之前又發生了什麼事吧。或許是同時出手時將對方打倒了……才會導致她在沒有命令的狀態下獨自待在這裡吧。應該八九不離十了。不過靠她太近或向她攻擊，她可能會採取防衛行動，偏向惡屬性的ＮＰＣ大都會攻擊，所以別隨便接近。」

「遵命。可是，這樣就無法強行將她綁回納薩力克了……若是控制夏提雅精神的某人已經死去還無所謂，但如果對方還活著，在此久留將有危險。」

「妳的顧慮很正確。」

夏提雅不知道什麼緣故受到精神控制。說不定是這世界特有，可以對不死者發揮作用的能力。這麼一來，安茲留在這裡的話也可能遭到精神控制。

「雖然使用這個道具有點浪費，但還是盡快解除夏提雅的精神控制吧。」

安茲動了動手指。手指上戴著一個沒有任何裝飾的樸素戒指。散發出銀色光芒的戒指上刻著三顆流星，但這枚戒指所蘊含的能力卻是安茲持有的戒指中最強的。

「那是……？」

對著雅兒貝德感到疑惑的表情，安茲——臉雖然沒動——露出驕傲的笑容，告知戒指的名字。

「這是可以不耗用經驗值，使用三次超位魔法『向星星許願（Wish upon a star）』的超級稀有道具，流星戒指（Shooting star）。」

這是安茲連年終獎金都賭上去才得到的轉蛋道具。

公會成員中只有安茲和夜舞子兩個人才擁有這個無比稀有的戒指。

不對，與其說這戒指是稀有道具，或許還不如說是一個愚蠢象徵的道具，竟然在遊戲上花這麼多錢。

蘊含在戒指中的超位魔法「向星星許願」，消耗的經驗值比率愈多，隨機出現的可選擇願望就愈多，也就是說，消耗百分之十的經驗值發動的話，有一個可以選擇；消耗百分之五十的話有五個。

這些可選擇的願望選項似乎相當多，根據攻略網站統計，據說有超過兩百個以上。而且其中還有容易出現的願望和不容易出現的願望，因此是一個不小心就可能讓經驗值白白浪費的恐怖魔法。

而且魔法吟唱者要學會這個超位魔法還得到達九十五級才行，即使在升級容易的YGGDRASIL中，要到達這個等級也需要相當的經驗值，因此會讓人猶豫是否要把經驗值用在這種類似賭博的魔法上。

藉由此戒指發動的超位魔法「向星星許願」出現的願望選項，和平常一樣屬於完全隨機。不過比較容易出現有用的效果，而較不會出現搞笑效果。就某種層面來看，說它是一種位階更高的優秀魔法也不為過。而且同時出現的願望數量最多可以到十個，發動超位魔法的時間為零，真可說是最強的付費道具。

使用這樣的付費道具——而且還有一點賭博的成分——當然會覺得可惜，但夏提雅是無可取代的。只是耗用自己過剩的經驗值，會影響使用其他需要消耗經驗值的特殊技能，因此還是會感到遲疑。

安茲注視著戒指。

安茲希望發動的願望是可以取消對象的所有效果，雖然還有其他幾種候補選項，但浮現腦海的就是這個最直接的效果。

因為也會將正面效果取消，這個願望在遊戲中很少被選擇，於是安茲對選擇這個願望的自己笑了出來。

「那麼，戒指啊，聽我許願（I WISH）！」

當然，不說這個台詞也能發動魔法道具。不過為了從兩百個以上的願望選到最適用於當下的強烈願望，讓安茲如此吶喊。就像在攸關勝敗的遊戲中，會在擲骰子時高聲吶喊的情況一樣。

因為ＹＧＧＤＲＡＳＩＬ的魔法也可在這個世界發揮相同效果，這個戒指發動的能力一定可以將夏提雅神祕的精神控制效果完全解除。不，這只是安茲的期望。

魔法沒有發動，安茲最擔心的結果並沒有發生，戒指也毫無問題地在這個世界解放封印的魔法……安茲眼窩中的紅色燈火縮小起來。

「這是……什麼……」

像是腦袋被輸入新情報的——不悅感，同時也感受到一種和某種事物連結在一起的——巨大幸福感。多種和身為人類時相同的情感襲向安茲。

當身上的情感漣漪消失後，安茲理解到這世界的「向星星許願」，變得和YGGDRASIL幾乎不一樣。

知道恩弗雷亞的天生異能時，他曾妄想過發動「向星星許願」的話，或許能夠奪取過來，這個猜測並沒有錯。在這個世界「向星星許願」已經變成可以實現心中願望的魔法。雖然會根據消耗的經驗值而定，但「向星星許願」已變成一種能夠化不可能為可能的魔法。不僅如此，若消費五級——百分之五百的經驗值，還可變質為能夠實現更強願望的魔法。

這麼一來，安茲確定能夠解除施加在夏提雅身上的魔法效果，帶著獲勝的心情高聲吶喊：

「將施加在夏提雅身上的所有效果全部解除！」

聲音響起後過了一秒，安茲眼窩中的燈火瞬間增強變大起來。

「——怎、怎麼可能？」

安茲激動的模樣讓雅兒貝德了解情況出現變化，不安地開口發問：

「怎、怎麼了嗎！安茲大人！」

安茲沒空回答，回想長期在ＹＧＧＤＲＡＳＩＬ中的遊戲經驗，在攻略網站吸收的訊息，然後將這些知識與來到這世界之後獲得的各種資訊互相結合。而最重要的是，剛才想要使用時，像是要將安茲之前的知識全部覆蓋的「向星星許願」使用相關知識。

就在得出結論的瞬間，安茲湧現難以置信的焦慮與憤怒。不過，即使精神應該能夠保持穩定，還是感受到一種情感——那就是害怕。

狼狽的安茲發出大喊：

「撤、撤退！雅兒貝德別接近！快點撤退！」

「是！遵命！」

安茲立刻發動傳送魔法，下個瞬間，隆起的大地映入眼簾。雖然回到安全的家，安茲還是慌張地下令：

「雅兒貝德！小心戒備跟著傳送過來的人！」

「是！」

雅兒貝德拿起武器站到安茲身邊。安茲也空出雙手，擺出能夠隨機應變的架勢。

隨著時間的經過，安茲才慢慢放鬆緊張的情緒。雅兒貝德也從沉下腰的迎敵姿勢變成平常的站姿。

「可惡！」

冷靜下來後，出現的情緒是強烈的憤怒。變成不死者之後，安茲的強烈情感會被自動壓抑，但即使遭到壓抑，立刻又有新的憤怒湧上。

「可惡！可惡！可惡！」

安茲不斷用力跺腳。

因為安茲的身體能力非比尋常，因此踢出了大量泥土。如果幾天前沒有下雨，周圍一定會揚起驚人的沙塵吧。即使如此，還是無法平息安茲的憤怒。

「安、安茲大人，請、請您息怒……」

覺得雅兒貝德的聲音帶著恐懼，安茲才終於察覺自己做出不符合絕對主人身分的舉動。他迅速回復冷靜，用力地吐出不存在的氣息，像是要把熊熊燃燒的心中怒火完全吐出一般。

「……抱歉，我似乎有點失去理智，剛才的失態就當作沒看見吧。」

「您別這麼說。不過，安茲大人能夠聽進我的意見，真是感謝！如果安茲大人命令我當作沒看見，我會將這件事全部忘記。但是——到底發生什麼事了？是我讓安茲大人感到不悅嗎？如果您願意告訴我，我會努力不再讓這樣的事發生！」

「……我並不是針對妳，雅兒貝德。而是因為我知道，發動戒指的力量之後，我的願望並沒有實現。」

看到雅兒貝德默默不語，安茲知道解釋得不夠清楚，所以繼續說明：

「……凌駕於『向星星許願』這種超位魔法的力量只有一種。」

之前的話，他或許也會覺得可能是這世界的某種力量作梗，但安茲可以充滿自信地回答並非那些力量造成。因為他在發動時，從湧入的感覺中就已得知。

「不、不會吧……那是……」

「是的，雅兒貝德，只有一種……那就是世界級道具。」

那是在YGGDRASIL為數僅僅兩百的道具，甚至連公會武器、神器級道具都比不上。若是使用世界級道具，要控制不怕任何精神效果的不死者根本是易如反掌。

這時候，安茲想起位於納薩力克外面的守護者，他們也有可能被盯上。

責備沒有立刻想到這件事的自己，安茲向雅兒貝德下令：

「雅兒貝德，立刻將外頭所有守護者全部召回。必須調查他們是不是也像夏提雅一樣受到控制，我要馬上前往王座之廳！在那之後要前往的地方是……寶物殿。」

第四章 面臨死戰

1

一傳送到寶物殿，像是聚集了天空中所有星星的閃耀光輝立刻映入安茲眼簾。

天花板高到必須抬頭才能看到，牆壁延伸到無法盡收眼底。在如此巨大的房間中，塞滿了令人眼花撩亂的各種寶物。

中央堆著許多金幣和寶石，像山脈般綿延不絕，數量多到根本連數都不想數。而且還可看見超一流工藝品隱身在寶山之中。只是大略瞄過一眼，就可發現黃金酒杯、鑲嵌著各種寶石的權杖、散發銀白光芒的獸皮、使用許多金絲編織而成的精緻壁毯、散發珍珠色光芒的號角、閃耀七彩光芒的羽扇、水晶製的水壺、微微發亮的巧奪天工戒指、鑲嵌著各種黑白寶石，以某種獸皮打造而成的面具。

當然，這只不過是其中的一小部分而已。

在如此滿坑滿谷的金山中，這種程度的藝術品數量恐怕有兩三百個之多吧。安茲聽到目睹如此金銀寶山的其中兩名同行者發出讚嘆的聲音。

（百分之六十六嗎……）

安茲看向在後方待命的三名女子。
脫去鎧甲換上白色禮服的雅兒貝德打量四周，美麗臉龐露出真心讚嘆的表情。在安茲回到納薩力克後為自己送上戒指的由莉．阿爾法也一樣。
只有一人和剛才的兩人不同，沒有發出感嘆，只是靜靜地回看安茲。
那人的五官相當精緻，簡直像是出自人工之手。散發著如寶石般冷冽光芒的翠玉眼瞳，只有露出其中一側，另一眼戴著眼罩。金紅色長髮在天花板星光的反射下閃閃發亮。
她是名為自動人偶（Automaton）的異形類種族，CZ2128．達美，簡稱希絲。
身為戰鬥女僕的她，身上的穿著雖然和娜貝拉爾、由莉相似，但和兩人的最大不同是她配戴著都市迷彩色的小配件，裙襬上還貼著一張中央寫有「一圓」的可愛貼紙。另外就是腰上的武器，那是一把白色的火槍，像劍一樣插在腰上。
順道一提，不管是這柄魔槍、自動人偶，還是希絲的職業「槍手」，都是在超大型改版「女武神的失勢」之後追加的資料。
由莉推了推沒有鏡片的黑框眼鏡，似乎是因為女僕的使命感所以無法忍受如此雜亂的狀態，她出聲發問：
「安茲大人，為什麼沒有好好保管這些寶物呢？即使有施加保護系魔法，這也不能算是良好的保存狀態。只要您下令，我們馬上著手整理……」

「妳再仔細看一下四周。」

大約一個呼吸的時間——由莉環顧四周後，出言道歉。

「非常抱歉，請原諒我的輕慮淺謀。」

「不用在意。不過，就是這麼回事，埋在金幣山中的只不過是一些低價值的東西。」

由莉隨著安茲目光望過去的地方，就是讓她道歉的原因。那處四周的牆壁擺放著許多高到天花板的巨大櫃子，而安放在裡頭的寶物閃耀著比金山還要耀眼的光芒。

鑲嵌著血玉石的短杖、鑲嵌著石榴石，以緋緋色金打造的防護手套、鑲嵌在小銀環中的黑金剛石製鏡片、黑曜石製的犬隻雕像、淡紫水晶打造的匕首、鑲嵌著無數白珍珠的小型祭壇、以像是散發七彩光芒的玻璃材質製成的百合花、星紅玉打造的精巧薔薇、有著黑龍飛舞圖案的壁毯、裝飾著巨大金剛石的白金皇冠、到處都是寶石的黃金香爐、以藍寶石和紅寶石打造的雌雄獅子像、鑲嵌著火蛋白石，有如火焰的袖扣、施以精美雕刻的紫檀煙盒、黃金獸皮製的外套、青生生魂金屬製的十二個盤子、鑲嵌四色寶石的銀製腳鍊、精鋼封面的魔法書、黃金打造的等身大女性雕像、縫著大顆帝王黃玉的腰帶、頂端全都是不同寶石的西洋棋組、一整塊綠寶石雕刻而成的小精靈像、縫上無數小寶石的黑色斗蓬；獨角獸的角雕成的角杯、鑲嵌著水晶球的黃金台等。

這不過是其中一小部分。

此外還有使用許多藍晶的鏡子、成人大小的紅水晶、堪稱鬼斧神工，發出銀白光芒的巨大戰士像、雕刻著不明文字的石柱、大到要雙手張開才能抱住的紫翠玉。

這些數不清的寶物清楚地告知由莉正確答案，那就是根本沒有地方放。

「走了喔。」

兩人出聲回應安茲，只有希絲沒有出聲，點頭表達了解之意。

安茲發動「全體飛行（Mass Fly）」後，四人便一起飛上天空。

這才發現，空氣中飄散著淡淡的危險紫色氣體。

由莉四處張望尋找紫色氣體的源頭。但不管是天花板、牆壁、角落完全都沒有看到發出紫色光芒的東西。

由莉的端正俏臉浮現些許困惑之色，一道缺乏起伏的聲音傳來。

「…………由莉姊，空氣中含有魔法系的劇毒。」

「咦？」

一道冰冷的目光迎向由莉感到不可思議的眼神，那道目光來自希絲平靜的綠色瞳眸，那眼神中沒有任何情感。

應該說是讓人無法感受到情感的眼睛。希絲的五官相當精緻，但說不好聽點簡直像是能劇面具一樣。

因為身為自動人偶的希絲，基本上不會將情緒表現出來——是如此設定的緣故。

「…………耶夢加得之血（Blood of Jörmungandr）？」

希絲說出這個在帶有劇毒效果的道具中，能發揮最大效果的道具名字後，安茲回答：

「嗯，正確答案。雖然沒有告訴妳們，不過寶物殿這一帶的空氣都含有劇毒。如果身上沒有毒無效系的道具或能力，不到三步就會立刻死亡。」

「所以，才會選我——失禮了，才會選擇在下三人同行嗎？」

沒錯。

扶好眼鏡的無頭騎士（Dullahan）由莉和表情僵硬的自動人偶希絲，兩人都具有異形類種族的特性，百毒不侵。

惡魔種族的雅兒貝德雖然無法抗毒，但當然會以其他方式將之無效化。

「帶妳來的理由是這樣沒錯，但……希絲就不只如此，也是為了進行確認。」

安茲等人就這樣利用「全體飛行」省去跨越黃金山脈的功夫，來到位於另一側的門前。

不對，該說是門嗎？那是一個有著門的形狀，看起卻像個無底洞的黑影貼在牆壁上。

來到這個如同圖畫的門前，安茲陷入沉思。

「這裡就是武器庫了，密碼是什麼呢……」

「安茲大人，有武器庫的話，那就表示除此之外的寶物是收藏在其他地方囉？」

（……咦？雅兒貝德也沒有掌握寶物殿中的相關情報嗎？）

安茲對於雅兒貝德會有如此疑問感到不解。不過，她不知道這些情報也說得通。寶物殿並不在納薩力克地下大墳墓裡面，必須使用安茲·烏爾·恭之戒進行傳送才能到達，建造得相當難以入侵。十天前才獲得戒指的雅兒貝德不知道這些資訊也很正常。

從這裡可以知道，關於ＮＰＣ到底擁有哪些知識，還有很多令人費解的地方。安茲稍微思考到這裡後，回答剛才的問題。

「啊啊，我有一個名叫源次郎的同伴，他喜歡將東西收拾得整整齊齊，應該有依照用途分門別類整頓才對。」

「是創造出我們同伴安特瑪的那位至尊嗎？」

「是的，由莉妳說得沒錯。不過，是否喜歡整齊還有待商榷呢，如果真是喜歡整齊，那些金幣山中的寶物也該整理得井然有序才對，也不會說自己的房間是髒房間。話說回來——那些東西應該是按照防具系、武器系、飾品系、其他道具系、消耗品系、製作物系等分門別類放好才對。另外，還有用來維護管理納薩力克的房間……對了，還有收納數據水晶用的房間呢。」

順著滔滔不絕解說的安茲手指方向一看，果然也有一個二次元的黑影出現在牆壁上。

「不過，其實裡面都是同一個地方，不管從哪進入都沒有很大的差別……喔，抱歉。稍微講太多了呢。

「不會，感謝安茲大人這麼欣然地回答我們的問題。」

兩位戰鬥女僕隨著雅兒貝德的這句話一起行禮道謝。

（都已經沒時間了，我還在幹什麼啊，好像一講到納薩力克可以炫耀的事，嘴巴就停不下來呢……）

安茲聳聳肩後，重新轉向正前面的黑影。

這是一道需要說出特定密碼才能打開的門，魔法或盜賊系的角色或許能夠強行打開這道門，但安茲沒有學過那種魔法，也沒有那種特殊技術，因此必須說出密碼才能開啟——

（嗯，忘了。）

這也無可厚非。

因為像這樣的機關在納薩力克中可是多不勝數，如果是經常前往的地方還能記住密碼，但之前沒有什麼機會來寶物殿，所以不可能記住這種地方的開門密碼。

只有把賺的錢拿來繳納納薩力克的管理費時才會來，已經有很多年沒來這裡了。

無法從記憶深處中找到密碼的安茲，說了一句適用於所有機關的萬用密碼：

「『安茲．烏爾．恭充滿榮耀』。」

漆黑大門對這句話出現反應，像在水面上浮現影像般，現出一些文字。浮現的文字是「Ascendit a terra in coelum, iterumque descendit in terram, et recipit vim superiorum et inferiorum」。

「……翠玉錄桑真是完美主義呢。」

安茲不禁脫口而出的這句話，讓雅兒貝德出現一些反應。

安茲腦中浮現設計「安茲・烏爾・恭」機關的其中一個人。

納薩力克地下大墳墓內的小機關，有兩成是由他經手設計。異常精密的設計，就這樣吃掉許多納薩力克地下大墳墓內的自由設定資料量，造成其他成員無法自由設計而引發抱怨，所以他便負起責任，購買許多付費道具來擴充資料量。

安茲認真注視浮現在表面的文字。這一定是密碼的提示，但到底是什麼意思呢？

安茲花時間不斷尋找埋藏在自己腦海深處的答案。

不久，安茲終於找到沉眠在記憶中的開門密碼。

「應該是——如斯，汝獨攬全世界榮光，一切黑暗將遠離汝身——吧？」

如此開口的安茲，像是要確認般看向希絲。

希絲點頭回應安茲的確認。

負責設計和翠玉錄不同機關的同伴創造了希絲這個ＮＰＣ，希絲的角色設定被設定成熟知納薩力克機關的解除方法。因此希絲應該能輕易解開剛才的密碼提示吧。

不過，安茲之所以沒有請她幫忙，單純只是任性地想要憑一己之力打開門的緣故。

自己來到這世界後，賦予了納薩力克大墳墓生命。所以他想要第一個在這片土地踏上腳印，就是這個類似想要踏上新雪的願望，促使安茲想自己打開門。

像是要回應安茲的心意，黑影被一個點吸了過去，沒多久原先的黑影便消失得無影無蹤，只有一個拳頭大的黑色球體飄浮在空中。

因為至今覆蓋在上頭的黑影消失，可以從打開的洞口看到裡面。那裡是一個管理得井然有序的世界，和之前那些地方截然不同。如果要比喻的話，最貼切的形容就是彷彿博物館的展示間。

亮度不強的房間很長，一直往內延伸。

地板到天花板的高度大概有五公尺吧，這不是以人類為前提設計的高度，左右的寬度達十公尺。

地板由散發黑色光芒的石頭緊密鋪成，看起來像是一整塊的巨大石頭，反射著天花板灑下的微弱光芒，透露出寧靜莊嚴的氣氛。

左右兩邊也整齊排列著無數武器，看起來相當壯觀。

「進去囉。」

安茲不等隨侍在旁的三人回應，直接走進武器庫。

迎接三人的是闊劍、巨劍、穿甲劍、焰刃劍、彎刀、拳劍、彎鉤刀、反曲刀、雙刃刀、短劍、齒鉤劍……

當然，裝飾在這裡的武器不光是劍而已，還有單手斧、雙手斧、單手毆打武器、單手槍、弓、十字弓……

光是大致分類，數量就已經多到數不清了。

除此之外，還有許多華而不實的武器，已經不知道是否可以稱之為武器了。像是一些完全無法收進劍鞘，只是注重外觀的武器等等。不對，絕對是這類的武器比較多。

這些武器幾乎都不是用鐵這種普通材質打造。

有劍身使用藍水晶打造的武器、純白劍身雕有金色花紋的武器、在黑色劍身刻上紫色符文的武器、甚至還有弓弦看似光線的弓。

其他還有光看就覺得很危險的武器。

斧面會滲出鮮血的雙手斧、黑色金屬部分時而浮現痛苦表情時而消失的巨大釘頭錘、像是人手糾纏在一起的槍。這類武器也是多不勝數。

可以猜測大都是魔法武器，至於是什麼效果就不得而知了。劍身像是火焰般晃動的武器還可隱約猜到，但像蜈蚣般有著蠕動鞭子外貌的劍，實在無法了解會有何種魔法效果。

一行人從旁看著這些武器，靜靜地走在武器庫中，走了差不多一百公尺——大約是陳列了數千把武器的距離吧——抵達的終點處有個長方形房間。

可能是用來接待客人，空蕩蕩的房間裡只有擺放著沙發和桌子，往左右一看，可以看到一些道路出入口，和安茲他們進來時的那個入口很類似。

與進來方向相反的地方只有一條路可以通往裡面，當中的氣氛截然不同。如果說這裡為止是博物館，裡面就是古墓。

高度及寬度和這裡差不多，但光線變少的昏暗空間不斷往內延伸。雖然角度不好難以辨別，不過可以看到一個大凹洞，裡面似乎擺放著什麼東西。

聽到後面傳來驚訝聲，安茲開口回答：

「這裡面是靈廟。」

「是靈廟嗎？」

「嗯？雅兒貝德……妳不知道裡面那間房間的名字嗎？」

（雖然是我自己取的名字……剛才雅兒貝德也是這樣，說不定她也不知道這間寶物殿的管理者是誰？）

「那麼，妳認識潘朵拉．亞克特嗎？」

「是的。就管理職責而言，我知道他的名字與外表……潘朵拉．亞克特是寶物殿的領域管理者，擁有和我、迪米烏哥斯同等的實力。負責的工作除了管理此處之外，還必須準備用來支付發動納薩力克內防護網時消耗的金幣等，簡單來說就是財政負責人。」
「大概是這樣吧。但並不完全正確，那傢伙——」
安茲的話被打斷——在話還沒說完之前，三位ＮＰＣ轉頭望去的其他通路上，突然出現一個身影。
有著一副奇形怪狀的外表。
雖然是人的身體，卻有著一顆類似扭曲章魚的頭部，右半邊的頭部，有一半以上都被歪七扭八的文字刺青占滿，那些刺青和浮現在門上的文字很像。
皮膚顏色像屍體一樣，蒼白中混雜著一些紫色，彷彿覆蓋著一層黏液散發出詭異的光澤，四根細長的手指之間長著用來划水的蹼。
身上是裝飾著處理成黑色的銀飾，相當合身且散發皮革光澤的服裝。上頭掛著好幾條腰帶。像是要套在身上般，黑色的披風在身前收合。
簡直就是名符其實的異形種族角色，蠕動著從嘴邊延伸到大腿附近的六根觸手，轉動那雙沒有瞳孔的藍白色混濁眼睛看向一行人。
雅兒貝德發出充滿驚訝的聲音：
「翠玉錄大人！」
此人正是四十一位無上至尊之一。若單純比較攻擊力，他是比安茲還強的魔法吟唱者。

「不，不對！」

雅兒貝德隨即吶喊。

兩位女僕跟著雅兒貝德的反應，迅速開始行動。

希絲拔出火槍，槍托靠在肩膀，槍口朝向出現在眼前的人物。

由莉在胸前擊打雙拳，金屬手套相撞發出鐘聲般的響亮聲音。

接著，她滑動到雅兒貝德身旁，安茲和希絲的前面。安茲是魔法吟唱者，希絲是槍手，這是可以掩護不擅長肉搏戰的兩人的最佳位置。

「你是誰！即使你想偽裝成至尊，但我不會笨到連自己的創造主都認不出來！」

面對雅兒貝德的質問，外貌像是翠玉錄的神祕人物只是稍微歪起頭來，沒有出聲回應。

「——是嗎，幹掉他。」

一道冷冽的聲音響起，兩位戰鬥女僕稍微感到遲疑。雖然對方身分不明，但要出手攻擊外貌與創造主相同的人還是有點不敢下手。

這種情況下，戰鬥女僕並沒錯，只能說毫不遲疑地冷靜判斷的雅兒貝德相當優秀吧。

這是以安茲這位保護對象的安全為第一優先考量的處置方式。

雅兒貝德對沒有行動的兩人咂了一下嘴，正要衝上去時，感到不快的安茲先開口了：

「可以了，潘朵拉·亞克特，回復原狀吧。」

翠玉錄的身形扭曲起來。

隔了一拍，原本冒牌翠玉錄的所在位置上，出現的還是一個異形，不過已經是不同人了。

一張臉相當平坦，鼻子等隆起部位都被抹平，眼睛和嘴巴的部位只有三個空蕩蕩的洞，沒有眼球、牙齒和舌頭，只有三個像是小朋友用筆塗黑的黑洞。

彷彿粉紅蛋的頭光溜溜的，連半根汗毛都沒有。

如此奇異的角色——和娜貝拉爾一樣都是二重幻影（Doppelgänger）。

他正是潘朵拉．亞克特。安茲親自設定的百級ＮＰＣ，負責管理這個寶物殿。他擅長易容，能夠複製四十五種外表，並且使用對方的能力——雖然能力只能到達本尊的百分之八十。

頭上帽子的帽章是安茲．烏爾．恭的公會徽章，身上穿的制服和二十年前在歐洲生態建築戰爭中，引發話題的新納粹親衛隊制服相當類似。

他用力靠攏腳踝發出聲音後，誇張地將右手放到帽子旁敬禮。

「歡迎光臨，我的創造主飛鼠大人！」

「……你看起來很有精神嘛。」

「是的，每天都精神飽滿！話說回來，您這次是為何而來？竟然還帶著守護者總管和女僕小姐們一起過來。」

看到領域守護者登場後，由莉和雅兒貝德回到安茲後面的跟隨者位置，三人各自展現出不同態度。

對戰鬥女僕這個地位感到驕傲的由莉被稱作小姐後，推了推眼鏡，露出若有似無的不悅。

站在安茲旁邊的雅兒貝德，對於潘朵拉．亞克特的創造者是安茲這件事感到嫉妒，在安茲看不到的地方噘起嘴唇。希絲則沒有任何變化，只是將手上的武器收回而已。

「到最裡面的祕庫取世界級道具過來。」

「您說什麼！發揮它們力量的時候已經來臨了嗎？」

潘朵拉．亞克特裝模作樣地做出誇張的驚訝表情。這樣的態度讓安茲皺起不存在的眉毛。

服裝也是，為什麼連動作也要設定成這麼誇張呢。不對，安茲知道為什麼。

創造潘朵拉．亞克特的人是安茲，也就是說他的一舉一動都是安茲覺得拉風，內心得意洋洋地設定的。

「……唔，看了實在是……」

過去一直覺得穿軍裝的人很酷，既然是亞克特（註：亞克特的英文為演員的意思）動作就該誇張點，可是像這樣看著實際擁有智力的他，做出誇張動作後——

「哇啊——好遜喔——」

安茲不禁小聲地脫口說出的內心真實想法，小到沒人聽到。

簡直是黑歷史。

活生生的黑歷史（潘朵拉·亞克特）。

如果現在這個ＮＰＣ變成真人的納薩力克地下大墳墓有其他公會成員在，一定會有很多人笑到跌倒吧。就是這麼覺得，沒有特別指誰啦。

「……算了，我得重新振作。身為不死者的我可是沒時間去感受那種精神打擊的。」

安茲悄悄地如此警惕自己，重新回復鎮定。

「……嗯，你說得沒錯。我打算拿『貪婪與無欲』、『許癸厄亞之杯』、『幾億之刃』和『山河社稷圖』。」

「……剩下的兩個打算如何處置呢。」

「放著就好，那是只能用一次的道具。因為威力強大，必須仔細考慮使用的時機才行，或者知道如何重新取得後再使用。」

「確實如此呢，那些超弩級道具，威力強到足以稱為殺手鐧，能夠化腐朽為神奇，甚至能夠改變整個世界——」

「──潘朵拉．亞克特，我想考考你，世界級道具全部共有兩百個，你知道幾個？」

「抱歉，飛鼠大人，我知道的只有十一個。」

安茲點了點頭表示了解，那是安茲．烏爾．恭擁有的世界級道具數，他並不知道還有一個被奪走的世界級道具「撐天之神（Atlas）」。也就是說，雖然還有不明白的地方，但可以得知NPC的知識雖然受到設定影響，但遇到有矛盾的設定還是會棄之不顧吧。

關於這樣的NPC設定，經過安茲幾天的觀察後得知一些事，那就是NPC性格沒有設定的部分，以及NPC同伴間的感情等，有些地方似乎繼承過去的公會同伴。如同夏提雅和亞烏菈的關係，迪米烏哥斯和塞巴斯的關係那樣。

安茲表情沒有變化地笑了出來。

（簡直就像是大家的孩子嘛。）

彷彿不在此處的過往同伴就在自己身邊的感覺，讓安茲感到高興的同時也感到寂寞。

安茲搖了搖頭甩掉傷感的情緒。

「這樣啊，潘朵拉．亞克特。問了你無聊的問題呢。」

「不會，我的知識淺薄，非常抱歉。」

接著，敬了一禮。一舉一動全都誇張到有些裝模作樣。

「………算了，我等等要去靈廟，這裡有沒有發生什麼事？」

「沒有，因為這裡的所有一切全都屬於飛鼠大人等人，怎麼可能有事發生。」

他帶著演戲般的口氣與動作指著四周。

「不過還是有些遺憾，還以為飛鼠大人來這裡是想要差遣在下。」

安茲停下動作，開始打量起這個異形。

沒錯，安茲的確曾想過要動用他。潘朵拉．亞克特的設定，不管在智慧或謀略都屬於納薩力克的頂尖等級，雖然平時會把這些智慧、謀略用偏到一些奇怪的方向，但在緊要關頭時還是很難捨棄他的智慧不用。

不僅如此，潘朵拉．亞克特的能力，可應用的範圍也很廣泛，有時候甚至可以取代所有守護者。

不過安茲創造他的理由並不是為了戰鬥或經營組織。而是為了保存這個「安茲．烏爾．恭」的身影，留下同伴的模樣。

「……你是最後王牌，不想差遣你做雜事。」

「……那真是非常感謝。」

帶著欲言又止——大概吧——的表情，潘朵拉．亞克特誇張地低頭行禮。

「遵命。那麼，今後我也會繼續努力管理好寶物殿。」

「嗯，好好幹吧。還有，今後叫我安茲，安茲．烏爾．恭。」

「喔！知道了，我的創造主安茲大人！」

潘朵拉．亞克特敬禮後，安茲帶著話已講完的態度轉身。這時候，背後傳來一道聲音。

「不過，安茲大人。雖然知道有些不敬，但如果已經出現必須使用世界級道具的情況，還是讓我離開寶物殿到其他樓層行動會比較好吧。」

「…………」

這個論點很正確。

潘朵拉．亞克特是一個寶物，但若只讓他擺著好看卻因此失去更貴重的寶物，那就太愚蠢了。應該將這種情況視為緊急狀況動用他才對，而且也得把寶物殿的金幣移到王座之廳。

做出結論的安茲轉身後，剛好看到慢慢將一隻手放到胸前的潘朵拉．亞克特在推薦自己。

安茲也聽到表情沒有任何變化的希絲，輕輕哇了一聲。

這道聲音深深刺傷安茲的心——但精神隨即穩定下來。

潘朵拉．亞克特的動作的確太過誇張，讓創造者（安茲）覺得，他的動作和姿勢處處充滿著顯而易見的「我很酷」的情感表現。

如果真的是很帥的男人，那樣的言行舉止或許很搭，但對方是個蛋頭，實在太格格不入了，甚至會讓看到的安茲感到難為情。

安茲靜靜注視著潘朵拉・亞克特一段時間，接著從空間中取出一個戒指，丟給潘朵拉・亞克特。

戒指畫出一道弧線，漂亮地掉進潘朵拉・亞克特的手裡。

「這是……安茲・烏爾・恭之戒，具備的能力是……」

安茲舉起一隻手，讓想要繼續說下去的潘朵拉・亞克特住嘴，雖然他露出很遺憾的表情，但這時候就先不管了。

「這是預先準備。雅兒貝德，先讓納薩力克內的僕役們知道潘朵拉・亞克特的存在吧。在此之前，潘朵拉・亞克特你只能往返於王座之廳和寶物殿。」

「遵命。」

兩人出聲回應，潘朵拉・亞克特以要發出聲音的力道用力併攏腳跟，手指也伸直到連指尖都直到不行，非常鄭重地行禮，說難聽點就是裝模作樣。

望著那顆蛋頭，安茲輕輕搖頭。

這傢伙不壞，能力也不差，可惜就是——

「哇啊——……」

（為什麼會把他設計成這種性格啊。過去的自己竟然會覺得那樣很酷。不對，雖然我現在也依然覺得軍裝有點酷……）

如果安茲可以臉紅的話，現在一定是滿臉通紅吧。

「喂，潘朵拉．亞克特。跟我過來。」

安茲抓住潘朵拉．亞克特的肩膀，拉著他往一旁走去。當然也順便告訴雅兒貝德和女僕們待在原地。

「我問你一件很重要的事，我是你的創造者，是你盡忠的對象，對吧？」

「完全沒錯，安茲大人，我是由您創造的，如果要我和其他無上至尊戰鬥，我也會毫不遲疑地全力以赴吧！」

「是嗎……那麼，不管是當作主人的命令也好、拜託也好，像你這樣的人……不對，這樣的男人……可以不要敬禮嗎？」

潘朵拉．亞克特的空洞眼睛，緊緊注視著安茲，眼神中寫著對安茲的話感到不解。

「嗯。那個，怎麼說呢，敬禮不是很奇怪嗎，不要再敬禮了，軍裝……看起來很強可以不用改，但真的不要再敬禮了。」

「如果我的神如此希望（Wenn es meines Gottes Wille）的話。」

「……這是德文嗎？也不要這樣講話了。不，要這樣講話也可以啦，但請別在我面前講，拜託了。」

「是、是的。」

潘朵拉・亞克特第一次表現出受到震懾的模樣，回答得有些怪怪的。不知不覺間靠近到幾乎可以接吻的距離，安茲這才把臉移開，無力地要求：

「真的拜託你了喔，真是想都沒想過會因為這種事強制穩定精神。比騎乘巨大倉鼠還要令人難為情……實在難以置信，雖然想要和你再仔細詳談，但現在事態緊急，就先到此為止吧。」

「那麼，進入靈廟前有件事必須先做。雅兒貝德，把我給妳的安茲・烏爾・恭之戒寄放到潘朵拉・亞克特那裡。」

安茲把拿下戒指的理由告訴一臉疑惑的雅兒貝德。

「這是設在這裡的最後一道陷阱，裡面的哥雷姆、不死化身設定成會攻擊身上戴有戒指的人，就算戴上戒指的人是我或妳也一樣。」

「原來如此……入侵這裡會用到戒指。那麼，最後陷阱就一定會確實發動呢。」

「很陰險吧？」

「沒、沒有那回事！」

雅兒貝德依依不捨地從左手無名指取下戒指，包在絲巾裡後遞給潘朵拉・亞克特。看著這一幕的安茲也取下戒指，放入從空間中取出的戒指盒內。

「哎呀！」

好像臨時想起什麼事的安茲叫了一聲，連同放在空間中，還沒有決定要給誰戴的其他戒指也一起拿出來放入戒指盒中。

因為即使存放在空間，也會被認定為持有戒指，一進入靈廟就會遭到不死化身們襲擊。

「雅兒貝德大人……可以請您放手嗎？」

聽到一道似乎感到無奈的聲音，讓安茲再次轉頭看向雅兒貝德和潘朵拉．亞克特，結果看到兩人拉著絲巾在拔河。

「我、我的戒指……」

「安茲大人不是說了，戴著戒指進去會遭到攻擊，只是稍微拿下來一會兒而已……」

「你說什麼！這可是安茲大人送我的戒指喔！怎麼可以咕嗚——！」

「……雅兒貝德，時間緊迫，如果妳不願意寄放，我就……」

「對不起，我準備好了！」

雅兒貝德突然放開手，讓潘朵拉．亞克特失去平衡，發出驚叫聲，腳步踉蹌往後退。

「是嗎……那麼進去吧。潘朵拉．亞克特你就差遣由莉和希絲，將一些財寶搬到王座之廳……雖然有點麻煩，但考慮到雅兒貝德的想法，別使用她的戒指，用我剛才給你的吧。」

「非常感謝您，安茲大人！我無法容忍其他人使用安茲大人賞賜給我的戒指。當、然，現在是緊急狀況，所以並不是真的不願意。只是想要讓安茲大人知道，我對於安茲大人贈送的戒指是如此重視的這個心意，但不用我說出口，安茲大人就已經先察覺到——」

「——遵命！……那麼，要讓誰留在這裡，等待安茲大人回來時前去迎接？」

自我宣傳遭到潘朵拉．亞克特打斷的雅兒貝德，露出優雅美女絕對不會出現的表情。安茲將那樣的雅兒貝德逐出視野，不想要讓自己心目中的美女形象遭到粉碎。

「應該會花一些時間吧，我之後會發『訊息』給你，到時候再趕來即可。因為沒有戒指的話無法離開這裡。」

「了解了。」

在潘朵拉．亞克特和兩位女僕的低頭目送下，安茲帶著雅兒貝德走進靈廟。

只有點亮昏暗燈光的這個空間安靜無聲，是一個相當適合安置靈魂的場所。安茲雖對於打擾了這份安寧覺得有些罪惡感，但還是開口向身旁的同行者發問：

「對了，雅兒貝德，關於世界級道具，妳知道多少？」

「是的。就我所知，那是無上至尊們收集而來的最頂級寶物。而承蒙厚愛，其中一個寶物現在由我所有……大概只知道這樣而已。」

「是嗎。那麼改天，我把所知的道具全都寫在紙上吧。讓愈多人知道這些情報愈安全，在此之前，先跟妳說一下危險的道具吧。」

安茲一面走一面將世界級的道具，籠統地告訴雅兒貝德。

世界級道具。

這些世界級道具和ＹＧＧＤＲＡＳＩＬ這款遊戲的世界觀有很大關聯。

ＹＧＧＤＲＡＳＩＬ這棵世界樹長滿無數的葉子，但有一天卻出現吞食這些樹葉的巨大魔物，因此樹葉一片一片凋落，最後只剩下九片樹葉。這九片樹葉正是阿斯嘉特、亞爾夫海爾、華納海爾、尼達維勒、米德加爾特、約頓海姆、尼福爾海姆、赫爾海姆、穆斯貝爾海姆這九個世界的前身。

不過，那隻吞食樹葉的魔物也不斷進逼這剩下的最後九片樹葉。玩家們為了保護自己的世界，踏上未知世界出發冒險，這就是遊戲的背景故事。

那麼這些世界級道具代表什麼呢？它們相當於那些落葉——也就是說，一個世界級道具等於一個世界。因此在設定上世界級道具擁有龐大的力量，實際上有很多世界級道具都擁有異常到極點的力量。

玩家甚至出現許多意見，認為這樣的道具會不會太過破壞遊戲平衡了，但開發廠商斬釘截鐵地表示：「世界的可能性沒有那麼小。」完全沒有想要更新這些平衡破壞者（Balance Breaker）的打算。

感覺遊戲開發公司似乎對「世界」這一詞投入很多感情，在ＹＧＧＤＲＡＳＩＬ這款遊戲的設定中，只要名字冠上世界的職業、敵人都比一般的強很多。

在官方比賽活動中，吃了樹葉而得到強大力量的最後頭目「九曜世界吞食魔」，就是最具代表性的世界級魔物。另外，只有在比賽中贏得冠軍的人才能成為「世界冠軍」這個設定上由九大世界挑選出來的職業。

就在安茲解說時，兩人來到一處於左右兩側凹洞中整齊地排列著武裝雕像的地方。

這個王座前的房間，整體氣氛和魔法陣（所羅門之鑰）很像。不過魔法陣的哥雷姆沒有任何武裝，反觀這裡的雕像，身上的道具卻都是具有超強威力，蘊含的力量甚至不比安茲的主要武裝遜色。

「安、安茲大人……這些雕像是不是模擬無上至尊……」

「妳發現了呢。沒錯，不死化身就是根據我過去同伴所打造的雕像。不過……妳能看出來還滿厲害的嘛，外表看起來很醜陋吧？我覺得帥氣度連他們的一成都不到呢……」

「身為無上至尊的孩子，不可能看不出來。」

「是這樣嗎？」

「是的，就是這樣。不過安茲大人……不管是此處的名字，或是這些雕像……莫非，其他至尊都已經去世了嗎？」

「這個答案……不能算對。」

不，或許這才是正確答案。安茲停下腳步，靜靜望著這些雕像如此心想。

不知道怎麼看待安茲的沉默，雅兒貝德露出不安的神情。

絕世美女頂著一張悲傷的臉，看到這種表情沒有男人能夠無動於衷。而且，還是過去同伴創造出來的心愛寶貝做出這種表情，即使是不死者的安茲也會湧現罪惡感與焦慮。

可是，在現實社會中沒有和女性交往過，甚至連朋友都沒有的安茲，不可能想到什麼安慰或是貼心的話。內心慌張，不知如何是好的安茲打量四周，尋找話題。

這時候，發現某項東西的安茲，不假思索地開口說話：

「妳、妳看，那裡有四個空位？」

確認雅兒貝德的目光轉向那裡後，安茲開始簡單說明為什麼那些地方沒有雕像。

「那裡的其中一個空位是預定放我的不死化身喔。」

沒有那回事。

要說這些不死化身原本到底是誰打造之後放在這裡的，其實正是安茲本人。正因為如此，即使安茲退出遊戲，既然早已沒有其他公會同伴存在，那麼當然就不可能有人會把安茲的不死化身放在這裡。

公會成員說「給你用吧」，將自己的武裝和購買的付費道具轉讓給安茲後退出了遊戲。為了穿戴這些裝備，也為了紀念退出遊戲的同伴，安茲才會使用付費道具創造出這些能夠穿戴武裝的哥雷姆。

這也是不死化身看起來會如此醜陋的緣故。

之前製作潘朵拉．亞克特時有用到，因此手邊還留有公會成員的外觀資料，但安茲沒有能力和特殊技術可以獨自打造出與成員相同的角色。

因此才會將購買的外觀資料，強行裝入哥雷姆身上製作出來。結果就變成這副手腳有的胖有的短，或是頭部超級巨大的扭曲外表，彷彿惡夢中的怪物一般。

不過，這種不勻稱的醜陋外表卻散發出一種詭異的氣氛，給人強烈的不安感，因此如果是站在想要打造出來當做最後看守者的這點來看，安茲應該算是歪打正著吧。

（怎麼說呢，好像也有種兒時製作的人偶正出現在自己眼前的感覺，令人有點難為情……）

除了難為情之外，安茲湧現另一個更強烈的感覺。

那就是寂寞。

在同伴相繼退出遊戲時，安茲打造出不死化身當作他們的裝備品保管處。當時還沒退出的公會成員曾經問安茲為什麼要打造這些不死化身，他是這麼回答的。

說不定是想要將他們當成最後看守者。

不過，在成員人數陸續減少中，安茲打造出不死化身的動機其實只是單純因為寂寞而已。因為過去一起玩遊戲的同伴不斷地減少。

為了表示同伴們曾經在這個納薩力克地下大墳墓中和自己同生共死，還有為了當作補償才會打造這些不死化身。

會把這裡取名為靈廟也是這緣故，一開始是叫寶物殿密室。但安茲改了名，紀念那些離開——或者說消失於ＹＧＧＤＲＡＳＩＬ這款遊戲的同伴，才讓這裡變成同伴沉眠的場所。

（——即使如此，內心還是想要相信，同伴也被傳送到未知的異世界，大家也都身處在這世界的某個角落也說不定……）

正當安茲如此沉思時，一道悲痛的叫聲響徹整條通路。

「請不要——請不要這麼說！」

剛才感受到的寂寥感瞬間消失，安茲急忙看向雅兒貝德後，一股更加強烈的驚訝感襲向安茲。雅兒貝德的眼眸中充滿晶瑩淚水，只要稍微眨眼就會潸然落下吧。

「……安茲大人。留到最後，慈悲為懷的安茲大人，我等竭智盡忠的至尊，請不要講這種話！衷心希望您能夠永遠當我們的君主！」

雅兒貝德屈膝趴跪在安茲面前。

夾雜著哽咽聲，不斷重複著「求求您……求求您」的嘶啞低喃，像是祈禱聲也像是悲傷痛苦的叫聲。

在安茲至今為止的人生中，從來沒有看過有人如此不顧己身地苦苦哀求。

沒想到自己帶點玩笑的話會讓雅兒貝德如此激動，讓安茲充滿罪惡感，扶起跪在地上的雅兒貝德。

「原諒我。」

自己不曾想過是被過去的同伴拋棄嗎？

在獨自一人的納薩力克地下大墳墓時，或者因為每個人都不在而感到失望的每一天時。

沒有因為寂寞而憤怒嗎？

知道這份辛酸的自己為什麼無法理解雅兒貝德的心情，為什麼會讓雅兒貝德感受到這種痛苦呢？

起身後，早已哭成一副大花臉的雅兒貝德，現在還是依然淚眼濟濟。

安茲取出手帕，動作笨拙地溫柔拭去雅兒貝德的淚水。

「…………」

雖然想要再次道歉——但卻沒有說出口，找到不適當的話語。

因為人際關係太過貧乏的緣故，不知道該怎麼安慰才能止住她的淚水。

不斷抽泣的雅兒貝德向不知所措的安茲請求：

「安、安茲大人，請跟我約定，答應我不會拋棄我們離開這裡！」

「……抱歉，不過……」

說到不過之後，安茲就沒有繼續說下去。那是因為某個想法的緣故，但雅兒貝德卻認為是其他緣故才沉默不語的樣子。

「為什麼！為什麼不能和我約定呢！內心早有想要拋棄我們的想法嗎？為什麼！是有什麼事讓您感到不快嗎？如果您願意說明，我立刻改進！如果認為我礙手礙腳，我立刻自裁！」

「不是！」

安茲大聲吶喊。大吃一驚的雅兒貝德，肩膀跳了一下。

「聽我說。首先，目前等於……沒有任何方法可以解救夏提雅。夏提雅的精神控制絕對是來自世界級道具的效果。想要不受世界級道具效果的影響，除非持有世界級道具，不然就必須成為特殊職業。」

被安茲像小孩子般拭去淚水的雅兒貝德，抽泣著發問：

「所、所以，您才會來這、這裡拿、拿世界級道具對吧？」

「沒錯，為了讓守護者們持有這些世界級道具。實際上若是使用相同的世界級道具應該可以解除夏提雅身上的精神控制。但我卻感到遲疑，不知道是否該使用裡面的世界級道具……真是窩囊的主人。因為我把區區一個道具看得比忠心耿耿的部下還要重要。」

「沒、沒這回事！世界級道具是無上至尊們辛苦收集而來的，所以比我們還有價值！」

「……是嗎？」

如果是在遊戲中，安茲也這麼認為，但內心也同時存在著並非如此的想法。

不過，在目前這種狀況下，安茲無法使用這些王牌也是事實。

在幾乎都是平衡破壞者的世界級道具之中，更是有被稱為「二十」，二十個擁有無與倫比超凡能力的道具。

在「二十」中有一個很有名的道具「屠聖之槍(Longinus)」，能夠將目標完全刪除，但必須付出使用者也被完全刪除的代價。

被這個世界級道具刪除資料之後，除了使用其他世界級道具復活之外沒有任何手段回復，不管是使用付費道具還是復活系魔法都沒有意義。如果假設有人將這個道具使用在納薩力克的NPC身上，那麼還會依據被使用該道具的NPC等級數，刪減大本營的特別優惠——NPC可創造等級總數。

安茲的腦海裡浮現好幾個類似的瘋狂道具。

可以對正義值為負的目標發揮強大效果的「光輪善神(Ahura Mazda)」，效果足以遍及一個世界。

可以要求YGGDRASIL製作公司，變更部分魔法系統的「五行相克」。

能要求製作公司變更系統的範圍比「五行相克」還要大的「永劫蛇戒(Ouroboros)」。

還有最強的世界級道具「世界意志(World Savor)」，平常只有一般的棍棒威力，但可以毫無極限地不斷變強。因此，即使在納薩力克地下大墳墓所有成員都在的顛峰時期，只要一個敵人擁有這個道具就足以攻下整座根據地。

名為「二十」的這些道具，因為能力太強所以只要使用一次就會消失，因此才會捨不得當作王牌輕易用掉。

安茲．烏爾．恭引以為傲，「二十」中的其中兩個世界級道具，必須在敵人使用相同等級的道具時才拿出來對付，因為只有相同等級的道具足以匹敵。

而且如果只是消失也就算了。

但消失之後，若是落到其他人手裡，尤其是落到納薩力克敵人手裡的話又會如何呢？納薩力克受到世界級道具保護，所以內部還不至於會受到影響，但一個搞不好，或許會被對方攻到入口處。

因此不能使用世界級道具，必須用其他方法解救夏提雅。

「雅兒貝德，謝謝妳剛才的話。我這就告訴妳，為什麼我剛才會以沉默來回答妳吧。」

身體還留著過去的人類感覺，安茲深深吸氣吐氣，會像過去活著的時候那樣深呼吸，是因為知道接下來要說的話相當重要。

「我打算和夏提雅單挑。因此……不知道是否能夠活著回來……」

「——我明白必須與夏提雅一戰，因為放著她不管是下下之策！」

安茲在心中點頭認同這個想法。

不知道敵人為何沒有對夏提雅下達命令，但如果對方下令，事情將會變得非常棘手，因為納薩力克的所有一切可能都將曝光。

「可是，為什麼要單獨應戰呢！不是能夠以數量取勝嗎！我們無法幫上您的忙嗎！」

一面拭去雅兒貝德再次湧出的淚水，安茲開口回答：

「不是的，雅兒貝德，我很信賴妳。只是……這個嘛，有三個理由，第一……我對於自己身為主人是否真的合適感到疑惑。」

「安茲大人，怎麼這麼說！」

安茲舉起手打斷雅兒貝德的話。

「……如果當初有冷靜思考玩家存在的可能性，應該也要想到有世界級道具的存在才對。所以像我這樣遲鈍的傢伙是否有身為統治者的價值，是否有資格領導大家？」

「安茲大人光是身處在這裡就具有價值！即使有所不及我們也會全力輔佐您！」

「謝謝妳，但這次的事最該受責備的人還是我。」

如果這個世界真的有屠聖之槍，付出一個村民的代價，將守護者完全消滅的情況也有可能發生。夏提雅受到精神控制雖然是個不妙的狀況，但站在另一個角度來看或許算是幸運。站在了解到危險的這個角度來看。

「您的意思是說，您是為了贖罪才要獨自和夏提雅戰鬥嗎……有誰能夠處罰納薩力克最高統治者的安茲大人呢！」

「不只是這樣而已，這是第二個理由……夏提雅獨自一個人在那個地方。那很可能是陷阱──而且，還很可能是致命的陷阱。」

看到雅兒貝德露出一頭霧水的神情，安茲繼續說道：

「我們──安茲．烏爾．恭在ＰＫ時採取的方法和夏提雅的現狀很像。我們也都是讓公會成員當做誘餌，獵殺上鉤的獵物。當然，誘餌被殺的可能性很高，但我們都確實將襲擊過來的敵人一一消滅。」

「那樣的話，安茲大人！」

「等一下，我的話還沒說完，妳知道設下這種陷阱的我們最怕的是什麼事嗎？」

還沒等到回應，安茲就主動告知答案：

「那就是襲擊過來的人數比誘餌數還少的情況。如果上鉤的人數少，我們也必須提防對方是否有伏兵，必須戒備這陷阱是否反倒成為對方將計就計的陷阱。」

確認雅兒貝德充血的通紅眼睛浮現理解之色以後，無法呼氣的安茲還是煞有其事地呼了一口氣。

「而最後一個理由，是我要殺了夏提雅。」

「那樣的話就讓我去！收到世界級道具的我最適合這份工作了。」

「……妳有勝算嗎？不要騙我，告訴我打贏的最大機率有幾成。」

看著安茲平靜的目光，雅兒貝德不甘心地咬緊嘴唇。

「雅兒貝德……妳的想法沒錯，夏提雅很強。」

夏提雅．布拉德弗倫。

她是納薩力克地下大墳墓的最強守護者，就算雅兒貝德——不，甚至是其他百級的ＮＰＣ也沒人是她的對手。

「正因為如此……我才要去。能夠單挑夏提雅打贏她的人只有我而已。」

「這、這個……如果是安茲大人的武裝，的確或許能夠打贏她，可是……」

全身裝備著神器級道具，甚至還使用付費道具的安茲，和只有滴管長槍這個神器級道具的夏提雅。如果從武裝的層面來看，的確是安茲占有絕對優勢。不過，如同雅兒貝德沒有明講的話中含意，安茲也有個勝算不高的理由。

那個理由安茲也心知肚明。

那就是夏提雅．布拉德弗倫是安茲．烏爾．恭的天敵。

安茲在角色扮演中的職業是不死者魔法師，是重視死靈系魔法的職業結構。

也就是含有娛樂性質的職業結構。

但夏提雅卻是以嚴謹的職業結構創造出來。不僅如此，夏提雅的信仰系魔法吟唱者這個職業，擁有好幾種可以用來對付不死者的魔法，也擅長肉搏戰。

光是這樣兩者就已經有很大差距，而且安茲擅長的死靈系魔法對不死者的夏提雅也不是很有效果。

擅長領域無法發揮的安茲，和可以在對付不死者時占到便宜的夏提雅。

另外，關於安茲持有的道具，在考慮到可能會被奪走而沒有裝備的情況下，兩者正面交鋒時，安茲的勝算可說非常低。不，搞不好連一點勝算都沒有。

「妳是想說，處境對我不利嗎？」

被安茲說中的雅兒貝德低下頭來。

或許如此吧，安茲也這樣認為。自己應該打不贏夏提雅。

不過——

——就讓你們見識一下，被你們稱為納薩力克最高統治者的我並非浪得虛名吧。

「——妳的想法很正確，不過也有錯誤的地方。你們只擁有被灌輸的知識而已。」

「咦？這是什麼意思？」

「妳經驗豐富嗎？」

「什麼？經驗嗎？」

雅兒貝德瞬間滿臉通紅起來。

「是的，戰鬥的經驗。」

「啊！是這個意思啊！是的，我能夠將至尊們賦予的力量全都好好利用。所以，應該算是很有經驗吧。」

安茲搖頭否定雅兒貝德的答案。和那個叫做克萊門汀的女人交手時，他已經得到了很多啟發。

「不對，能夠運用力量和獲得經驗是完全不同的兩碼事。妳還記得，過去納薩力克遭到大規模入侵時，夏提雅和玩家戰鬥時的那段記憶嗎？」

「雖然沒有詳細聽說，但她好像是說還有一點被殺的模糊記憶。」

「……除此之外呢？」

雅兒貝德搖頭表示沒有。

「……對付單槍匹馬的入侵者時，通常都是由我們直接對付……這種小氣個性如今倒是幫了個大忙。那麼，還是應該由我出馬吧，由勝算最高的我去對付。」

安茲發出冷笑。當然，臉上完全沒動。

不過，雅兒貝德似乎充分感受到絕對統治者表現出來的笑意，彷彿少女看到心儀男子一樣，雙頰染上紅暈。

安茲向不在此處的人物宣戰。

「身為安茲·烏爾·恭公會長的我，進行PVP(Player Versus Player)時，實際上是勝率較高……即使面對職業結構毫無破綻的人也都是所向披靡，怎麼可能輸給那種只靠性能的傢伙。而且更重要的是，我和佩羅羅奇諾的感情深厚。這根本是一場『還沒開始就已經結束』的戰鬥……知道嗎，夏提雅。」

「……安茲大人，我不會再阻止您了。不過，最後請和我約定，一定要平安回到這裡。」

安茲靜靜望著雅兒貝德，接著緩緩點頭。

「我和妳約定，一定會打倒夏提雅，然後再次回到這裡。」

2

來到一片翠綠的世界，安茲環顧四周，對傳送之後做的第一件事是確認附近是否有人的自己輕輕一笑。如果附近有安茲必須警戒的人，自己老早就受到攻擊了，根本無法如此好整以暇吧。

傳送目的地距離夏提雅的位置超過兩公里以上，就是為了以防萬一。

雖然已經使用魔法確認過，但還是無法保證附近沒有控制夏提雅精神的世界級道具擁有者。不過就結果而言只是杞人憂天，放心地垂下肩膀的安茲轉頭看向跟隨在後方的兩人。

「我們在這裡分手吧。」

如此告知同行的亞烏菈和馬雷。

在即將展開的激烈戰鬥之前，安茲允許同行的人只有他們兩個。

他已撤回命令，讓在外工作的大部分部下全都退回納薩力克。目前在外工作的納薩力克成員除了亞烏菈和馬雷之外，只剩下塞巴斯和索琉香而已。

會選擇這兩人的最大理由是一種利用敵人感情弱點的作戰。因為亞烏菈、馬雷這兩個人型種族和迪米烏哥斯、科塞特斯這些異形類種族不同，或許對方會手下留情，不忍殺死這麼可愛的人類小孩。

當然，對方也許會冷酷地痛下殺手。即使如此，為了防止突發狀況發生，還是想要派些人在後方支援。

（雖然是毫無幫助的一步壞棋也說不定。）

安茲望著戴在馬雷雙手那兩個顏色、形狀各不相同的金屬手套。右手的金屬手套彷彿天使的右手般平滑，散發出銀白色光輝，但左手的金屬手套卻像惡魔一樣，長滿尖刺與鉤爪，從宛若熔岩的龜裂中散發出紅色的光芒。

接著，將目光轉向亞烏菈，看向掛在腰際的大卷軸（Scroll）。

「……敵人數量較多時，立刻撤回納薩力克。」

「……遵命。」

亞烏菈表情僵硬地點頭回應，馬雷也急忙跟著低頭行禮。

「聽好了，絕對要撤退喔。因為這也是我的計畫之一，還有，交給你們的這些東西是納薩力克的祕寶，絕對不能被搶走，在某些狀況下甚至比你們的命還寶貴，知道嗎。」

安茲如此叮嚀。對於亞烏菈有些遲疑的回答感到不安，如果因為太過忠心而反抗命令，或許會造成致命的問題。

聽到兩人——一人精神飽滿，一人畏畏縮縮的回答後，安茲在心中出現疑問。
（自己實際上到底比較重視哪一個呢？）
想要救夏提雅卻不使用世界級道具。如果光是這樣來看，應該可以看成是比較重視道具吧。
但不使用世界級道具的理由就如同在寶物殿告訴雅兒貝德的那樣，因為那是最後王牌，在任何狀況下都有具有反敗為勝的能力。
如果已經沒有任何辦法可以解救夏提雅就另當別論，但或許還有辦法的現在，還是別使用才是明智的抉擇吧。
撇開這些諸多理由不說，同伴們打造出來的忠實部下——已經成為一個具有智慧的盡忠NPC，和在YGGDRASIL這款遊戲中提升安茲．烏爾．恭的地位，代表冒險象徵的世界級道具，到底哪一個價值比較高。
安茲對於陷入思考後還是無法找到答案的自己感到困惑。
如果是在來到這個世界之前，一定可以斬釘截鐵說出的答案，如今卻說不出口。
公會成員在設定上嘔心瀝血，精心打造出來的結果就是這些充滿喜怒哀樂的NPC。
（因為我現在正打算殺掉這個……這個如同小孩的NPC，打算殺掉佩羅羅奇諾的女兒。）

安茲心煩意亂起來。

這也可以說是一種罪惡感。

安茲目光銳利地瞪著夏提雅可能佇立的所在方向。

不過——

「要粉碎世界級道具的控制，只有這個辦法。」

脫口說出這句話是為了說服自己。

看著亞烏菈和馬雷的擔心眼神，覺得讓兩人繼續擔心下去也不是辦法的安茲轉移話題。

「那麼，你們就和他們合作，好好偵察四周吧。」

安茲手指的地方有四隻飄浮在前方引導的巨大肉塊。

直徑約有兩公尺，身體是粉紅色，不過那些魔物有著數不清的白濁眼睛，彷彿像是從各種生物的屍體中挖起眼睛後，亂七八糟地縫到一起一樣。

這是利用「創造高階不死者」魔法創造出來的不死者，眼球屍（Eyeball Corpse）。

安茲利用一天的最大額度創造出這些眼球屍，是因為他們是隱密系能力——魔法、特殊技能擁有者的天敵魔物。

那些混濁的眼睛並非裝飾品，而是具有出色的看穿能力，媲美專精於游擊兵的亞烏菈，甚至有過之而無不及。雖然戰鬥力沒那麼高，但這次看重的是探查能力而非直接戰鬥力，目的是為了讓他們輔助亞烏菈。

「遵命！不過，他們會好好聽從我的命令嗎？」

「沒問題，關於這點我可以保證。另外，也利用魔法替你們進行精神連結吧。如此一來，妳就可成為指揮中心，安全地巡邏吧。」

「是的！雖然我直接行動會比較快，但不知道對方有哪些傢伙呢！了解了！那麼對馬雷使用提升隱密能力的魔法之後，我們就在這一帶進行埋伏。」

「這樣沒問題，就麻煩你們了。」

安茲靜靜地——露出看不見的微笑。

●

最後進入房間的迪米烏哥斯快步穿過室內，在空位上一屁股坐下。即使不用明講，他這種平常絕對不會出現的粗魯動作，已經將他的心情充分表現出來。

「那麼，請好好說個清楚吧？」

迪米烏哥斯閉著眼睛，口氣激烈地向桌子另一端的雅兒貝德詢問。

「妳為什麼會答應這件事呢？」

雖然口氣平穩，但那只是被一層薄薄的表面掩飾，誰都能感受到其中的尖銳語氣。平常冷靜的人出現強烈感情時，因為落差大所以會讓人覺得更加激動。不過此時狀況並非如此，因為迪米烏哥斯現在的情緒真的非常激動，甚至連同伴都不曾看過他如此激動。

不過，明明面對這種超過敵意，甚至已經充滿殺氣的逼問，雅兒貝德還是一如往常。

「這是安茲大人的決定啊？我們這些下人如何反對……」

「──為什麼？」

一道如刀刃般鋒利的質問，打斷雅兒貝德的話。

「為什麼？在安茲大人前往人類都市時，堅決一定要讓守護者跟隨的妳，為什麼會答應這次的事？那時候妳應該也是擔心安茲大人的安危才對。」

雅兒貝德點頭回應，迪米烏哥斯的表情明顯扭曲起來。

「那麼，我再問一次！為什麼妳答應這件事！」

幾乎讓房間產生震動的憤怒情緒，這完全不像是迪米烏哥斯會出現的情感表現。

科塞特斯慢慢轉頭，擔心地注視著互瞪的兩人。

「……而且，妳應該知道安茲大人在說謊吧？」

帶著壓抑憤怒的低沉語氣，迪米烏哥斯如此問道。

雅兒貝德再次點頭後，科塞特斯發出咯恰的聲音。兩人知道，這道清脆的高音是科塞特斯感到疑惑時會發出的聲音。

「……妳剛才也說過安茲大人告訴妳，他要獨自前往的理由。但是妳不覺得奇怪嗎？因為從安茲大人的說法來看，採用波狀攻擊不是比較安全嗎？由我們輪流進攻，慢慢削減夏提雅的體力和魔力不是更安全？」

「……你說得沒錯，科塞特斯。我們都能輕鬆想到的對策，安茲大人不可能沒想到。也就是說，安茲大人是故意說謊吧，為了隱瞞其他理由。」

「是什麼理由？」

「無法得知是什麼理由……所以我才想要問。既然不知道理由，妳為什麼還讓安茲大人獨自前往？」

「因為幾天前的安茲大人和現在的安茲大人，簡直像是完全不同的兩個人。」

輕輕張開瞇瞇眼的迪米烏哥斯露出一頭霧水的表情，要雅兒貝德繼續解釋下去。

「那時候的安茲大人，露出的表情不像男子漢，怎麼說呢……雖然我知道這樣說有些失禮，但那時候他的表情像是一個想逃跑的小孩子。」

「我並不那樣覺得啊？會不會是妳的錯覺？」

迪米烏哥斯稍微轉移目光，看向位於那裡的「水晶螢幕」。上頭清楚呈現主人在森林中行走的模樣。

「是嗎？我不認為自己會看錯心愛男士的臉上表情……」

雅兒貝德的目光也跟著移向「水晶螢幕」，露出陶醉女人的表情，但這個表情卻惹惱了焦急的迪米烏哥斯。

「那、麼！這次又是怎樣的表情呢？」

「現在安茲大人的臉上出現堅定的決心，身為女人——這樣想或許不敬，但既然知道心愛的主人想要貫徹那份決心，我就絕不會在一旁多說什麼。而且安茲大人已經跟我約定了，一定會再回到這裡。」

看到雅兒貝德已經不打算再說什麼之後，臉上露出明顯不悅的迪米烏哥斯不屑地說：

「還是太天真了，缺乏理性，這根本是感情用事的判斷。安茲大人可是留在這裡的最後一位無上至尊，知道他有生命危險時，必須想辦法排除那危險才是我們的職責。即使之後會遭到責罵、即使會犧牲生命，都應該挺身行動才對吧？」

發出一道碰撞聲，迪米烏哥斯站了起來。

「你要去哪裡？」

轉身走出去的迪米烏哥斯背後，傳來的聲音相當冷靜。

「還用問嗎，當然是派出我的部下——」

感覺有奔跑聲跟過來的迪米烏哥斯轉頭一看，看到拔出刀——而且是神器級道具的科塞特斯。

「……原來如此……叫我回來，同時又命令我來到這裡，就是這麼回事嗎，雅兒貝德？」

「沒錯，迪米烏哥斯……第七樓層已經在我和安茲大人的聯名下完成封鎖，也已經掌握了所有僕役，他們會聽從誰的命令應該不用說了吧？」

「……真是愚蠢，如果安茲大人因此身亡，妳要如何負起這個責任！安茲大人才是我們最後必須盡忠的對象！」

「安茲大人一定會回來。」

「妳有何保證可以如此斷定！」

迪米烏哥斯睜大雙眼，那雙眼並非眼珠。而是完全沒有瞳孔與虹膜，有著無數小切角閃閃發亮的寶石。

「相信主人吧，這也是我們身為被創造者的本分。」

嘴巴一張一闔的迪米烏哥斯，這時緊緊閉上嘴巴。

因為他也認為——或許是那樣沒錯。

對四十一位無上至尊絕對盡忠的所有納薩力克NPC，他們的盡忠方式各有微妙的差異。對於如何盡忠，迪米烏哥斯和雅兒貝德當然也有不同的想法。

不過，雅兒貝德這樣的盡忠方式，讓迪米烏哥斯受到強烈衝擊。

但即使如此，還是會感到擔心，心中的不安不會因此消失。所以剛才才會說出那些話。

如果安茲大人像其他至尊一樣消失的話，今後我們該向誰盡忠才好？

為了向他們盡忠而被創造出來的我們，失去那價值後又有什麼存在的意義呢？

像是要掩飾自己的情緒，迪米烏哥斯粗暴地再次坐回椅子上，一點都不像平常的他。

「如果……安茲大人有什麼三長兩短，妳要辭掉守護者總管的職位。」

「……迪米烏哥斯，你竟敢要求雅兒貝德大人辭掉無上至尊們決定的守護者總管職位，這實在太不敬了！」

雅兒貝德對感到吃驚的科塞特斯露出微笑。

「沒問題。不過迪米烏哥斯，若是安茲大人平安歸來，今後遇到相同的情況時，你要乖乖聽從我的命令。」

「當然。」

「那麼，科塞特斯，你認為安茲大人的勝算有多少？」

科塞特斯無奈地告訴兩人自己的判斷。

「三成對七成，安茲大人是三成。」

迪米烏哥斯的肩膀不禁為之一震。在場的最強戰士科塞特斯說出如此不吉利的話，讓迪米烏哥斯無法假裝沒聽到。但雅兒貝德就不同了，聽到這句話後依然露出的燦爛微笑中，帶著游刃有餘的十足把握。

「是嗎，那就讓我們拭目以待，看看安茲大人如何化險為夷贏得勝利吧。」

●

和兩人分開後，安茲往夏提雅的所在地邁出步伐。能夠分清東西南北，在森林中一直線地朝夏提雅的方向移動，全靠自己的特殊技能。

穿過樹叢，看到模樣和之前完全相同，簡直宛若人偶的夏提雅，讓安茲覺得有些難過。同時也對自己感到憤怒，但最讓他憤怒的還是那個世界級道具使用者。

「該死。」

咒罵的聲音不大，但語氣中充滿強烈的情緒，甚至連能夠壓抑情感起伏的不死者安茲都壓抑不住。

「為了尋找同伴，明明必須宣揚安茲．烏爾．恭的名聲，甚至不擇手段也在所不惜。可是，我還是低調行動避免引發無謂爭端，但怎麼還是發生這種事？」

到底是誰、何種勢力、為了什麼而對夏提雅使用世界級道具？完全摸不著半點頭緒。

「……不管對方是誰，只要讓我從夏提雅口中得到情報……一定不會善罷干休。」

安茲湧現濃郁的黑暗情感，激烈的敵意與殺氣，讓應該不會動的骷髏頭看起來甚至有種大幅扭曲的感覺。

「絕對會讓你們深深後悔自己的愚蠢，別以為惹上我們安茲．烏爾．恭，可以就這樣輕易脫身。」

把心中的怒火化為語言說出來之後，安茲的焦躁情緒才逐漸平復。

接下來，即將展開真正的戰鬥，必須冷靜下來才行。

「我還真愚蠢呢，明明知道有更好的手段。」

安茲露出自嘲的笑容。

「……是罪惡感嗎？還是不願面對……只是想要逃避而已。」

雖然夏提雅是最強守護者，但差距並沒有那麼大。只要讓其他守護者輪番攻擊，還是可以確實獲勝。

但安茲沒有選擇這個手段的原因只有一個。

那就是不想親眼目睹，心愛的孩子們互相殘殺的景象。

如果對方是出自自己的意思背叛安茲・烏爾・恭，安茲一定會坦率接受她的反叛事實，運用所有一切消滅她吧。如果那是出自NPC自己的意思，身為納薩力克的統治者應該嚴肅應對。

如果是因為設定而背叛，他會找出最佳的折衷辦法。

不過，這次的夏提雅和那些情況都不相同。她是遭到精神控制，錯的人是沒有事先想到會導致這狀況之原因的安茲。那麼就只能自己負起責任。

想要自己親手做個了斷。

安茲取下戒指，那是幾乎不用付出任何代價即可復活的付費道具。取下這個道具代表安茲破釜沈舟的決心，因為若是能夠復活，內心將產生鬆懈。

並非自暴自棄，帶著如此堅定決心的安茲望向天空。

「敵人到現在都還未採取攻擊，目前只有感應到來自納薩力克的情報系魔法……有遭到監視嗎？」

平常的時候，安茲會採取多種防禦魔法的措施，在卡恩村發動的反情報系魔法措施就是其中一種。

在YGGDRASIL時代，因為友軍攻擊(Friendly fire)無效，所以同伴可以對安茲正常發動情報系魔法。但在這個世界不同，如果雅兒貝德他們想要偵測安茲，當下安茲就會自動發出對抗魔法吧。
如此一來，對抗魔法會衝擊到納薩力克的防護網，一個不小心，安茲還可能遭到防護網的反擊受到無謂的傷害。
因此安茲才會解除連動的攻擊魔法，只留下可以調查哪裡有發出情報系魔法的措施。從中得知的訊息是，除了納薩力克之外，沒有其他人以魔法監視安茲。
安茲不明所以地歪起頭來。
（難道夏提雅被丟在這裡，真的是一種偶然？）
「而且……不知道雅兒貝德是否有看穿我的謊言？哎呀哎呀，不過……妳不覺得這真的很像一場賭注嗎，夏提雅？」
表情呆滯的夏提雅當然沒有回應。
安茲望著夏提雅，擬定作戰，有點想要逃避。
即使剛才口氣堅定地下定決心，實際站在這裡後，還是感受到一股強大的精神壓力。
即使有壯烈成仁的心理準備，不，正因為帶著必死的決心，鈴木悟這個人類殘留下來的怯懦精神才會感到恐懼。
接下來展開的搏命戰鬥，並非ＹＧＧＤＲＡＳＩＬ那種遊戲裡的打打殺殺——而是貨真價實的生死決鬥。

和來到這世界後，陸續和尼根、克萊門汀那種戰力懸殊的傢伙戰鬥，保證一定會打贏的蹂躪戲碼不同，這次是生死未卜，而且還是處於絕對不利的狀況下開始戰鬥。

如果自己不是不死者，而且——

「如果我並非納薩力克地下大墳墓的統治者，也不是公會的代表，或許連拳頭都握不起來吧。」

安茲哈哈大笑，光是如此就把一切負面情緒全都拋開。

對死亡感到的恐懼已經消失得無影無蹤，或許會敗北的不安也不見蹤影。

驕傲的光榮回憶賦予安茲力量。

「我是安茲．烏爾．恭。那麼，怎能賭上這個名號後還被打敗。」

只能證明納薩力克地下大墳墓主人的這個地位，絕非虛有其名而已。

安茲眼神銳利地看向毫無防備的夏提雅。

「……那麼……開始吧！」

安茲高聲吶喊，發動魔法。謹慎地從持有的眾多魔法中挑選出——第十位階防禦魔法開始發動。

「光輝翠綠體（Body of Effulgent Beryl）。」

安茲的白色骷髏身體發出綠色光芒，接著——

「哈哈哈！」

——在發動魔法時，視線完全沒有離開夏提雅的安茲哈哈大笑。因為除了對於不出所料的結果感到高興外，也贏了一場很大的賭注。

「果然是這樣沒錯，只要沒有把我方的舉動看做是完全的敵對行為，NPC甚至不會進入戰鬥準備！簡直和遊戲中的時候一模一樣！」

這樣的舉動和在YGGDRASIL中，受到精神控制的魔物相同，遊戲中的理論也適用於這個世界，這稍微緩和了絕對的不利狀態。

「既然如此，那麼夏提雅，不好意思囉，在戰鬥開始前就請妳先保持原狀吧。」

安茲繼續發動不同魔法。

——「飛行」、「魔法吟唱者之祝福(Bless of Magiccaster)」、「無限障壁(Infinity Wall)」、「魔法結界·神聖(Magic Ward Holy)」、「生命精髓(Life Essence)」、「高階全能力強化(Greater Full Potential)」、「自由(freedom)」、「虛偽情報·生命(False data Life)」、「看穿(See Through)」、「超自然直覺(Paranormal Intuition)」、「高階抵抗力強化(Greater resistance)」、「渾沌披風(mantle of Chaos)」、「不屈(Indomitability)」、「提昇感應(Sensor boost)」、「高階幸運(Greater Luck)」、「提昇魔法(Magic boost)」、「龍之力(Dragonic Power)」、「高階硬化(Greater Hardening)」、「天界靈氣(Heavenly Aura)」、「吸收(Absorption)」「穿透力上昇(Penetrate Up)」、「高階魔法盾(Greater Magic Shield)」、「魔力精髓(Mana Essence)」、「魔法三重最強化·爆擊地雷(Triplet Maximize Magic Explode Mine)」、「魔法三重化·高階魔法封印(Triplet Magic Greater Magic Seal)」、「魔法三重最強位階上昇化·魔法箭(Triplet Maximize Boosted Magic Magic Arrow)」——就這樣幾乎沒完沒了的無數魔法包圍安茲全身。

「那麼，要上囉！」

準備完成後發出的這句話是安茲對夏提雅，也是對自己所說。

安茲選擇的第一招是魔法的終極招式，超越第十位階的超位階魔法。

名字就稱為超位魔法——

以魔法的位階來說，已屬於位階外的這個魔法，既可說是魔法，也可說不是魔法。首先是發動時不需消耗ＭＰ，反之一天能使用的次數卻有一定的限量。

在剛學會的階段時，一天只能使用一次，但超過七十級之後，每提昇十級可以增加一次使用次數。

至於能夠學會的數量為每個等級一個。

與其說是魔法，還不如說是特殊技能還比較適合。

也就是說，普通玩家的話，到一百級時只能使用四次的超位魔法。那麼這時可能會產生疑問，只要連續使用超位魔法不就能夠打倒夏提雅？的確，超位魔法和第十位階魔法的破壞力根本不能相提並論，只要能夠連續發出超位魔法，光是單純地計算傷害量，即使百級玩家也只有極少部分能夠撐下來。而其中並不包括夏提雅，可以確實打贏她。

但事情沒有那麼簡單。

因為，超位魔法不能連續發動。

首先，每種超位魔法都有設定發動準備時間，雖然可以使用付費道具來消除這些準備時間，但另一項懲罰卻又造成超位魔法無法連續發動。

當小隊的成員發動超位魔法時，小隊全員都會受到這個懲罰——會有一段無法發動的時期，稱為冷卻時間。

這種懲罰設定是為了在爆發公會戰爭時，不讓其中一方利用連續發動超位魔法的方式來決定勝負。而且，不管何種付費道具或特殊技能都無法消除這個冷卻時間。

因此在ＰＶＰ時，先發出超位魔法的人，很容易被人認為是笨蛋。

因為還沒有摸清對手底細，就用掉自己王牌的一方通常會輸。實際上在ＰＶＰ時，先發出超位魔法而獲勝的例子真的不多。

不過，安茲的第一招卻是超位魔法。

臉上並無任何焦躁與混亂之色，在那空洞的眼窩中，只有看見冷靜的光芒。

一個巨大圓頂狀立體魔法陣，以安茲為中心在方圓十公尺左右的範圍展開。

魔法陣發出白色光芒，浮現類似文字或記號的半透明圖案，這些圖案不斷變化令人眼花撩亂，每一秒的形狀都不相同。

如果使用付費道具，可以立刻發動超位魔法，但安茲並沒有那麼做，他的目光從夏提雅身上移開，環顧四周。

「沒有伏兵嗎……？還是仍在隔岸觀火？這時候應該算是絕佳的攻擊時機才對啊？」

發動超位魔法中的魔法吟唱者，防禦能力會下降。而且施法者只要受到一定程度的傷害，超位魔法就會自動取消發動。

因此，發動超位魔法時基本上都會讓好幾名同伴保護發動超位魔法的人。也就是說，現在正是攻擊沒有受人保護的安茲的絕佳時機。

不過，周圍並沒有任何變化。

「難道是太過謹慎嗎？」

安茲笑了笑後聳聳肩。

雖然只是直覺，但安茲已經確定，夏提雅並非被放在這裡當成誘餌，而是真的只是被丟在這裡而已。

「到底是怎麼回事啊。哎，沒有神之眼的我，當然不可能有看穿一切的能力。如果有的話事情就不會演變到這種地步吧。」

喃喃自語後，安茲裝模作樣地轉動肩膀。

發動超位魔法時也無法隨意行走，只能像木頭人般呆呆站著等待時間過去。
為了有效利用時間，安茲從空間中取出一個彎曲的金屬板，將它放到手上後，金屬板便牢牢固定在手上。金屬板上有一排數字，隨著時間一秒一秒經過，那排數字也跟著變化。
不需多做解釋，那就是支手錶。
安茲將手指放到金屬板上，觸摸顯示在上面的文字。
『飛鼠哥哥！我要設定時間囉！』
一道勉強裝得幼稚的女孩嬌嗲聲音在周圍響起，這種聲音真的很難不讓人皺起眉頭。
「……這手錶為什麼不能關掉聲音啊……」
安茲發出牢騷，不過這只是單純做做樣子而已。只要在創建工具中設定一下即可關掉聲音，但安茲卻一直沒有關掉。
替手錶配音的人是創建出亞烏菈和馬雷的公會成員泡泡茶壺。
如果把她的配音關掉，這個道具就和一般的錶沒什麼兩樣。
身為實力派聲優的她會配這種令人皺眉的聲音，主要是想要作弄安茲。
創建夏提雅．布拉德弗倫的佩羅羅奇諾是她的弟弟，和安茲的交情很好。因此，泡泡茶壺把安茲看做是弟弟的朋友，才會導致這樣的結果。
不過，或許也可能不是惡作劇。

她經常替H Game中的蘿莉角色配音。剛才那個奇怪的聲音，也是這種蘿莉角色的聲音。所以，她可能只是將工作用的聲音配進去而已。

發現想買的H Game中可能會有姊姊的配音時，購買欲因此大幅下降。想起同伴以前曾經如此抱怨過的安茲露出苦笑。

「……真的是這樣呢，瀏覽網站時，如果聽到泡泡茶壺的聲音，我也會嚇到呢。」

安茲向不在場的公會朋友如此發表感想後，繼續從空間中取出數根長十五公分左右的平坦木棒，每根木棒上面都有雕刻文字，分別刻著「月讀」、「后羿弓」、「地球回復」、「女教師憤怒鐵拳」等。

腰帶上裝有幾個可以放入卷軸的架子，他默默記住這些架子的順序，謹慎地將木棒慢慢放進去。

這些準備工作花了不少時間，結束時魔法陣的藍色光芒已經變得更強，這就是可以發動超位魔法的狀態。

「那麼，發動吧。」

做好心理準備的安茲露出堅定的眼神——

「超位魔法——『墜落天空(Fallen Down)』。」

第五章 PVN

Chapter 5 | Player vs Non player character

1

——一道聲音響起，彷彿點燃火焰的木棒掉進水裡的——滋滋聲。

發動超越位階的魔法——宛若大陽從大地升起般，眼前的視野全被染白。

超高熱源產生的熱氣瞬間膨脹，貪心地將效果範圍內的所有一切全部燃燒殆盡。

如此絕殺的光景大概只維持了五秒吧，但卻感覺有好幾十倍的時間那麼長。

不久，白色世界消失後，隨著急速退去的超高熱源，眼前出現一個內外景色截然不同的大圓圈。

效果範圍外，沒有受到任何影響，樹木依然還是樹木，大地也像森林一樣充滿生命力。

這是沒有任何改變的森林——極為普通的世界。

相對地——圓圈內呈現焦黑之色，變成一大片令人瞠目結舌的死亡大地。

在驚人熱量的侵襲下，周圍植物全被燃燒殆盡，只留下幾棵遭到炭化的巨木樹根，一片焦黑的大地中，有幾個結晶化的地方，現在依然還在冒煙。
站在這個不容許生者的世界邊際之外，安茲被裡面散發出來的可怕氣氛籠罩。
由裡面唯一一個人所發出。
在必死無疑的熱量中，不可能會有生命存活下來。
「嗚啊——嗚啊——」
難以想像竟是咬牙的嘰嘰聲，夾雜在這道奇怪的聲音中傳進安茲耳裡。
轉頭望向聲音的來源，看到焦黑的世界中出現一點紅。
全身冒著煙，像是在說這樣還不足以殺掉我般冷笑的夏提雅·布拉德弗倫，充滿敵意與殺氣的深紅瞳眸自正面抓住安茲的身影。
「安茲大人，很痛耶！」
夏提雅緩緩邁出步伐，將腳下的燒焦大地踩出裂痕。
一步一步慢慢拉近和安茲的距離，揮動手中的滴管長槍，咻地響起一道劃破空氣的聲音，說明現在還能戰鬥。
魔力系魔法吟唱者只有在遠距離時才能發揮真正價值，對目前沒有前鋒的安茲來說，被敵人拉近距離的話只有百害而無一利。但安茲卻沒有急忙後退，彷彿迎戰挑戰者的王者般態度傲慢地向夏提雅出言挑釁：

「這是不成敬意的薄禮，不知道妳還滿意嗎，夏提雅？」

「哈哈哈哈哈！」

打從心裡感到高興般，夏提雅笑了出來。

「太棒了，竟然必須殺掉擁有如此強大力量的安茲大人！」

「……大人啊。為什麼要叫我大人？妳現在的主人是誰？」

「真是奇怪的問題。稱呼無上至尊的您為大人，不是理所當然的事嗎。至於我現在的主人……」

夏提雅整張臉皺成一團，那是感到困惑的模樣。

「……我為什麼要和安茲大人戰鬥……啊，是因為遭到攻擊？但是安茲大人為何要攻擊我……遭到攻擊就必須全力消滅嗎？為什麼？」

沒多久，夏提雅好像自己找到結論，臉上露出和剛才一樣的笑容。

「雖然不是很清楚，但既然遭到攻擊就必須消滅安茲大人呢！」

「……這樣嗎……了解了。我了解妳的狀態了……」

「喂喂，怎麼了嗎？安茲大人，您好像有些虛脫呢，這樣怎麼打贏我呢？」

「哼，妳在誤會什麼？像妳這種傢伙怎麼可能打贏我——安茲・烏爾・恭呢。『安茲・烏爾・恭』不可能敗北。夏提雅，妳才要臣服在我的腳下。」

「哈哈哈哈哈！還真是令人害怕——呢！」

帶著連疾風都相形失色的速度，殺氣騰騰的夏提雅衝了過來。每跨出一步，腳底的焦黑大地就像爆炸般炸了開來。克萊門汀的突擊速度也很快，但夏提雅的速度更快，根本不是同一個境界。

安茲感謝不需要眨眼的自己，因為她的速度已經快到一眨眼就會消失蹤影。

將自己的笑聲拋到後方衝刺過來的夏提雅，舉起長槍將槍尖瞄準安茲刺出。這招槍突擊（Lance charge）原本是騎馬的騎士，靠著馬匹速度與重量來發動的招式，但夏提雅利用超凡臂力與驚人速度發出的這一擊，輕易地凌駕在其之上。

一擊必殺都不足以形容的致命一擊，劃破天空朝安茲胸口飛去。

不過，即使槍尖不斷逼近，安茲依然文風不動。

只是溫柔地開口。

「很危險喔。」

發出這般擔心夏提雅安危的慈祥警告，這是安茲針對夏提雅的攻擊設下的反擊手段。

在夏提雅攻擊過來時，之前施展的「魔法三重最強化・爆擊地雷」會自行發動。

產生的三道衝擊波，將夏提雅的身體遠遠地往後震飛出去。

看到這一幕的安茲，更加溫柔地道歉：

「夏提雅，請原諒太晚提出忠告的我。其實那裡設有地雷……『魔法最強化（Maximize Magic）・重力渦（Gravity Maelstrom）』。」

安茲向震飛出去的夏提雅投擲一個黑色球體，這是連夏提雅這種等級的人也會受到相當損傷的超重力螺旋球。

這時候，被震飛出去的夏提雅立刻從倒地的姿勢站起，揮出空無一物的那隻手。

「『石壁（Wall of Stone）』。」

巨大石壁從地面竄出，將夏提雅整個團團圍住，和安茲發出的超重力漩渦產生激烈衝撞，石壁歪斜、扭曲，輕易地遭到粉碎，但重力渦也因此消失得無影無蹤。

「哼！『魔法最強化・肋骨束縛（Maximize Magic Hold of Ribs）』。」

繼續發招追擊後，從大地飛出的巨大肋骨，宛如捕獸夾般襲擊夏提雅。白骨的前端利齒深深咬進夏提雅的身體。

「咕！」

原本這道魔法，在給予傷害後會繼續纏住目標，但夏提雅卻輕而易舉地擺脫束縛。這是因為她具有移動阻礙的絕對抗性，才會造成束縛無效。

「……夏提雅，忘記跟妳說了，我已經在這附近設下陷阱，用飛的方式攻擊我如何？」

「——安茲大人，我才不會上您的當，空中也有設下陷阱吧？」

「有這麼顯而易見嗎？」

「是的，早就被我看穿了。」

彼此輕輕一笑，安茲眼窩中的紅色燈火稍微轉暗。

根本沒那回事。安茲設下的地雷魔法只有剛才那招而已，而且也沒有在空中設下魔法陷阱。這一戰並不是那種可以隨便浪費MP的輕鬆戰鬥，沒有多餘的MP可以用在那種沒什麼效果的魔法上。

因此，他才會設下地雷來虛張聲勢，阻礙夏提雅的機動性。看到她踏入陷阱，安茲才瞇起眼睛。不過，現在還不是安心的時候。

在這次的戰鬥中，安茲才是挑戰者。鋼索非常細，很可能一不小心就會失足落下。明白這一點的安茲，沒有笨到會因為這種小勝利就得意忘形。

「不過真不愧是安茲大人，像剛才那種單純的衝刺，還是無法和您拉近距離呢。」

夏提雅的眼睛和聲音中有著真誠的讚賞之意。同時，安茲也強烈感受到她身上散發出全力以赴的鬥志。

（接下來才是重頭戲呢。）

如果安茲的身體能夠流汗，現在應該已經是汗流浹背了吧。

（總之，只能不斷給予傷害。在我的MP耗盡之前。）

因為如果無法辦到，安茲將注定走向敗北之路。

夏提雅架起滴管長槍，緩緩瞪向站在面前的魔法吟唱者，自己的主人安茲・烏爾・恭。

雖然不知道自己為什麼一定要和崇敬的主人作對，但腦袋卻告訴自己這並不是什麼大不了的問題，只要殺了他之後慢慢再來想就行了。

冷靜地如此思考的夏提雅，面對單槍匹馬的不死者，嘴角揚起露出微笑，認為這個情況對自己相當有利。

魔法吟唱者，尤其是魔力系魔法吟唱者擁有強大的力量，但那些力量全都仰仗ＭＰ，只要ＭＰ耗盡，自然也會失去戰鬥力。反觀夏提雅雖然是屬於信仰系魔法吟唱者，但卻擅長肉搏戰，即使ＭＰ耗盡，只要還有ＨＰ就能戰鬥到底。

因此，在這場戰鬥中，即使沒辦法將對方的ＨＰ削減到零，但只要讓對方的ＭＰ耗用殆盡，就能立刻分出勝負。更何況身為魔力系魔法吟唱者的安茲，根本沒有任何有效的體力回復方法。

（所以，請對不斷減少的ＨＰ和ＭＰ感到害怕吧，啊哈哈。一想到安茲大人的恐懼模樣，心頭就小鹿亂撞起來呢！）

那麼，何種戰法才能達到這種效果呢？那就是進入持久戰。

夏提雅籠統地擬定出一套戰鬥流程，握緊神器級道具滴管長槍。設定在這把武器上的特殊能力，是只要給予對方傷害，就會根據傷害量回復使用者的傷勢。不對，也可說這個神器級道具就是特別強化此效果的武器。所以原本都是當後衛角色的安茲，才沒有召喚一些嘍囉出來當前鋒。他非常清楚，如果召喚一些弱小魔物出來當前鋒，只會被滴管長槍拿來當作回復體力的工具吧。

（啊啊，可憐的安茲大人。無法召喚前鋒，只能孤伶伶地一個人獨自戰鬥。）

露出虐待狂般的笑容，夏提雅發動「魔力精髓」。

這招可以暫時看穿對手的魔力，因此安茲的剩餘魔力浮現眼前。

（魔力量真的非常龐大呢……不知道是如何才能得到那麼多的魔力？）

安茲的魔力量或許有夏提雅的一點五倍以上吧，找遍整座納薩力克，都不可能找到有那麼多ＭＰ量的人。

（真不愧是無上至尊，可說是非凡的不死者……超級不死者……不對，是神級不死者吧。）

雖說如此——她還是一點都不覺得自己會輸。不知道其他守護者是怎樣，但對夏提雅來說，那種強化死靈系攻擊手段的對手，並非強敵。

（不過也不是能夠掉以輕心的對手。但安茲大人為何沒有穿戴神器級道具呢？）

安茲身上穿的長袍，不知為何感覺很寒酸，完全沒有平常那件漆黑長袍的威嚴。
（難道是穿來對付我的？很有可能，不過一直這樣大眼瞪小眼下去，也不會有什麼結果，先來回復體力準備長期抗戰吧……）
「『生命力持續回復（Regenerator）』。」
夏提雅發動即使是不死者也能慢慢回復體力的魔法，回復剛才受到超位魔法攻擊的損傷，這時安茲終於開始攻擊，發出和剛才相同的超重力球。
「『魔法最強化‧重力渦』。」
漆黑球體快速迎面而來，雖然腦海中也閃過剛才的選項，發動「石壁」來阻擋，但這樣無法向對手施加壓力，如果想要大幅削減對方的魔力，就必須自己主動出擊。
夏提雅選的招式是——
「——『高階傳送（Greater Teleportation）』。」
這個方法是利用傳送拉近距離，和對方進行肉搏戰。
視野扭曲起來，眼前原本應該立刻改變的光景卻感覺有點變慢。
（嘖！）
夏提雅判斷，這是阻礙空間傳送的魔法「延遲傳送（Delay Teleportation）」造成的效果。
果然被夏提雅料中，本該傳送到滴管長槍攻擊範圍內，但安茲的位置卻離那裡相當遠。

眼前反倒出現了三個閃爍的光球——「飄浮大詭雷（Drifting Master Mine）」。

察覺詭雷的夏提雅，看準飛來的瞬間，使用霧化技能躲過詭雷，這個特殊技能會將身體霧化，算是非常具有吸血鬼風格的一招，雖說是霧化，但並非那種自然現象，而是變成非實體的幽冥魂（Astral），利用此招完全躲開現實世界的攻擊——造成的三重爆炸。

「天真！」

不過，隨著安茲的咆哮，「魔法最強化・幽冥一擊（Maximize Magic Astral Smite）」立刻襲擊而來。

這招可以對付非實體的魔法，命中霧化後防禦力稍微減弱的夏提雅全身。

在痛苦中解除霧化狀態的夏提雅嘴唇裂開，感覺有一道柔滑的液體從那裡流出。

「太厲害了，真不愧是安茲大人！」

安茲沒有回應這個坦率的稱讚，只是帶著疑惑的眼神看向對方。

「您無法相信我嗎？但我真的覺得您是值得我效忠的人。」

果然很擅長魔法戰。

不過——夏提雅的嘴唇還是不禁上揚，露出微笑。因為安茲的魔力已經大幅下降了。

夏提雅的體力的確有減少，但這些體力的消耗量都在夏提雅的掌握中，而安茲的魔力消耗量卻是超乎預期得多，已經非常回本。也就是說，夏提雅離勝利又更近一步了。

（那麼，接下來的這招又如何呢？）

夏提雅發出下一招。

「『力量聖域（Force Sanctuary）』。」

夏提雅的周圍被白色光芒完全籠罩，這是純粹利用魔力形成的防護罩。這道防護罩雖然也會造成發動者的攻擊失效，但卻可以完全阻斷對手的攻擊。

透過這道光罩，可以看到安茲慌張地想要發動魔法。

「沒錯喔，如果不趕緊發動魔法，後果可是不堪設想喔。」

看起來像是安茲占上風的這場戰鬥，夏提雅已經知道是什麼原因造成。

能力——否。

武裝——否。

準備——是。

沒錯，會造成這樣有利的結果，都是因為安茲事前已經發動了許多防禦魔法，做好萬全準備吧。魔法吟唱者的強度會根據事前準備的情況出現大幅變化，當然夏提雅也是如此。因此，安茲應該會立刻破壞夏提雅身上的防禦，不讓她做好充分的防禦準備。

夏提雅根本沒打算發動不擅長的防禦魔法，她的目的是要消耗安茲的魔力。看到安茲焦急地發動魔法後，夏提雅向安茲露出微笑。

（哎呀哎呀，完全按照我的計畫在進行嘛，安茲大人。不過，竟然沒有使用卷軸、法杖或短杖，是在保存實力嗎？因為太過慌張嗎？還是知道那些都對我沒什麼效果呢……嗯——？）

安茲的魔法抗性，可以讓低階到中階的魔法攻擊完全無效，不管那個魔法是由多強的魔法吟唱者發出都一樣。反觀夏提雅的魔法抗性，卻會受到對手的能力、等級影響，如果是由弱小魔法吟唱者發出的魔法，即使是第十位階的魔法也無效，但若遇到強大魔法吟唱者——例如安茲——頂多只能擋下第一位階的魔法吧。

關於卷軸，有些地方會受到創造者的特殊技能影響，但基本上都是以最低等級製成，等級也會維持固定，不再改變。因此如果利用卷軸發動魔法，有很大的可能無法貫穿夏提雅的防禦，所以安茲才沒有使用吧？

即使在夏提雅冷靜分析戰況的期間，安茲也持續發動魔法。

「『魔法最強化．千根骨槍(Maximize Magic Thousand bone lance)』。」

無數——遠遠超過一千、兩千根的眾多骨槍，以安茲為中心，自四面八方碎裂大地猛烈地竄出。白色骨槍從不同地方重複衝撞防護罩，沒多久就聽到玻璃碎裂的聲音，夏提雅施展的防護罩也隨之粉碎。散亂的碎片四處飛濺，彷彿融化般就這樣消失得無影無蹤。

「嘖！」

耗費不少魔力發動的魔法防護罩竟然遭到一擊粉碎，實在太過出乎意料，感到不可置信的夏提雅繼續遭到追擊。
「還沒結束！『魔法最強化‧千根骨槍』。」
「——『高階傳送』。」
傳送地點選擇不在「延遲傳送」範圍內的上空任一地方。
「別想逃——『魔法最強化‧重力渦』。」
夏提雅原本就知道安茲應該會使出一些招式來追擊自己吧，像是看準了夏提雅傳送後的時間點，安茲的魔法立刻飛來。
依然老神在在的夏提雅，對於安茲的高超戰鬥技巧相當著迷，若非經驗老道絕對不可能有這樣的身手。
「還很好整以暇嘛。」
夏提雅不知何故必須殺死的對象，如此平靜問道：
「為什麼和我戰鬥妳還能夠如此輕鬆自在？等級大同小異，但我的武裝卻比較強，擅長領域遭到封鎖的部分是對我比較不利，但也僅此而已。可是我卻能感受到妳充滿自信，認為自己穩占上風，絕對會打贏。」
面對如此詢問的主人，夏提雅充滿優越感。
「哈哈哈，那麼讓您看一件我會如此游刃有餘的祕密吧。您知道我會這樣的特殊技能嗎？」

露出勝利者的笑容後，夏提雅發動不淨衝擊盾。如血液般的黑紅色衝擊波向外擴散，就在黑色重力球即將命中之前，將其一擊化解。

這是夏提雅兼具攻擊與防禦效果的一招特殊技能。

「嘖！」

一道咂嘴聲從安茲的口中傳來。如果夏提雅剛才的咂嘴是因為事與願違而發出，那麼安茲的咂嘴就是因為不再游刃有餘而發出。

「哈哈！」

夏提雅對安茲的態度感到好笑，繼續表演另一招特殊技能。

手上浮現一根超過三公尺的巨大戰神槍，槍頭部分特別巨大。另外，從散發出來的清淨感覺來看，可以證明這把武器絕對是非比尋常。白銀光輝在日光的反射下燦爛奪目，美麗異常。

「喔……沒看過呢，是利用特殊技能召喚出來的嗎？」

「哈哈哈，看您還能逞強到什麼時候呢，安茲大人。您好像不知道這件武器，那就讓我告訴您吧，它的名字叫清淨投擲槍！」

夏提雅嘲笑安茲的無知，發出白銀色的長槍，並不是用投擲的方式，而是自行浮起往空中急馳而去。這是一把可以藉由消耗ＭＰ，賦予必中效果的武器——

「咕啊！」

——安茲的胸部遭到貫穿，看在夏提雅眼裡，似乎連不會動的骷髏頭，都痛苦到整個扭曲一樣。

「哈哈哈！真不愧是具有神聖屬性魔法的武器，看來好像效果很強呢！」

夏提雅再次於手中浮現巨大長槍，接著立刻投擲出去，長槍以無法躲避的速度飛行而去，這次則貫穿安茲的肩膀。

「咕！別小看我！『魔法最強化·現斷（Maximize Magic Reality Slash）』。」

安茲發動一招強大魔法反擊。

這招是「世界冠軍」這個戰士系最強職業在最高等級時，才能學會的超弩級最終特殊技能「次元斬（World Break）」的劣化版，但在第十位階中，也是具有頂尖破壞力的魔法。

空間遭到切斷，鮮血像是噴水般從夏提雅的肩口噴出。

遭到這招幾乎任何魔法防禦都無效的強力攻擊魔法命中，造成的傷害——卻像是時間倒流一樣，變成體力回到夏提雅的身體，完全失去效果。

看到這幕光景的安茲高聲怒吼：

「妳幹了什麼好事！」

「別那麼大驚小怪嘛，安茲大人，這也是特殊技能喔。」

夏提雅沉浸在優越感中，回答這個問題。

「嘖！也就是說，我的特殊技能毫無效果，妳卻可以盡情使用的意思嗎！」

「別覺得我卑鄙，因為這是佩羅羅奇諾大人賦予我的能力。這也證明了，那位大人比安茲大人還要優秀，不是嗎？」

「──這句話感覺是出自內心呢。」

變得毫無表情，或者說這道毫無情緒的平靜聲音，讓夏提雅感到疑惑，但在此之前，安茲又再次吶喊：

「我要出招了，夏提雅！我要讓妳知道，不管妳擁有什麼特殊技能，永遠都不如我的魔法！」

「哈哈！是要以火力一較高下嗎，安茲大人？您這麼說的話，我也不會輸喔！」

「魔法最強化．現斷」和清淨投擲槍交錯而過，傷害彼此的身體。

兩人再度以魔法互射的同時，夏提雅在內心嘲笑安茲的愚蠢。同時也感到疑惑，為什麼要和安茲大人戰鬥？

夏提雅．布拉德弗倫身為納薩力克地下大墳墓的樓層守護者，負責守護地下一樓到地下三樓，同時也是由佩羅羅奇諾這位無上至尊創造出來的忠誠部下。那麼，和眼前這位安茲．

烏爾・恭，舊名飛鼠的至尊戰鬥，不是太奇怪了嗎？怎麼可以和同為四十一位無上至尊一員的安茲大人兵戎相見呢？

如果是自己的創造主如此命令，她會遵從命令全力戰鬥，即使與納薩力克所有人為敵，也會毫不猶豫地全力以赴，但事實並非那樣。

即使不斷思考還是找不到答案。

不過，就是無法住手。像是有人在耳邊呢喃，夏提雅妳要使盡全力殺了對方才行。

夏提雅利用「魔力精髓」監視安茲的ＭＰ消耗情況，忍住心中湧現的笑意，同時倒轉時間，讓體力回復到原來的狀態。

愈強的魔法，魔力的消耗量就愈多，特別是「現斷」這招魔法，如果站在殺傷力和魔力消耗量的比率——也就是殺傷效率來看，算是不好的那一類。即使如此，安茲依然連續使用此招。夏提雅認為，或許是安茲想要在進入肉搏戰之前，盡量削減自己的體力，這樣才能分出勝負吧。

（沒錯，短期決勝的這個想法非常正確，因為一旦進入長期抗戰，對我就會比較有利……或許也因為安茲大人知道，弱化系的魔法對不死者沒什麼效果吧。）

夏提雅瞇起眼睛，注視著連續發出強大魔法的安茲。

（很好，那我就將計就計地配合吧。）

夏提雅的特殊技能，也區分成可無限使用的和不能無限使用的類型。倒轉時間來回復損傷的特殊技能，一天只能使用三次。清淨投擲槍也一樣，至於不淨衝擊盾則只能再使用一次。

不過，也沒什麼值得惜用的誘因。夏提雅原本就打算在最後決戰中採取肉搏戰。ＭＰ和特殊技能都只是用來削減安茲ＭＰ的道具罷了。

（我即使沒了ＭＰ依然能夠戰鬥，但安茲大人只要耗盡ＭＰ就非常致命。）

夏提雅能利用ＨＰ和ＭＰ的總和戰鬥，但安茲只能靠ＭＰ戰鬥，兩者在起跑點時早已出現極大的落差。

夏提雅對只能使用魔法的安茲露出溫柔眼神，與其說那是宛如母親對自己小孩露出的眼神，還不如說是強者對弱者露出的憐憫眼神。

發出最後的清淨投擲槍之後，夏提雅立刻受到「現斷」的反擊，決定進入第二階段的戰鬥。

「那麼，這招又如何呢？『召喚第十位階魔物（Summon Monsters 10th）』。」

「休想得逞！『高階排除（Greater Rejection）』。」

召喚出來的魔物瞬間遭到消除，耳裡傳來安茲的得意笑聲。

「不會讓妳拖延時間喔，夏提雅。」

（我不能笑出來喔，我只是單純地想在特殊技能後，使用MP罷了！）

夏提雅裝出嚴肅表情，發動另一招魔法。

「是嗎？那麼我就直接發招了！『魔法最強化・朱紅新星（Maximize Magic Vermilion Nova）』。」

「『魔法三重最強化・萬雷擊滅（Triplet Maximize Magic Call Greater Thunder）』。」

針對弱點發出的朱紅烈火籠罩安茲，夏提雅則被三根集結了眾多雷電的巨大豪雷貫穿全身。

感覺體力遭到大幅削減，在這場戰鬥中現在才第一次出現的感覺，讓夏提雅臉上浮現不悅之色。

（他有做好對付火焰的措施？）

不管多強，都不可能事先做好對付所有屬性攻擊的措施，就算是異形類種族獲得了種族的抗性，選擇能夠學會抗性的職業，全身穿戴了具有抗性的神器級道具，還是有一定的極限在。不過相反地，如果能夠針對某幾個屬性攻擊進行防禦強化，也有可能將自己的弱點屬性提昇到完全抗性。

也就是說，安茲捨去其他屬性，只針對火屬性攻擊進行防禦強化了吧。

（這下可棘手了，根本不知道安茲大人捨棄了哪些屬性沒有強化。）

如果想要查出安茲害怕的屬性有哪些，唯一辦法就是使用能夠看穿對手體力的「生命精髓」，然後發出各種屬性攻擊，看哪一種屬性的損傷量最多。

（這麼麻煩的事我才不幹呢，那就針對他確實會害怕的屬性進行攻擊吧。）

「——『魔法最強化・燦爛光輝』（Maximize Magic Brilliant Radiance）。」

「——『魔法最強化・真實黑暗』（Maximize Magic True Dark）。」

受到神聖屬性的光芒包圍全身，安茲的身體遭到淨化，夏提雅的身體則被無屬性的黑暗侵蝕。

就在此一瞬間——夏提雅沒有錯過，看到安茲的身體稍微晃了一下。

雖然他還在改變姿勢企圖蒙混過去，但怎麼可能被這種淺而易見的手法騙過，這就是他忍耐疼痛的舉動。

夏提雅不動聲色地偷笑，因為已經找到了弱點。

不，這也怪不得他吧。對不死者來說，最致命的弱點就是神聖屬性的攻擊。這個弱點非常難以消除，若是將裝備拿去應付火屬性攻擊，就絕對更不可能消除了。

彼此互相瞪視，夏提雅發動下一個魔法。

夏提雅選的魔法當然還是「燦爛光輝」。

就這樣你來我往地展開好幾場魔法攻防戰，即使是夏提雅，體力也被削減了不少。如果沒有偷偷使用ＭＰ，發動可以減弱魔法效果的特殊技能，或許ＨＰ早就歸零了。

（真不愧是安茲大人……在魔法戰中，不論攻擊或防守都遠勝於過我。雖然連續使用了好幾次神聖屬性魔法……但安茲大人的體力損傷量還是比我少很多吧，不過，也讓他減少了不少ＭＰ。）

呈現在視野中的安茲ＭＰ，和一開始的時候相比已經少很多了。即使如此，安茲的眼中還是充滿熊熊燃燒的戰鬥意志。

（真是心癢難耐呢，好想快點看到這麼出色的安茲大人意志崩潰，變成喪家之犬的失敗模樣。）

夏提雅壓抑住從下腹部湧現的感覺。如果是在自己的房間內就會呼喚吸血鬼新娘過來，但可惜的是她們並不在這裡。而且，當然也不能在這裡自我安慰，發洩湧現的欲火。

這樣的話——就以戰鬥來獲得滿足吧。

夏提雅帶著因慾火而濕潤的眼神注視安茲，舔起嘴唇。如果這時候繼續拉開差距，他又會出現怎樣的表情呢？

「那麼，我要進行回復囉。『魔法最強化·大致死（Maximize Magic Greater Lethal）』。」

活人會因正能量回復體力，因負能量受到損傷，不死者則剛好相反。因此具有龐大負能量的「大致死」，對夏提雅（不死者）來說正是最大的回復魔法。

「原來如此，我的體力剛好也減少了——『大致死』。」

夏提雅連眨了好幾次眼睛，不敢相信發生在眼前的事實，不過看到安茲的損傷不斷回復，即使不相信也只能承認吧。

「……咦？為什麼安茲大人能夠發動信仰系魔法『大致死』呢？在您的職業學成表中有這個魔法嗎？」

「沒有，很遺憾這並非我自己的能力，是利用魔法道具得到的附加能力。這個魔法道具只能挑一種特定魔法使用，而且還得浪費一個裝備空間，也不能加入魔法強化系的特殊技能，和本職發動的魔法相比威力也差很多，可說是缺點多多呢。」

口中如此發牢騷的安茲再次使用「大致死」，讓夏提雅暗自碎碎念，這樣不就打亂了我的盤算？不過這也算是達到削減對方MP這一個目的，計畫還不算亂了套吧。

夏提雅如此判斷，繼續發動「大致死」回復自己的損傷。因為夏提雅高達百級，所以沒那麼容易回復完畢。

最後，發動了——

「『魔法最強化．大致死』。」

「『光輝翠綠體』。」

——治療損傷後，換安茲對自己發動防禦魔法。

身為信仰系魔法吟唱者，而且並沒有從佩羅羅奇諾那裡得到太多知識的夏提雅，不知道

「光輝翠綠體」有什麼效果。不過，到方才為止籠罩安茲身體的綠光再次出現，讓夏提雅判斷應該是防禦系魔法。

（完全正確呢，接下來就直接進攻吧。）

夏提雅想要盡情揮舞滴管長槍，正要開始行動時，耳裡傳來一道像是不禁脫口而出的牢騷。

「還真是一場不利的戰鬥呢。」

這個牢騷出乎夏提雅的意料，握住滴管長槍的手稍微鬆懈下來，接著想要開口說：

終於察覺了喔。

雖然這麼想，但夏提雅的理性判斷，對自己的主人安茲吐槽還是有些失禮，所以並沒有把話說出口。

（……主人？安茲大人？）

不斷浮現腦海的這個單字讓夏提雅感到困惑，自己為什麼必須與主人安茲大人刀劍相向？不過這也很正常，世上有許多難以理解的事，這一定也是其中之一罷了。

如此判斷的夏提雅，感覺到安茲的行動似乎缺乏一貫性，因此帶著不像在戰鬥中的輕鬆口吻開口問道：

「如果覺得不利，選擇撤退不就得了？」

「嗯，話是這麼說沒錯啦……」

安茲的骷髏頭明明無法做出表情，但卻讓人覺得像是露出苦笑。

「我啊……沒錯。非常任性，夏提雅，我不想逃避。」

安茲注視著自己空無一物的骷髏手，受到吸引的夏提雅也將目光轉向那隻手。

「這樣做可能不會被人理解，甚至會被認為是笨蛋。不過，現在的我，在此刻得到了身為公會長的滿足感，這是為什麼呢……我……雖然身為公會長，但做的事情都是雜務或協調，而非身先士卒採取行動。不過，現在的我卻是為了公會站在最前線戰鬥……或許這只是我的自我滿足吧。」

「原來如此？這就是所謂男人的矜持嗎？」

「是……那樣嗎？說不定……也有包含一點自暴自棄的情緒在內。似乎被我的無聊話題打斷了。抱歉，那麼重新開戰吧。」

2

安茲冷靜注視著架起滴管長槍的夏提雅。為了贏得勝利，必須克服這場肉搏戰才行。

夏提雅的背部裝甲隆起，像是貫穿鎧甲般冒出蝙蝠翅膀，安茲知道接下來出現的會是什麼東西。

有好幾隻巨大蝙蝠從她的背後竄出飛向天空，這種生物是利用「召喚眷畜」產生的上古吸血蝙蝠（Elder Vampire Bat）。不僅如此，還陸續出現吸血蝙蝠群（Vampire Bat Swarm）。

雖然並不是什麼強大的魔物，但也不能讓牠們任意妄為，安茲立刻發動魔法。

「『巨顎龍捲（Sharks cyclone）』。」

一個高一百公尺，直徑五十公尺的巨大龍捲風突然出現在眼前。席捲大地的黑色龍捲，將企圖逃脫的蝙蝠群一一捲入，困在龍捲之內。

在高速轉動的龍捲中，可以看見敏捷游動的影子，彷彿在海中游泳的那些影子——是六公尺長的鯊魚。那些鯊魚像是看到掉入水中的餌一樣，群聚到拚命想要逃離龍捲的蝙蝠群處。這個對飛行生物相當有效的魔法發揮其真正價值，轉眼間就把上古吸血蝙蝠的翅膀、身體咬得支離破碎。

正當吸血蝙蝠遭到啃咬，不斷消滅時——卻有一道影子突破龍捲飛出。

突破龍捲從正面高速飛出的是一道紅色影子，那道影子往前刺出長槍，像是噴射機後方冒出的火焰般留下一道殘影。

來不及反應的安茲，全身湧現一陣劇痛，感覺身上的骨頭遭到粉碎。

「咕啊！」

安茲發出疼痛的叫聲，被這個附加毆打屬性的武器命中，讓安茲的體力瞬間大幅下降。

不死者安茲不怕疼痛，和精神一樣，只要疼痛到達一定程度就會自動遭到壓抑。因此即使是鈴木悟這個毫無戰鬥經驗的門外漢，也能不受疼痛影響，冷靜對待。

不過，這次的疼痛非同小可。

感覺生命不斷流失，彷彿失去大量血液，這種類似視野變暗，逐漸失去意識的感覺令安茲——不對，讓鈴木悟的脆弱精神受到強烈打擊。

不過，安茲的意志超越這個脆弱的精神。

因為目前在這裡戰鬥的人並非鈴木悟，而是納薩力克地下大墳墓的最高統治者，安茲・烏爾・恭。

即使在安茲摸索著下一步該採取什麼手段時，夏提雅依然沒有停下攻擊。

在槍尖刺入的狀態下，不斷往前推進，槍尖整個刺穿，後面較粗的地方也繼續刺入安茲的身體，他感受到身體遭到撕裂，同時也竄起一陣劇痛，還有生命力又更加減少的感覺。

因此安茲決定發動「光輝翠綠體」。

籠罩全身的綠色光輝就此粉碎。

第十位階魔法「光輝翠綠體」可以在效果時間內降低毆打屬性的傷害，此外在發動後也可以讓毆打屬性的傷害完全失效一次。

長槍所造成的損傷被「光輝翠綠體」吸收，因此彷彿時間倒轉般，槍尖移動到安茲的體外。

安茲移動到長槍刺入前的位置，讓夏提雅露出不知所以然的表情，這時候安茲繼續發動魔法。

「骷髏障壁（Wall of Skeleton）！」

由無數持有武器的骷髏組成的骸骨牆壁擋在兩人中間，牆壁中的骷髏手持武器攻擊夏提雅，發出下砍、突刺、橫斬等各種招式。

不過，沒有一招命中夏提雅的身體。

「『魔法最強化．力場爆裂（Maximize Magic Force Explosion）』。」

看不見的衝擊波以夏提雅為中心向外爆炸，受到無形衝擊波撞擊的骷髏牆壁大幅傾斜，就這樣遭到粉碎。

粉碎的骸骨發出下雨般的嘩啦嘩啦聲。不過這也爭取到一點時間，對安茲來說是有利的。

「解放！」

隨著安茲的命令，「高階魔法封印」讓三個魔法陣各自發出三十發，一共九十發的白色光輝。這些白色光輝是無屬性的攻擊魔法「魔法箭」。拖著殘影的魔法箭，像振翅飛翔的美麗天使，不過卻是告知死亡的天使。

第一位階魔法無法突破夏提雅的魔法防禦，但安茲卻還是發出這樣的魔法，感到有些異樣的夏提雅急忙往旁邊迴避，但白色光彈卻九十度轉彎，完美地追蹤上去，如驟雨般打在夏提雅身上。

九十發的白色魔法攻擊連續命中夏提雅，讓她的體力一口氣大幅下降。

能夠貫穿夏提雅防禦的祕密在於，安茲利用了特殊技能，將魔法箭暫時提升到相當於第十位階的魔法。

安茲的攻擊還沒完。

「起舞吧，『魔法三重化・黑曜石之劍(Triplet Magic Obsidian Sword)』。」

空中浮現三把散發黑光的長劍，像是擁有思想般立刻朝向夏提雅飛去。

別來礙事，如此吶喊的夏提雅揮出滴管長槍一一擋開，但即使遭到擋開，黑曜石之劍還是繼續進攻，魔法生成的黑曜石之劍很難用物理攻擊方式消滅。

「『魔法解體(Magic Destruction)』。」

夏提雅使用所剩不多的MP，發出解除魔法的魔法。

不惜耗盡MP也要發動的魔法，讓兩把黑曜石之劍消失在空中。但還剩下一把沒有消失，持續朝著夏提雅進攻。「魔法解體」的魔法解除機率是根據發招者的能力而定，從這點就可以證明，到底是哪一位魔法吟唱者的實力較高。

「啊，煩死了！」

夏提雅不理會攻擊過來的長劍，朝著安茲進逼而去。這樣的損傷，對夏提雅來說根本是不痛不癢。

揮舞過來的滴管長槍，將安茲往一旁打飛出去。安茲比較無法抵擋毆打系的攻擊，不能忽略這次的傷害，被打飛到空中的安茲利用「飛行」魔法取得平衡。接著——

「可惡！」

——在這場戰鬥中，安茲首次發出心慌意亂的咒罵聲。

安茲的體力並非不足以抵抗這種程度的攻擊，但問題是發生在眼前的現象。因為安茲被吸走體力，用來回復夏提雅的體力。

她的回復速度超越黑曜石之劍造成的損傷量，為了削減她已經立刻回復的損傷，安茲發動攻擊魔法。

「『魔法三重最強化·現斷』。」

連續出現三次穿越空間的劈砍讓夏提雅的身體噴出鮮血，但不予理會的夏提雅，為了拉近距離繼續向前進攻，背後還跟著窮追不捨的黑曜石之劍。

（MP耗盡的夏提雅只能拉近距離，在滴管長槍的有效範圍內進行戰鬥……嗎？但這卻是我最討厭的戰法……）

安茲利用「飛行」後退，持續發出攻擊。

「『魔法三重最強化・現斷』。」

即使不斷往後退，彼此的距離還是每個瞬間就被拉近一點，這就是「飛行」的速度與受到特殊技能強化過的飛行速度之差別。

噴著血逼進到眼前的夏提雅，突然縮起身體，同一時間，空氣扭曲——一道衝擊波以夏提雅為中心向外爆發。

（不是「力場爆裂」！而是不淨衝擊盾嗎！）

利用特殊技能發出的衝擊波，粉碎黑曜石之劍，朝著安茲迎面而去，就這樣將安茲遠遠撞飛出去。

「咕！嗚！」

可能在不淨衝擊盾的衝擊上又加入一些特殊技能吧，安茲在地面翻滾了好幾圈——靠著「飛行」和身上的魔法道具，安茲才得以強行回復姿勢。

不知道是因為沒有三半規管，還是不死者的特性，沒有頭昏眼花的安茲瞪著拉開距離的夏提雅。

這是幸運的結果，肉搏戰並非安茲所願，能夠拉開距離的話，就還有機會可以施展魔法。

正打算發動魔法時，安茲看到夏提雅面前聚集了一團白光，接著慢慢變成一個人類大小的模樣。

安茲很清楚那是什麼。

安茲不會動的臉頰僵硬起來，反觀夏提雅卻露出獲得壓倒性勝利的贏家笑容。

「來了嗎……終於來了嗎，雖然早知道一定會發出這招，但竟然是在這種節骨眼使用『勇者之魂』——這張夏提雅的最大王牌。」

白光完全成了人類模樣。

如果去掉染白的鎧甲和散發出朦朧白光的肌膚，這道白光非常酷似夏提雅。

安茲了解，並非只有外表相似。

雖然少了魔法發動能力和部分特殊技能，也沒有道具可用，但武裝及能力值和夏提雅完全相同。並非不死者種族，而是類似哥雷姆的人造物(Construct)，兩者的抗性也可說幾乎相同。

也就是多了一個只會直接攻擊的夏提雅這麼回事。

早就預測到會有這個情況發生，但要同時應付兩個百級的對手，負擔還是相當大。

不僅如此，夏提雅還召喚出無數的眷畜，狼、蝙蝠、鼠群等等——

這些豢畜雖然都沒有勇者之魂那麼強，但也絕對不能輕忽這些群起而攻的殺傷力。

（可以使用範圍魔法將這些豢畜一掃而空……但剩下的勇者之魂該如何解決呢？）

正當安茲觀察著對方要如何出招時，勇者之魂就朝著安茲衝過來，這也出乎安茲的意料。

夏提雅為何沒有動？她不是打算群起而攻嗎？

不過這個疑問在安茲移動目光後，便獲得了解答，同時空虛眼窩中的燈火也隨之熊熊燃起。

「太卑鄙了！」

安茲不禁坦率地開口咒罵，竟然會使用這種招數。

呈現在安茲眼前的光景是，夏提雅召喚出來的豢畜不斷遭到消滅，身體一一遭到滴管長槍刺穿。

夏提雅以滴管長槍消滅召喚出來的豢畜，藉此回復自己的體力。

利用滴管長槍回復體力時，不用說也知道，回復量會受到給予的損傷影響。同樣等級、防禦力又高的安茲和弱小的豢畜，哪一個比較能夠回復體力應該是不言可喻吧。實際上，看在安茲眼裡的夏提雅體力，目前正不斷回復中。

豢畜接二連三地遭到滴管長槍刺穿，不斷消失。

實在是太過出乎意料的殘酷事實。

因為友軍攻擊有效，所以這也是理所當然的手段呢。

安茲回復冷靜，開始修正作戰方針以便應付這個意外的發展。

不過，看到眼前這個絕對不可能發生在ＹＧＧＤＲＡＳＩＬ中，殺害自己召喚出來的魔物藉此回復體力的光景，還是讓安茲無法完全壓抑住激動的心情。因此才會被來到眼前的勇者之魂，結結實實地擊中一招。

「咕啊！」

面無表情的勇者之魂，繼續追擊發出慘叫，遭到震飛的安茲。

遭到追擊不斷後退的安茲決定發動自己的殺手鐧。

夏提雅的劵畜召喚並非無限，差不多也該結束了吧。但即使如此，讓夏提雅將周圍所有魔物用來回復也很不妙。

原本就是打算在勇者之魂出現時使用殺手鐧，算是有按照計畫。如果把夏提雅利用殺害劵畜來回復體力的這點屏除在外的話。

安茲的職業等級加起來有六十級左右，其中有一種職業非常特別。

這個職業即使在ＹＧＧＤＲＡＳＩＬ中也非常珍貴稀少，只有少數玩家學會。

安茲能夠學會這項職業，是多虧他沒有拘泥在變強上，只是作為角色扮演的一環專心將死靈系練到極限的緣故。如果想要追求強大角色，就無法發現這種偏頗的職業構成所造成的偶然結果。

這是因為，前提條件為死之統治者(Overlord)五級，而且還要專練死靈系的魔法職業，才能在總級數達九十五級時學到這項職業。

如果是一般的遊戲，只要有人找出這種還沒被發現的職業，有很高的機率會被寫進攻略網站和所有玩家分享。不過，ＹＧＧＤＲＡＳＩＬ這款遊戲的資訊都具有很高的價值，例如世界級道具之類的資訊，即使被人發現，也很少人會願意免費告訴他人。特別是擁有殺手鐧招式的職業更是如此。

這個職業就是「日蝕(Eclipse)」。

在職業說明中有寫到：「只有真正窮盡死亡的死之統治者，才能成為這個職業，像日蝕般吞噬所有生命」。

而現在安茲打算發動的招式，就是在「日蝕」的最高等級五級時才能學會，而且在一百個小時中只能使用一次的「特殊技能」。

「日蝕」的殺手鐧。

這個特殊技能名為「死亡是所有生命的終點（The goal of all life is death）」。

在此瞬間，安茲背後浮現一個標示出十二點的時鐘，接著發動魔法：

「『擴大魔法效果範圍・女妖哭喊（Widen Magic Cry of The Banshee）』。」

女人的哭泣聲響徹雲霄，這是具有即死效果的叫聲。

安茲利用各種特殊技能強化的這招魔法，威力比平常還要強大，也更難抵抗。不過面對完全不怕即死效果的不死者夏提雅和人造物勇者之魂，這招魔法當然無法發揮效果。

但奇怪的是，一部分無法抵抗即死的豢畜也沒有倒地。

雖然情況似乎有異，但安茲卻無動於衷，反而可以說正合他意。

滴答。

安茲身後的時鐘發出滴答聲，配合魔法發動慢慢開始移動指針。

被勇者之魂不斷揮出的長槍命中，體力遭到削減的安茲瞧向視野角落的夏提雅，同時感到相當失望。

（……還是無法一決勝負嗎，可惡的佩羅羅奇諾，專門用來對付我嗎？竟然讓她持有復活道具，可恨啊！）

安茲在心中抱怨公會的好朋友。

安茲手忙腳亂地躲避勇者之魂的攻擊，經過十二秒後，時鐘的指針轉完一圈，再次指向天空。

接著，安茲的殺手鐧發動。

瞬間——世界毀滅。

並非比喻。

一切全都邁向死亡。

架著長槍的勇者之魂在安茲的面前變成白霧，開始瓦解。即使是人造物的無生命者也即死。夏提雅的豢畜們也一樣，全都無力抵抗走向毀滅。

不僅如此。

連沒有生命的空氣也墮入死亡，形成一個直徑超過兩百公尺的無法呼吸空間。假使在這個範圍內有需要呼吸的生命體存在，肺部也會被死亡空氣污染致死吧。

大地也逃不過死亡命運，以安茲為中心，直徑兩百公尺內轉眼間全都變成沙漠。

在這個只有死亡存在的世界中，只剩下安茲和夏提雅還能動。

安茲的殺手鐧「死亡是所有生命的終點」可以強化具有即死效果的魔法和特殊技能。即死效果被這項特殊技能強化過後，即使遇到具有抗性的對手，也可以讓對方在一定時間之後即死。

防禦手段可以像夏提雅那樣，在十二秒的時限內，對自己發動復活系的效果。

連空氣和大地都死亡也是這個緣故。

在ＹＧＧＤＲＡＳＩＬ中，空氣和大地終究不至於跟著死亡，但在這個現實世界中卻表現得更加貼切。全都一律平等地以「死亡」形式表現。

連安茲也對這樣異常的效果感到吃驚，在ＹＧＧＤＲＡＳＩＬ中並不會像這樣連大地都死亡。將遊戲的力量運用到現實世界後，竟然會出現這樣的變化，讓安茲不禁搖頭。

不過，安茲忍住驚訝，內心的傲氣不允許自己坦率地表現出驚訝之色，一副這種效果本來就是在預料之內的模樣，帶著如此符合統治者的高傲態度，向唯一生還者輕聲問道：

「目睹了連無生命者都會致命的力量，有何感想呢？」

新鮮的風流通進來，稀釋了死亡空氣，彼此的聲音藉由這些風互相傳遞。

「太厲害了，真不愧是安茲大人。我的豢畜無一生還。不過，您的ＭＰ也幾乎完全耗盡了呢。反觀我的體力……卻是滿格喔。」

在夏提雅眼中安茲的ＭＰ幾乎等於零，似乎還剩下一些，但也只能再使用兩三次魔法而已吧。ＭＰ這麼少的話，不管使用何種魔法都無法消滅夏提雅。
就算是能夠給予不死者巨大損傷的超位魔法「墜落天空」也不行。
「差不多只能再使用兩次第十位階魔法嗎？安茲大人您的魔力太過強大，所以光這樣仍然無法判斷您還能使用多少魔法呢。」
「沒錯，差不多還可以使用兩次吧？」
此言非假。
贏了。
夏提雅嘴角揚起，露出會心一笑。
誰勝誰負已經不言可喻，勝者是夏提雅．布拉德弗倫，敗者是安茲．烏爾．恭。
以勝者自居的夏提雅，一派輕鬆地稱讚勇敢戰鬥至此的敗者。
「太厲害了，我的ＭＰ完全耗盡，特殊技能的使用次數也幾乎用完，才能讓安茲大人您的ＭＰ所剩無幾，能夠戰鬥到此真是值得稱讚。」
夏提雅用力握緊滴管長槍，最後只剩下在肉搏戰中給予致命一擊而已。
「完全沒錯呢，我就坦率地接受妳的稱讚吧。」
夏提雅的額頭抽動了一下。
非常不爽。

她很不爽安茲．烏爾．恭的好整以暇。不過，夏提雅還是將湧現的不安壓抑下去。

不管如何思考，夏提雅都想不到在這種狀況下，安茲還能有什麼逆轉的手段。一招逆轉的殺手鐧也已經用過了。那麼他這種態度就是等待死刑執行的犯人心態，並非好整以暇，而是看破一切的達觀吧。

夏提雅慢慢前進縮短距離，即使對方想利用卷軸發動魔法，夏提雅也有自信能夠比對方更早攻擊，因此不需過於躁進。

安茲沒有逃走，而且還只是直挺挺地站在原地而已。從這個姿勢中感受到已經做好覺悟的氛圍，夏提雅開口發問：

「有什麼遺言想說嗎？」

「這個嘛……因為妳覺得我比較不利，認為我把ＭＰ耗盡就和小嘍囉沒兩樣……所以毫無保留地全力對付我，關於這點謹向妳表達感謝之意，夏提雅。如果妳能夠謹慎作戰，事情就不會進展得這麼順利了。」

「……啥？」

夏提雅懷疑自己的耳朵，是不是聽到什麼莫名其妙的話。

不理會感到困惑的夏提雅，安茲繼續平穩地說明：

「在ＰＶＰ中，最重要的關鍵在於可以讓對手相信多少不實的情報。例如變更武裝後，明明不怎麼怕神聖屬性，但卻營造出效果強烈的感覺。相反地，將害怕火屬性的這個弱點繼續保留。不過……我有點估計錯誤呢，以為妳會使用『生命精髓』，所以我事先用了『虛偽情報．生命』，白白浪費了這招。如果還有下次，記得要查清楚對方的體力，因為這可關係到作戰計畫的擬定和實行喔。」

不是夏提雅想聽的話。

夏提雅聽不懂這些話的意思。不對，是不想理解。

他還不想承認失敗——不對，可以感受到他的強烈意志。不僅如此，甚至充滿勝利已經手到擒來的勝者感覺。

夏提雅往前邁出步伐拉近距離，但心中湧現的想法讓腳步慢了下來。

（……安茲大人為什麼不拉開距離？魔力系魔法吟唱者的他，不可能在這樣的距離下打贏我，這一定是虛張聲勢！）

「我的朋友佩羅羅奇諾在創造妳的時候，告訴我很多事喔。來到這個世界之後，我已經姑且將所有人的資料全都記在腦袋裡，不過，除了黑歷史（潘朵拉．亞克特）之外，在納薩力克所有ＮＰＣ中，我最熟悉的ＮＰＣ或許是妳呢。」

「您不是說……不知道我的特殊技能……」

安茲一笑置之。

「當然是騙妳的囉？只是覺得這麼說的話，或許妳會上這個當。因為要是讓妳將不淨衝擊盾保留到最後才用，或許會很難分出勝負呢。」

對不死者來說毫無意義的體內血液，似乎整個往下倒流的感覺襲向夏提雅，反之卻有股焦躁情緒湧上全身。

所言非虛。

現在的這些話，沒有半點謊言。

眼前的安茲．烏爾．恭，因為覺得勝利在握，所以才沒有逃走。

「啊啊啊啊！」

夏提雅開口大叫，只是一味地將湧現的情緒以聲音抒發出來。

獅子是夏提雅，兔子是安茲，我才是獵食的一方才對——不，弄錯了。

原本應該是獅子之間的戰鬥，只是夏提雅擅自將安茲看成兔子罷了——

焦躁不安的夏提雅刺出滴管長槍，想要結束這場戰鬥，即使遭到抵抗也要連續發招殺掉對方——

安茲的魔法早了一刻發動，同時伸手要將長袍扯去。

清脆的聲音響起。

夏提雅不禁懷疑起眼前的光景。

這根本是不可能發生的事。

滴管長槍被純白金屬反彈回來。

如果是受到魔法反擊，夏提雅會立刻追擊吧。因為她知道安茲的ＭＰ所剩不多，那樣不過是在垂死掙扎罷了。但夏提雅無法理解眼前發生的景象，愣了一下。

那道純白光輝並非魔法造成。

——而是來自鎧甲。

那是一件純白鎧甲，胸部中央鑲嵌著一顆巨大藍寶石，從中散發出清淨的神聖光芒。

那件鎧甲穿在安茲身上，彈開了滴管長槍的突刺。

安茲以身高優勢，朝下看著夏提雅。

不對……或許真的是帶著瞧不起人的眼光看著夏提雅。

雖然的確是可以感到憤怒，但夏提雅已經心有餘而力不足，因為耳裡傳來一道冷峻的聲音。

「我也是一開始就打算以肉搏戰一決勝負喔。」

●

砰的發出一道拍桌聲，受到拍打的氣派桌子隨之大幅震動。

守護者們一直在這裡注視著至今的戰鬥。

雖然剛才也出現過好幾次拍桌聲，但這還是那個人第一次拍桌。

「不會吧！那是那位至尊的鎧甲！」

「……塔其．米大人嗎？」

雅兒貝德盯著水晶螢幕，低聲說出那位無上至尊的名號。

「沒錯！那是塔其．米大人的鎧甲啊！」

似乎非常激動的科塞特斯——不對，實際上也非常激動吧——發出興奮叫聲。

安茲身上的純白鎧甲，正是ＹＧＧＤＲＡＳＩＬ中僅僅九位得到「世界冠軍」這個職業的其中一人所擁有。

只有在官方武術錦標賽中獲得冠軍者，才能得到世界冠軍這個特別的職業，遊戲公司會贈送一件特別武裝給世界冠軍當作冠軍贈品。

塔其．米選擇的贈品就是這件純白鎧甲。這件與符合世界冠軍身分的特製鎧甲，能力超越神器級道具，到達足以和公會武器匹敵的領域。當然，因為這是件比賽的冠軍贈品，因此只有世界冠軍的人才能裝備，不過——

「只要發動戰士化的魔法——『完美戰士（Perfect Warrior）』……好像……就能夠不受任何職業造成的懲罰，使用戰士的武器裝備呢。」

迪米烏哥斯的聲音中帶著敬畏，雅兒貝德也低聲驚嘆。

「竟然如此深謀遠慮……」

毛骨悚然的雅兒貝德，以雙手抱住身體。

利用魔法變成戰士的話，就可以使用一些原本只有得到特定職業的人才能使用的武裝。這是遊戲公司的補救措施，讓非特定職業的玩家也能使用手裏劍、金剛杵、袈裟等奇特的武裝。不過這項補救措施，並沒有將只有在官方比賽中奪冠才能獲得的世界冠軍裝備排除在外。

「太驚人了……竟然可以算計到這種地步……實在讓人佩服得五體投地。」

雖然尚未分出勝負，但在場守護者還是對安茲的謀略與深厚的經驗無比佩服，竟然能夠擬定出如此綿密的計畫，並且順利執行。
對於愈來愈高不可攀的主人感到歡喜與讚嘆，帶著如此激動的情緒望著水晶螢幕的守護者們，再次聽到拍桌的聲音。
「那是！」
發出聲音的人依舊是科塞特斯。

3

——唰的一聲響起。
「呀啊——！」
令人無法置信的光景出現眼前，讓有些大意的夏提雅發出慘叫。從肩口砍入的刀刃砍斷夏提雅的胸骨，一直到達沒有跳動的心臟位置。
朱紅鎧甲被染得更紅的夏提雅踉蹌後退，驚愕地瞪向安茲。
安茲手上握著一把刀，那是一把雷電纏繞，銳利且巨大的刀。那把刀如吹毛斷髮般輕鬆砍裂夏提雅的鎧甲。

夏提雅的鎧甲是傳說級道具，能夠這樣輕鬆砍裂的武器，即使是神器級道具也只有少數幾把辦得到。

那麼——答案只有一個。

是的。

安茲手上的武器就是那少數中的一把——

夏提雅吐著血喊出那把武器的名字。

「建御雷八式！」

夏提雅往後遠遠跳開，躲避再次襲來的大太刀。躲開的距離遠遠超過大太刀能夠到達的範圍，正是夏提雅對這把大太刀的畏懼表現。

不過，沒有人會取笑夏提雅的這種表現。尤其納薩力克地下大墳墓的人更是不會。

倒不如說，一定會出現感到理解的表情，沒有人不怕無上至尊持有的這把武器。

如果目睹了武人建御雷——四十一位無上至尊的其中一人，揮舞這把武器。

「我不是說過了，夏提雅。『安茲・烏爾・恭』不可能敗北。」

安茲往前跨出一步，夏提雅立刻往後退兩步。

「夏提雅，妳最好知道。妳面對的『安茲・烏爾・恭』是集結了四十一個人的力量，所以打從一開始妳根本連一點勝算都沒有。」

安茲口氣平靜地告知。

帶著十足的把握與絕對的自信。

歷經如履薄冰，稍有失誤就會沉到湖底的危險戰役，安茲現在已經逼近敵人的大本營。

目前，彼此的MP為零，HP則是夏提雅比較高。

不過，利用「完美戰士」化身為百級戰士的安茲，能力大幅凌駕並非純粹戰士的夏提雅，武裝方面也是安茲占上風。

那麼——剛才的不利戰鬥已經成為過去式。

逆轉壓倒性劣勢的男人，平穩的聲音大大響起。

「——夏提雅·布拉德弗倫，妳就睜大眼睛見識一下，納薩力克地下大墳墓的最高統治者，無上至尊的整合者，你們口中尊敬的男人，實力有多強大吧。」

這句話是進攻的信號。

安茲踏出一步，雙手握住的大太刀從上揮砍下來。

夏提雅再次往後跳開，同時改為躍進的姿勢。想要在安茲出招後趁隙鑽入反擊。事實上，大太刀建御雷八式和滴管長槍一樣，的確都很難發出細緻的招式。

發出雷光的建御雷八式劃破空氣——刀鋒突然停在擺出躍進準備姿勢的夏提雅胸前，接著發出神速突刺。

不管力量多強，只要全力揮砍，加上加速度的力量，絕對很難中途把刀停下，如果是巨大武器難度就更高。

但安茲卻能做到，那是因為他沒有全力出招的緣故，也就是說，這是知道會被躲開的虛晃一招，故意用來露出破綻的。

接下來的發展也經過詳細計畫，要發出怎樣的招式都一一建構好，身為戰士這是理所當然的作法。

安茲不過是身體力行罷了。

不過，若是沒有在耶．蘭提爾體驗過戰鬥，應該連想都不會想到可以這麼做吧。肯定只會不斷單純地大劈大砍，然後受到夏提雅的反擊。

就算成為了百級戰士，也一定會無法充分活用戰士能力，落得白白浪費能力的下場吧。

和開車的情況相同，即使考到駕照，但只會紙上談兵的駕駛和習慣開車的駕駛，雖然都會開車，但如果看看兩者在遇到突發狀況時的處置方式，就會發現情況完全不同。

這就是——經驗。

和夏提雅的戰鬥中，安茲認為這個經驗正是對自己有利的最大「武器」。

難以迴避。

看到刀尖以迅雷不及掩耳的速度突刺過來，夏提雅如此冷靜判斷。不過，突刺是一招危險的招式，只要利用突刺的弱點，反而能讓危機變轉機。

（那麼……這也只好如此了。）

決定犧牲左手的夏提雅，把手伸到突刺的路徑上。

當刀尖刺入的瞬間，夏提雅輕輕移動左手，順利將貫穿手掌的力道卸到一旁。

沒有貫穿胸部，只貫穿左手手掌的刀尖餘勢未衰，繼續刺穿肌肉與骨頭，深入左臂之中。不僅如此，纏繞在大太刀上的雷電從內部貫穿夏提雅的身體。

雖然身為不死者，但遭到貫穿的感覺還是讓夏提雅竄起一股恐怖的感覺，但她依然揚起嘴角。

那是笑容——絕對不是受傷者會出現的表情，但也並非打腫臉充胖子，因為，這正是夏提雅的計畫。

夏提雅對刺入自己左臂的刀尖施力，大太刀被肌肉纏住，停止動作。

原本突刺的招式就會因為沒有命中目標，或是被肉卡住而停止動作，因此並不是那麼好用，也就是有其弱點。知道這個弱點的夏提雅，才會犧牲左臂，製造對方的破綻。

如果無法抓準大太刀刺入左手，直到貫穿的這個瞬間——只有零點幾秒的時機，絕對無法辦到。

「出現破綻了呢！」

大太刀被纏住的安茲，沒有防禦滴管長槍的方法。

如閃電般揮出滴管長槍的夏提雅，目睹一幕驚人的光景。

安茲毫不留戀地拋開手上那把神器級最高階魔法道具——然後從插在腰帶上的好幾根木棒中拔出其中一根。

「什麼！太愚蠢了！那種木棒怎麼可能擋住滴管長槍！而且竟然捨棄神器級武器，絕對是一大敗筆呢！」

雖然沒有拘泥建御雷八式這把神器級道具的作法算是聰明，但失去這把武器後絕對不可能獲勝。

夏提雅帶著嘲笑，發誓要讓安茲嚐到遠勝於左手受到的傷害，使盡全力刺出滴管長槍——隨著一道清脆的金屬碰撞聲，遭到反彈。

「咦？」

夏提雅發出一道驚呼。

安茲的手中已經看不到木棒，取而代之出現在他手上的是兩把彈掉滴管長槍的小太刀。

一把如太陽般燦爛奪目，一把如月亮般皎潔柔和。

握著那兩把小太刀的安茲手上冒出輕煙，看起來像是那兩把武器正在抗拒不死者一樣。

「哪裡有破綻呢，夏提雅？」

「嘖！這、這到底是怎麼回事？」

刺穿夏提雅左手的武器感覺不到重量，彷彿安茲準備了新武器後，舊武器無法同時存在於同一世界般消失無蹤。夏提雅直覺認為，大概回到了原本的場所吧。

「甚至沒有虛實。雙手各持武器也無法使用得當的話，還是只拿一把才是明智的抉擇吧……」

安茲這句彷彿想到什麼的低喃，像是在詢問不在此處的某人一樣。

「那麼，現在的我也是那樣嗎？」

無暇確認這句低喃的真正意義，失去平衡的夏提雅立刻遭到月光小太刀一閃。

假裝攻擊脖子的小太刀，巧妙地變換行進軌跡襲向肩膀，在千鈞一髮之際遭到滴管長槍彈開。

趁此空檔，安茲大幅拉近和夏提雅的距離。敵人如果使用巨大武器，那麼與敵人的距離愈近對方就愈難出招。這是十分理解這點——經驗老到者的作法。

揮出的另一把太陽小太刀——鑽進滴管長槍的防禦漏洞，輕輕刺入夏提雅的身體。

「啊啊啊啊！」

她發出痛苦的吶喊。

突刺的疼痛並沒有什麼大不了，但緊接著像毒液般流入，用來對付不死者的神聖屬性疼痛，擴散至夏提雅全身，這股疼痛才是難以忍受。

安茲在刺入小太刀的狀態下，像是要擴大傷口般繼續將小太刀向旁邊移動。

「閃開！」

距離太短，無法揮舞滴管長槍的夏提雅往前一踢，雖然安茲以小太刀擋住，但還是無法完全抵銷踢擊的力道，身體往後飛去。這時候，夏提雅看到了，看到放開小太刀的安茲手裡拿著小小的木棒。

接著，在那木棒粉碎的瞬間，一個長滿尖刺的巨大凶暴金屬手套將安茲的手覆蓋住。那金屬手套巨大到即使安茲站著，都已經快要碰到地面——

「看招！」

——踏上一步的安茲發出怒吼，同時出拳。

雖然夏提雅反射性地舉起滴管長槍抵擋，但強烈的衝擊波還是透過滴管長槍，傳遍夏提雅的全身。

「咕呀！」

身體好似遭到巨大拳頭命中的衝擊，讓夏提雅發出窩囊的哀號，往後震飛出去。衝擊波造成的損傷雖然不大，滴管長槍也阻擋了物理攻擊，但衝擊波的震飛效果卻突破了夏提雅身上魔法道具的保護。

失去平衡的身體雖然在魔法道具的幫助下迅速恢復，但腦袋還是殘留著一股炙熱。

「竟、竟然讓我發出這種窩囊的哀號！在我把你碎屍萬段之前，也要讓你發出相同的哀號……喔？」

轉動目光，在視野內看到巨大光球後，夏提雅的激動情緒瞬間被拋到九霄雲外。

那是安茲架起的弓上所發出的太陽光輝，閃閃發亮的光箭，朝向的目標當然是夏提雅。

「不、不會吧，怎麼可能……后羿弓？」

這是以中國這個分裂國家中，射下太陽那位英雄命名的武器，也是創造夏提雅那位至尊的主武器。

守護者幾乎都有對付射擊武器的方法，遇到箭的話並不需要特別害怕。不過那光箭造成的並非物理傷害而是屬性傷害，也就是視為魔法攻擊，無法進行防禦。

（該死！沒有MP！如果還有魔法就能防禦！還有特殊技能可用的話也行！早知如此，就該留下一些使用次數……不對！）

MP耗盡，特殊技能的使用次數全部用完，這些都是在剛才的攻防戰之後造成的結果。

也就是說，這全都按照安茲．烏爾．恭這個男人的劇本在走。

夏提雅的雙眼充血，大聲咆哮。這正是後知後覺者，死不認輸的表現。

「你這傢伙！為什麼會有佩羅羅奇諾大人的武器！這一切全在你的掌握之中嗎！你是如何準備那些武器的！到底藏在哪裡！是折斷木棒就會發動的某種特殊技能嗎！」

這裡面到底藏有什麼把戲。

簡直像是受到世界優待的得天獨厚手段。

「如果將把戲的祕密告訴你，我不就沒資格當魔術師了？」

「你說那是魔術嗎！魔術絕對不可能召喚出佩羅羅奇諾大人的武器！」

「……妳說得沒錯，這麼說或許對他有些失禮呢。簡單說的話，答案是付費道具。話說回來，妳應該恍然大悟了吧？這一切全都照著我的劇本在走。」

聚氣完畢的光球朝向夏提雅飛去，雖然知道無濟於事，夏提雅還是將滴管長槍迎向光球的軌道——四周全被爆炸的光亮籠罩。

夏提雅在燃燒全身的神聖光輝中努力思考，後退並不明智，繼續這樣下去將無招可出，只能任他宰割。

那白色鎧甲或許防禦力很強，但遭到滴管長槍命中也不可能毫無損傷，那麼只能期待吸收體力的效果，將防禦完全放棄，專注在給予損傷上。

「喔喔喔喔喔！」

夏提雅發出與她外表不符的威武叫聲，這時候傳來迎擊男子的冷冽聲音。

「勝算是七成對三成……吧，至於誰是七誰是三應該不用我說了吧？」

安茲慢慢架起一把散發出紫色光芒，斧面以紅色水晶打造，形狀詭異的巨斧。感受到這股壓力的夏提雅猶豫著是否要向前逼近，但最後還是向前跨出腳步。

因為，已經毫無退路了。

「很棒的決心，接下來就是最後結局囉，夏提雅！」

●

「……安茲大人會獲勝。」

感到佩服的科塞特斯，搖著頭如此脫口而出。不過，缺乏戰士才能的迪米烏哥斯開口發問。

當然，迪米烏哥斯也堅信自己的主人會獲勝，但還是需要理智地判斷狀況才行，因此開口說出心中的疑問。

「為什麼？在我看來，應該還要很久才會分出勝負吧？」

「夏提雅捨去防禦，全力攻擊的這個作法並沒錯。如果我遇到相同情況也只會那麼做。」

「說得沒錯，安茲大人接二連三地變換武器——也就是說，不知道安茲大人還有什麼武器，在缺乏情報的狀況下，拉遠距離有可能反而變成愚蠢的選擇，看到安茲大人的弓箭後應該會如此認為吧。因此夏提雅只能選擇在滴管長槍的攻擊範圍內進行戰鬥，已經無法使用特殊技能和魔法的狀態，更促使夏提雅做出這樣的決定……就是那麼回事。」

「原來如此，是這麼回事啊。無上至尊們並不曾在我們面前炫耀武器。因此只有你完美掌握了至尊們的武器吧，科塞特斯。」

科塞特斯聳了聳肩。

「我也是只是具備知識，知道武器的效果和名稱而已，並沒有親眼見識過。」

「原來如此，雖然不是很清楚但大致理解了。也就是說，安茲大人拿出斧頭對付放棄防禦的夏提雅——」

「——噬血食肉。」

「謝謝，科塞特斯。那把噬血食肉如同外表所示看起來相當不平衡，也缺乏命中力。不過用來對付放棄防禦的夏提雅可說綽綽有餘。」

「剛才已經提過了，這場戰鬥全都照著安茲大人的劇本在走……實在令我佩服得五體投地。」

「若是安茲大人，一定能夠以通天眼看穿一切發展吧。不愧是整合所有無上至尊的安茲大人，真是名符其實的洞察力……老實說，或許不需要我們，安茲大人也能輕鬆治理納薩力克，稍微覺得有點不甘心呢。」

「……擁有如此超凡的魔法吟唱者才能……不對，戰鬥者的才能，實在令人佩服。」

「不過……現在還沒分出勝負吧？如果和夏提雅比體力，安茲大人居於劣勢呢。」

但雅兒貝德還是露出微笑，因為確信安茲已經勝券在握的緣故。

「這點完全沒問題吧。」

「為什麼？」

「那位大人可是安茲．烏爾．恭，是我們大家的統治者，無上的至尊。既然那位大人都宣稱會拿下勝利，當然不需懷疑囉。」

●

每次攻擊都讓彼此的體力不斷遭到削減。

夏提雅的攻擊會同時回復體力，不過安茲一擊所給予的損傷，卻足以忽視夏提雅回復的體力。而滴管長槍也是一點一滴地慢慢削減安茲的體力，已經變成一種類似試膽比賽的戰鬥。

身受一招幾乎砍裂鎧甲的斧頭攻擊，夏提雅的身體傳來骨頭碎裂、皮開肉綻的感覺。但隨之刺出利用特殊技能賦予毆打屬性的長槍，則傳來擊碎骨頭的觸感。

（這個感覺……從剩餘的體力判斷，應該能贏……？）

覺得還有機會獲勝的夏提雅感到喜悅，如果繼續這樣攻防下去，或許剛好能夠獲勝。

完全拋棄防禦，只是一股腦地向敵人發出攻擊，一心只想著誰會先倒下的慘烈對戰開始之後，一直感到焦慮的夏提雅臉上終於出現一點光明。

那是因為她在腦袋裡冷靜地計算著體力的消耗量，愈是焦慮，獲得的喜悅就愈大。

「哈哈哈哈哈！」

一面攻擊，同時承受攻擊的夏提雅不禁哈哈大笑。

「哈哈哈！安茲大人！先耗盡體力的人好像是您呢！體力的差異，在這時候成為決定勝負的關鍵呢！」

一盆冷水澆醒了夏提雅的自以為是。

那是很簡單的一句話。

「……妳真的如此認為嗎？」

讓自己不斷陷入苦戰，一切發展都在掌握之中的謀士發出的這道聲音，讓夏提雅領悟到自己的愚蠢。

不可能。

他要如何逆轉這個狀況？

夏提雅想不到對方要如何逆轉，但來自第三者的聲音回答了這個疑問。

『預定時間已經過了喔——飛鼠哥哥！』

是一道女子的聲音。

這道未曾聽過，裝出幼稚感覺的女聲，讓夏提雅想起記憶中一位女子的聲音。那位女子如果嗲著聲音講話，或許就是這種感覺。

「妳覺得是過了什麼預定時間？」

不斷互毆，以武器攻擊對方身體的夏提雅，不懂這個問題要問什麼，端正的臉上不禁浮現疑問之色。

「如果目前為止的所有一切全照我的計畫在走，也就是說，至此經過的這些時間也皆在我的預測範圍內。那麼妳覺得手錶告訴我們已經過了預定時間這件事，到底代表什麼意義呢？」

安茲手中的斧頭消失，變成一面純白盾牌。拿著和身上鎧甲相得益彰的白色盾牌，安茲看起來彷彿一位純白的聖騎士。

盾牌發出清脆聲響，彈開滴管長槍的攻擊。

為什麼事到如今，安茲才要進行防禦，原因或許出自剛才那道女聲，但夏提雅不知原因何在。改為防禦的安茲發出冷冽的聲音，夾雜在金屬碰撞聲中傳進耳裡。

「還用說嗎，勝負已決，戰鬥已經結束了喔。」

為什麼？夏提雅的體力還剩百分之二十五，這樣怎麼算勝負已決，夏提雅想要如此吶喊，但卻說不出口。

「……超位魔法的一擊無法打倒體力滿格的妳。那麼只要讓妳的體力消耗到能夠一擊打倒的地步不就得了，現在看來，在剛才的互毆下，妳的體力已經消耗不少了呢。」

「……啊，嗚啊——————」

夏提雅倉皇地攻擊起來，想要讓對方閉嘴，不想知道即將到來的的失敗。

比零點一秒還要快的金屬碰撞聲不斷響起，夏提雅的連擊如狂風暴雨般猛烈。

但是，安茲卻以更加難以置信的速度漂亮擋下。那身手像是在大瀑布下都絕對不會淋濕般輕鬆寫意，同時繼續說道：

「……純粹的戰鬥能力是我比較低……但魔法防禦力卻是我比較高。那麼——我想說什麼妳應該知道了吧？我要出招了喔，夏提雅，妳只能祈禱我的估計錯誤。」

「咕嗚────！」

知道失敗迫在眉睫，夏提雅發出狂風暴雨的連擊。面對五官扭曲，但絕對不顯得醜惡的夏提雅，安茲下了最後一個賭注。

雖然那樣告訴夏提雅，但其實計畫並沒有進行得那麼順利。

首先，超位魔法確實和特殊技能有點像，不需要消耗MP。但依舊被歸類為魔法，因此在戰士化的狀態下無法發動。

如果解除施加在自己身上的戰士化魔法，身上的鎧甲和盾牌都會變得無法裝備而掉落吧。屆時將很難防禦夏提雅發出的攻擊，如果夏提雅在攻擊時加上各種特殊技能，也有可能無法利用超位魔法在體力上分出勝負。

這麼一來可能會嚐到失敗。

但除此之外，沒有其他獲勝的方法。

安茲看準時機，先解除戰士化，接著使用持有的付費道具。

他輕輕笑了出來。

即使在YGGDRASIL的PVP中，也沒有像這樣奢侈地使用付費道具，這就是現實和遊戲──非勝不可的戰役和玩樂的不同。

（就是現在！）

使用朋友的盾牌擋掉夏提雅的奮力一擊，安茲瞪起雙眼。

解除戰士化，發動超位魔法。

讓自己的周圍產生和剛才相同的魔法陣，打算立刻破壞手上的沙漏形狀付費道具——

——但他突然感到遲疑。

因為湧現一股罪惡感，這樣會殺了同伴精心製作的ＮＰＣ。

猶豫不決是致命的失誤。

夏提雅沒有錯過這個破綻，立刻發現安茲拿在手中的道具，刺出附帶特殊技能的滴管長槍，打算粉碎安茲的那隻手臂。

已經解除戰士化的安茲，無法閃避夏提雅這一招——

——一股感覺湧現。

滴管長槍正要粉碎道具時，背脊湧起一股感覺，那感覺是敵意。

夏提雅身旁，不知何時出現一個充滿敵意的人，明顯到絕對無法令人忽視。

夏提雅急忙從安茲身上移開目光，確認旁邊的那個人到底是誰。

接著──發現那裡根本沒有人。

安茲的魔法造成了一個直徑兩百公尺的沙漠，裡面只有安茲和夏提雅，沒有第三者存在。自己剛才感受到的敵意，已經消失得無影無蹤，好像做了一場白日夢──

「不妙！」

回過神來的夏提雅驚叫一聲，但為時已晚。

粉碎的沙漏，將原本發動時需要花費的時間變成零。

「『墜落天空』。」

隨著這道聲音，在兩人之間正中央發出閃光，籠罩所有一切。

在驚人的灼熱中，夏提雅知道自己的身體正在毀滅。

已經炭化的右手粉碎崩落，滴管長槍在染白的世界中，慢慢掉到應該是大地的地方，臉龐因為襲來的熱量乾燥不堪，眼前已經只剩下白色世界。

喉嚨也是無比乾燥──不知道喉嚨是否已經被燃燒殆盡──難以開口說話。即使如此，還是有句話非說不可，夏提雅．布拉德弗倫動員所剩不多的所有生命力，開口讚揚：

「……啊，安茲．烏爾．恭大人，萬歲。您真的是納薩力克的最強至尊。」

衷心地對整合四十一位無上至尊的最強人物表達敬意。熱浪似乎連束縛也燃燒殆盡，全身雖然無法動彈，但內心卻非常自由。

一位不該在此處出現的人，浮現在夏提雅逐漸遠去的意識中，那位營造出讓勝負分曉狀況的人。

基本上，不死者可以讓精神系的效果失去作用。不過，有一種雖然帶有同樣作用，但卻不被歸納為精神系，那個人就是使用了這個效果。

夏提雅帶著微笑呼喚：

「……矮冬瓜。」

就這樣，夏提雅心滿意足地完全消失在白色世界中。

●

解除啟動至今的特殊技能「天空之眼（Sky Eye）」，亞烏菈將噘起的粉紅色嬌豔嘴唇回復原狀，露出不滿的表情，開口責罵不在此處的人物。

「笨——蛋，身為不死者竟然還遭到精神控制，真的是蠢到極點。」

「怎、怎麼了姊姊？」

「嗯？沒什麼啦。」

馬雷雖然看向亞烏菈注視的方向，但位於森林中的此處，不管往哪裡看去，都只有看到樹木而已，但可以從亞烏菈注視的方向推測出來她在看什麼。

應該是在監視主人和夏提雅的戰鬥情況吧。

自己的姊姊亞烏菈，如果使用游擊兵的特殊技能，監視的範圍可以涵蓋直徑兩公里。因此自己和姊姊才會在眼球屍的協助下，在周圍進行警戒。

「那、那麼，已經分出勝負了嗎？」

「嗯，是安茲大人獲得壓倒性勝利。」

「果、果然是這樣。」

即使是最強的守護者仍然打不贏，馬雷的腦海裡浮現安茲大人的身影，認為這是理所當然的結果，領導無上至尊的人物怎麼可能被打敗。

「那麼，姊姊，那、那個，要去回收夏提雅裝備的道具嗎？」

亞烏菈想起解除特殊技能前看到的光景。

「安茲大人好像已經回收完了，我們就按照指示撤退吧。」

「嗯嗯。」

知道姊姊心情不好的馬雷沒有多說什麼，乖乖贊成姊姊的指示。

亞烏菈「最好的朋友」遭到精神控制，甚至對大家誓死效忠的敬愛主人倒戈相向，即使遭到處決也是理所當然的結果，但還是難免心情暴躁吧。

4

在王座之廳再次打開列表，不出所料，上面列出夏提雅名字的地方已經變成空白。這樣就確定夏提雅已經死亡，計畫的第一階段到此告一段落。

安茲的胸口竄起一股疼痛，雖說別無他法，但像這樣親眼目睹，還是強烈地感受到自己的所作所為，心中甚至湧上了罪惡感。

安茲在內心向夏提雅表示歉意，吞下不存在的口水，再次轉向聚集在此的守護者們。

「那麼，接下來開始對夏提雅進行復活，雅兒貝德妳注意看夏提雅的名字，如果和之前一樣還是受到精神控制……」

「安茲大人，雖然僭越，但屆時還請讓我們自行處置。」

科塞特斯和亞烏菈立刻同意迪米烏哥斯的這句話，馬雷也消極地表示肯定，只有雅兒貝德靜觀其變。

「迪米烏哥斯……」

迪米烏哥斯以充滿真摯情感的話語，打斷安茲的低語。

「我們非常清楚，無上至尊安茲大人的指示尊貴無比，我們即使粉碎骨也必須確實遵從才是。不過身為臣下的我們，絕對不能允許安茲大人再次遭遇明確危險。」

迪米烏哥斯的目光從安茲身上移向雅兒貝德。

「夏提雅要是再次背叛，我們守護者將挺身對付，還請安茲大人袖手旁觀。」

了解守護者心意的安茲，無法繼續堅持下去。

「我知道了，各位守護者，要是夏提雅再次背叛的話，就交給你們處置。」

所有守護者一起低頭回應。

安茲在這樣的光景中感到慚愧。

真窩囊的主人。

因為即使做到這種地步，最後還是可能讓「小孩」彼此自相殘殺。

追根究柢，都是因為自己的不智，全是自己的錯。

安茲想嘆氣，但看到靜靜站在旁邊，浮現溫柔表情的雅兒貝德，最後還是吞了回去。

「安茲大人只要在這裡袖手旁觀即可，如果連最後一位無上至尊都消失，我們該向誰盡忠才好？即使並非遭到拋棄，但所有無上至尊都消失的話，我們還是會覺得寂寞。」

「……說得沒錯，身邊沒有任何人真的很寂寞呢。」

安茲目光不知不覺移向王座之廳，看向掛在裡面的四十面旗子，目光停留在上頭花紋。

「……是的，說得沒錯……在寶物殿也是……真是愚蠢呢。」

安茲低喃著心中的強烈思念，看向守護者們。

「守護者們，保護我，然後開始行動吧！」

安茲籠罩在充滿氣勢的回應中，抓住飄浮在旁邊的安茲．烏爾．恭之杖，將它轉向王座之廳的一個角落。

那裡有一座金幣堆成的小山，數量約有五億枚，這是讓夏提雅復活所需的數量。

原本必須利用鍵盤操作，但他知道不利用鍵盤也沒問題。

金幣山開始變形，慢慢從固體變成液體。

在守護者滴水不漏的防禦中，融化的金幣變成一條河，流向一個地方。一萬噸金幣像是遭到壓縮，變得愈來愈小，化為人形，最後變成一個黃金人偶，黃金光芒也愈來愈弱。

不久黃金光芒完全消失，只剩下白蠟般的肌膚顏色和銀白色的長髮，出現在眼前的人毫無疑問是夏提雅．布拉德弗倫。

「雅兒貝德！」

安茲目不轉睛地盯著夏提雅，大聲呼喚雅兒貝德的名字。

「請放心，似乎已經解除精神控制了。」

「是嗎……」

湧現的強烈安心感讓安茲不禁撫摸自己的胸膛，感覺到精神穩定下來。接著，他伸手進入空間，取出一件黑色披風，朝躺在地上的夏提雅走去。

緊閉雙眼，胸口沒有跳動，靜靜躺在地上的模樣彷彿屍體一般，但不死者是活著的屍體，這個事實本身並沒有任何奇怪的地方。

（奇怪的地方——）

剛剛才確認到的胸部，平坦到看起來不像少女，簡直可以說是少年了吧。安茲的目光不知該看向何處，離開胸部開始游移起來。

剛復活的夏提雅，身上當然沒穿衣服，處於「不知道該看哪裡才好」的狀態。安茲慌張起來，甚至沒有想到只要看向其他地方即可。

視力變得比人類的時候還要好很多，因此一些小地方都可以看得非常清楚。

夏提雅大喇喇地躺在地上，雙腳有稍微張開——

——安茲急忙將手上的黑色披風丟過去。

在空中張開的披風，不偏不倚地蓋住夏提雅的全身。

（我才不覺得可惜！我是不死者，所以沒有性欲！不對，是幾乎沒有。會去注意夏提雅的身體，只是因為單純地感到有些好奇，衣服底下沒有設定的部分到底會是什麼樣子而已。

在ＹＧＧＤＲＡＳＩＬ中根本不會像這樣把衣服完全脫掉嘛，所以才會瞄了一下，沒錯，並非好奇是不是有長毛！）

不知道是在向誰解釋的安茲，帶著如此手足無措的心情走向夏提雅。故意走得很慢，或許是因為想要稍微冷卻一下發熱的腦袋。

還有，也故意裝作沒聽到後面傳來「如果您感興趣，只要向我說一聲，隨時都可供您欣賞沒關係啊」的女子聲音。

安茲一站到面前，夏提雅便像是剛好感受到有人接近，睜開那雙紅色眼睛，帶著睡眼惺忪的模樣打量四周，將目光停在安茲身上。

「安茲大人？」

像是睡呆了的口氣。不過當中確實能感到忠誠之意。雖然雅兒貝德和納薩力克內所有管理系統都已經加以保證，但自己親身感受後欣喜萬分的安茲，跪下來抱起夏提雅。

「唔、咦？」

無法相信如此纖細的身材，竟然會有那樣驚人的身體能力。

安茲不理會似乎無法相信眼前發生的事，帶著失神表情發出奇怪言語的夏提雅，雙臂抱得更緊。

「太好了……不對，抱歉，全都是我的失策……」

「咦？那個，雖然不知道到底發生了什麼事，不過安茲大人是不可能有所失策的！」

夏提雅冰冷的手回抱過來，她的雙手像在吃豆腐般令人有點不舒服，但覺得她應該是在確認復活後的觸感，因此安茲沒有制止。假裝沒聽到耳裡傳來的這句「啊，我就要在這裡迎接初體驗……」。

不過，雅兒貝德發出毫無抑揚頓挫的聲音抗議。

「……安茲大人，夏提雅或許已經累了，到此為止吧。」

「的確沒錯呢。」

NPC的復活或許和玩家的復活一樣，會有一些懲罰。畢竟這次是來到這個世界後的第一次復活。

「之後再告訴我詳情吧，在此之前，有幾件事想先問一下。」

安茲放開抱住的手之後，夏提雅就浮現遺憾的表情，目光尖銳地瞪向雅兒貝德。反觀雅兒貝德倒是露出和往常一樣的溫柔微笑。原以為她們會像平常一樣繼續互瞪下去，但夏提雅卻轉開目光，停止互瞪。

「是的，請儘管問……對了，安茲大人，我為什麼會在王座之廳呢？而且還穿成這樣，安茲大人又如此對待我，是不是我惹了什麼麻煩呀？」

「這也是我要問的事，妳還記得發生了什麼事嗎？」

「是、是的。」

「……抱歉，夏提雅，把妳最後記得的事情告訴我。」

夏提雅的最後記憶只有到五天前，從那個瞬間到現在為止，完全沒有印象。

安茲也可以像在卡恩村的時候一樣，利用第十位階魔法「竄改記憶（Control Amnesia）」更改或刪除她的記憶，不過即使是竄改短時間內的記憶也必須消耗大量MP。假設要刪除五天的記憶，龐大的MP需求量已經超過一般魔法吟唱者的極限，即使是MP回復速度超群的安茲也辦不到。

當然，也有可能是原本就設定成NPC在復活時會自動失去幾天的記憶，而雖然不知道是否可行，但也有可能是集合數人之力達成。

只是一切尚未明朗的現在，因為資訊太少還無法解開這個謎題。

不過可以確認的，就是對夏提雅使用世界級道具的人再次潛入水底，消失無蹤。

（不知幕後黑手是誰的話可是相當棘手，對方很可能會在水底伺機咬納薩力克一口……不，也許我應該慶幸這次事情沒有鬧大……總之，敢對納薩力克做出這種事的傢伙，我一定會好好報復。）

安茲硬把連不死者特性都無法壓抑的憤怒忍下來，溫柔地詢問夏提雅。

「其他還有什麼異常嗎？」

如果這世界和YGGDRASIL一樣，應該沒什麼問題才對。NPC不會出現降級的情況，但不清楚這個世界的情況是否也相同，說不定，NPC和玩家角色一樣都會在復活後降低等級。

夏提雅摸摸自己的身體後回答安茲。

「好像沒什麼問題呀。」

「是嗎。」

夏提雅回答後，臉上突然浮現驚愕之色，不知發生何事的安茲湧現一股不安。

「安茲大人！」

「怎麼了？發生什麼事了？」

「胸部不見了。」

聽見這句話的守護者們，全都表情扭曲，露出一副「把我們的擔心還回來」的模樣，甚至連迪米烏哥斯都噘起嘴唇露出誇張表情。

「妳說這種話，究竟知不知道自己曾身陷什麼狀況！」

雅兒貝德代表所有人如此斥責後，夏提雅嚇得肩膀一震。

癱軟到雙手都快著地的安茲，呆呆望著和夏提雅吵嘴的守護者們，思考關於復活的各種問題。

尤其特別希望，在那座墓地遇到的克萊門汀和卡吉特等人，如果也能和夏提雅一樣，在復活時失去記憶就好了。

不過，這只是一廂情願的樂觀想法。

不知道夏提雅為什麼會失去記憶，也不能保證，復活時——使用復活系魔法復活和使用金幣復活ＮＰＣ的情況相同。

正當安茲思考著這些事情時，不斷遭到雅兒貝德單方面責罵的夏提雅已經淚眼汪汪。

看著眼前的景象，安茲可以確信，自己的眼中一定浮現出嚮往之色吧。

腦中浮現泡泡茶壺（姊姊）責備佩羅羅奇諾（弟弟）的模樣，還有在一旁微笑守護的同伴們。

眼前的ＮＰＣ們就像是過去的同伴。

安茲輕輕伸出手，在空中停了下來。好像那裡有一片看不見的玻璃擋住一樣。

安茲湧現一股寂寥感。

感覺好像守護者們存在的那個溫暖之處投射在螢幕上——而自己卻在其他地方一樣。

如果自己進到裡面，他們會對自己表現出忠心的態度吧。那是一種敬畏，不是過去同伴在一起時的那種相同溫暖。

這令他覺得相當遺憾。

正當安茲無力地垂下手時，似乎感受到安茲有些異樣的雅兒貝德突然回過頭來，靜靜地注視著安茲，被這種難以理解的眼神注視，正想要開口詢問「怎麼了」的安茲，眼窩中的火光突然變得熾烈。

因為雅兒貝德溫柔地伸出手，安茲一陣猶疑後，抓住那隻手，就這樣——被拉進守護者的小圈子中。

雅兒貝德最先開口，其他守護者們也跟著陸續說話。

「安茲大人，請您也好好罵罵夏提雅。」

「完全沒錯！請嚴厲地斥責這個笨蛋！」

「是啊，好好教訓一下比較好！」

「要牢記安茲大人的金玉良言喔！」

「不、不過，還是不要太嚴厲比較……那、那個……」

「——哈，哈哈哈。」

安茲雖然被守護者們的驚訝眼神籠罩，但仍忍不住從口中發出笑聲，不對，不是從口中，而是從心裡發出。

笑到心滿意足後，安茲才默默轉向夏提雅。

「我之前也告訴過雅兒貝德，這次錯不在妳，夏提雅。明明掌握各種資訊卻沒有想到可能會有這種情況發生的我，才是最須責罵的對象。夏提雅妳沒錯，將這句話牢記在心吧。」

「謝、謝謝大人！」
「迪米烏哥斯，你負責向夏提雅說明到底發生了什麼事，沒問題吧？」
迪米烏哥斯一鞠躬，示意了解。
「對了，塞巴斯他——」
「正讓他當誘餌。」
安茲冷靜地說出讓屬下當誘餌的這句話後，守護者們只是點點頭，表現出屬下的應有態度。他們不過是將納薩力克地下大墳墓主人的考量，看得比同伴的安全更優先而已。
「雖非本願，但只能這麼做了……雖不知道為什麼夏提雅會被盯上，不過，如果對方想要找下個對象，很有可能會找上曾和她同行的塞巴斯吧。所以我並沒有叫他回來拿世界級道具……雅兒貝德，挑選一些菁英祕密監視塞巴斯的周圍……雖然塞巴斯是誘餌，但我可是沒有打算讓他被吃掉。告知那些監視人員，他們的任務還包括阻擋敵人接近塞巴斯。」
命令完畢後的安茲瞇起眼睛——眼窩中的紅色燈火稍微變暗。（……總有一天會遇上對夏提雅使用世界級道具的傢伙吧，到時候一定要他加倍奉還！）
「遵命，我會盡快挑齊能力適合的人員。」
「麻煩妳了。託夏提雅的福，讓我知道NPC能夠復活，但我可不想再次親手殺害同伴所創造出來的你們。」

守護者們全都感動地低下頭來。大概理解到安茲竟然如此珍惜自己吧。果然把話說出口，破壞力也跟著大幅提昇呢。

夏提雅似乎稍微察覺到自己發生過什麼事，臉上浮現驚愕之色，露出慚愧至極的模樣。

安茲以手勢告訴她不需在意，這時候一道聲音從旁邊傳來。

「那、那個，安茲大人。」

「怎麼了，馬雷？」

「那、那個，請……請問，需要清除戰鬥痕跡嗎？」

「沒有那個必要，你知道嗎？毀掉封魔水晶的話，裡面的強大能量會爆發，似乎足以將周圍一帶夷為平地喔。」

「咦？是、是喔？」

「……抱歉，假的啦。不過就是這麼回事，真真假假，假假真真。封魔水晶似乎是稀有道具，所以應該沒有人能拿它做實驗吧。雅兒貝德，把尼根持有的使用過物品加點傷痕，再來就是讓鑄造師在打造出來的毀損鎧甲上，加上一些燒焦痕跡，感覺像是經過一場激戰的模樣。」

「遵命。」

「另外，或許是我太過大意，納薩力克附近確實有一些神祕的敵人能夠傷害我們，因此我想盡快擬定強化納薩力克的計畫。其中一個想法就是利用我的特殊技能，打造出一支不死者軍團。之前也有說過……嗯？好像只有向雅兒貝德提過？算了，總之要以執行這項計畫為第一要務，為了從耶．蘭提爾順利回收用來打造不死者軍團的屍體，我想做好事前準備。」

「關於這件事，安茲大人。」

「怎麼了，雅兒貝德？」

「利用安茲大人的特殊技能創造出來的不死者，如果使用的媒介為人類屍體，創造出的不死者即使是中階等級，能力也相當弱對吧？」

「沒錯，有什麼問題嗎？」

利用陽光聖典的屍體創造出來的不死者，最高等級是四十級。超過四十級之後，隨著時間的經過，不死者會與媒介的屍體一起煙消雲散。

「是的。其實接受命令之後，我曾經考慮過取得新鮮屍體的方法，是不是可以考慮使用人類以外的屍體看看呢？」

「……妳的意思，不會是想要使用納薩力克的僕役的屍體吧？」

「不是，我絕對沒有那種想法。是想要使用其他亞人類。」

雅兒貝德露出微笑，那是非常殘酷——也非常美麗的笑容。

「亞烏菈發現了蜥蜴人(Lizardman)的村落，不妨前往襲擊，將那裡消滅。您覺得如何呢？」

Epilogue

秘銀級冒險者隊伍「天狼」的隊長佩洛提，打開冒險者工會大門。

冒險者們的敬意與崇拜眼神立刻朝向他。

佩洛提很習慣這一幕，但和一個月之前相比，注視的眼神似乎變得沒有那麼熱烈。

（這也是沒辦法的事吧。）

將目光移動到布告欄上的委託內容，很遺憾似乎並沒有看到秘銀級的任務。

只有秘銀級冒險者才能執行的委託任務，的確不是很常出現。不過這次的原因並非委託很少，而是出現了很快就把秘銀級以上任務解決的冒險者。

「……飛飛先生嗎。」

佩洛提半抱怨地脫口說出這個名字。

大約一個月前，這個男人消滅了能力想必相當強大的吸血鬼。

驚天動地的慘烈激戰——他並沒有親眼看到那場戰鬥，但只要看過那場戰鬥的遺跡，大致就可以想像那是一場怎麼樣的戰鬥——因此同行的伊格法爾吉等「克拉爾格拉」成員遭到波及導致他們全滅收場，這個結果並不會讓人感到驚訝。

不對，只要參與了那場戰役，絕對是死路一條。

爆炸的封魔水晶，讓大範圍的土地變成黑色大地，其中一些地方甚至變成沙漠地帶。令人吃驚的是，如果不那麼做就無法打贏吸血鬼。而且——

「——他們活了下來……」

反過來說，贏得勝利，平安生還的他們，自然被認為是比吸血鬼這種佩洛提根本打不贏的魔物，還要強的怪物。

剛才語氣之所以變得謙卑，也是因為他已經強到不得不令人表示尊敬了。

就在對這樣的絕對強者心馳神往時，聽到開門的聲音響起，像是有一陣風竄進工會般，湧現一陣刺耳的鼓譟。

隱約了解鼓譟原因的佩洛提，也將目光轉到周遭眾人的注視方向，果然看到不出所料的人物。

城鎮中的話題人物「漆黑英雄」飛飛。

背上插著兩把巨劍，後面帶著絕世美女。

「鎧甲的前面部分使用了大量的精鋼……到底價值多少錢啊？」

漆黑英雄這個別名的由來的那副超高級全身鎧，在歷劫歸來時嚴重破損。到處都是燒焦、破裂的爪痕，但現在那副漆黑鎧甲沒有半點傷痕，在日光的反射下熠熠生輝。

這是魔法師工會動員所有魔法吟唱者成員，利用魔法修復的結果。

掛在胸口的金屬牌是——活生生的傳說、冒險者的崇拜對象、保護弱者人類不被強大種族傷害的人類王牌——精鋼。

他的功績已經遠遠超越山銅，過去不曾出現在耶・蘭提爾的高階等級。

開始出現在故事中的英雄人物大駕光臨，讓冒險者工會內的熱烈氣氛急速上昇。

「王國的第三位精鋼級冒險者……」

「他就是……『漆黑英雄』飛飛嗎……而後面的那位是『美姬』娜貝，那美貌果然名不虛傳……」

「你知道那座森林吧，有一大部分被燒個精光聽說就是他的傑作喔……聽說是利用武技燒光光的……」

「不會吧，怎麼可能……如果能夠利用武技燒成那樣，就已經不能說是人類了吧？」

「應該是能夠辦到的少數人之一吧？精鋼級是登峰造極的冒險者，即使說他是精鋼級中的精鋼級我也一點都不驚訝呢。」

在眾多崇拜目光的注視下，飛飛從容不迫地走向櫃臺。和櫃臺小姐討論委託任務的冒險者們，紛紛讓道給這位最高等級的冒險者，臉上浮現的是尊敬和——恐懼。

飛飛若無其事地向櫃臺小姐搭話。

「我們負責的工作已經完成了，請再幫我們看看有沒有什麼新的工作。」

櫃臺小姐睜大了雙眼，但立刻回復原狀。佩洛提知道櫃臺小姐睜大雙眼的原因。飛飛他們接下的工作，即使是秘銀級的冒險者小隊都覺得很棘手，一定需要好一陣子才能解決，但飛飛他們卻三兩下就擺平了。

沒錯，只要交給他，即使是秘銀級任務也能輕鬆解決。

這是理所當然的事，因為最高階冒險者就是有這樣的本領。

「沒生意可做了呢。」

佩洛提不禁發出牢騷，不過他當然不是認真的。到達秘銀級的領域之後，若不是有什麼特別情況，應該都已經存到即使退休也能半輩子無憂無慮的財富，到達這領域的冒險者會繼續冒險，大都是為了金錢之外的其他理由。

「啊，飛飛先生，非常抱歉，現在沒有什麼任務能夠委託飛飛先生，還請見諒。」

櫃臺小姐站起來，深深一鞠躬。

「這樣啊——」

有什麼話想說的飛飛，說到一半卻突然停下來，過了數秒後再次開口：

「——是嗎，那真是太好了，因為我突然想起有急事要辦，先回旅店了。如果有什麼急事就到旅店找我吧，知道我投宿在哪間旅店吧？」

「知道，是金光閃耀亭對吧？」

飛飛點點頭，帥氣地轉身揚起紅色披風，邁步而出。

從旁邊經過時，隱約有聽到飛飛的說話聲。但因為太過小聲，佩洛提聽不出來那斷斷續續的說話內容是什麼。

佩洛提沒能聽見的，是安茲向遠方部下告知要展示強大武力的命令。

「命令高康大出動，也一併叫上威克提姆，等科塞特斯回來後，機會難得，就讓所有樓層守護者一起出動吧。」

OVERLORD
Characters

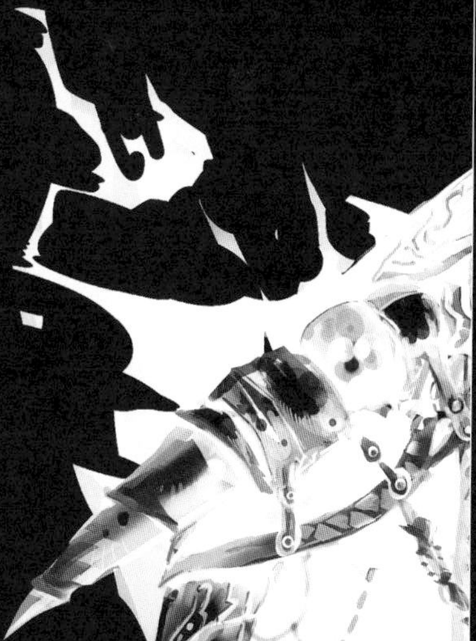

角色介紹

Character 9

由莉・阿爾法

異形類種族

yuri·α

戰鬥女僕中的大姊姊

職位——納薩力克地下大墳墓
地下第九層戰鬥女僕。

住處——地下第九層的傭人房之一。

屬性——善——[正義值:150]

種族等級—殭屍(Zombie)——10lv

無頭騎士(Dullahan)——1lv

職業等級—前鋒——10lv

單擊戰士——5lv

廚師——1lv

其他

[種族等級]+[職業等級]——合計51級

●種族等級 職業等級●

總級數11級 總級數40級

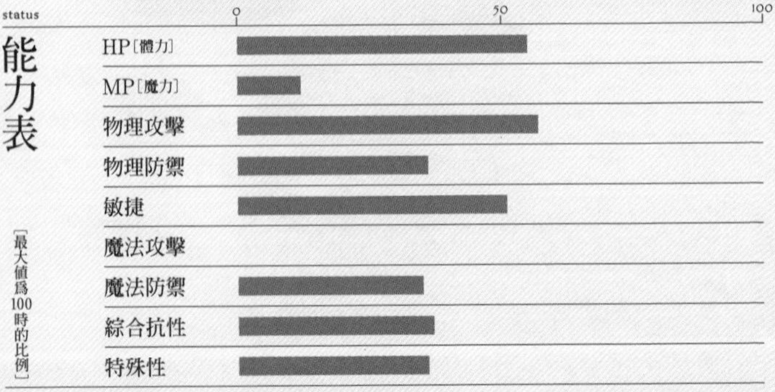

Character 10

CZ2128・達美

異形類種族

CZ2128·Δ

奇襲突擊女僕

職位——納薩力克地下大墳墓
地下第九層戰鬥女僕。

住處——地下第九層的傭人房之一。

屬性——中立～善——[正義值：100]

種族等級—自動人偶(Automaton)——5lv

職業等級—槍手——10lv

狙擊手——3lv

暗殺者——3lv

獵捕者——3lv

其他

[種族等級]+[職業等級]——合計46級

●種族等級 職業等級●

總級數5級 總級數41級

status

能力表

[最大值爲100時的比例]

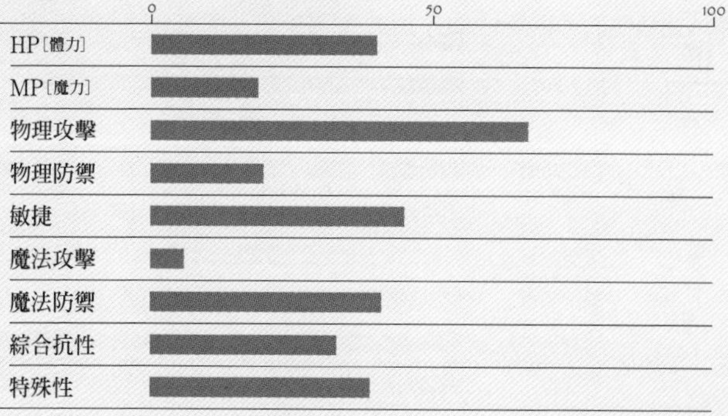

Character 11

夏提雅・布拉德弗倫

異形類種族

shalltear bloodfallen

鮮血的戰爭少女

職位——納薩力克地下大墳墓
地下第一層～第三層守護者。

住處——地下第二層死蠟玄室。

屬性——邪惡～極惡——［正義值：-450］

種族等級—吸血鬼（Vampire）——10lv
眞祖（True Vampire）——10lv

職業等級—女武神／長槍——5lv
詛咒騎士——5lv
祭司——10lv
其他

［種族等級］+［職業等級］——合計100級
•種族等級　職業等級•
總級數20級　總級數80級

Character 12

潘朵拉・亞克特

異形類種族

pandora's actor

千變萬化的無臉人

職位——納薩力克地下大墳墓寶物殿領域守護者。

住處——寶物殿管理負責人室。

屬性——中立——[正義值：-50]

種族等級——二重幻影(Doppelgänger)——15lv

高階二重幻影(Greater Doppelgänger)——10lv

其他

職業等級——專家——10lv

工藝家——10lv

城堡之王——15lv

其他

[種族等級]+[職業等級]——合計100級

●種族等級 職業等級●

總級數45級 總級數55級

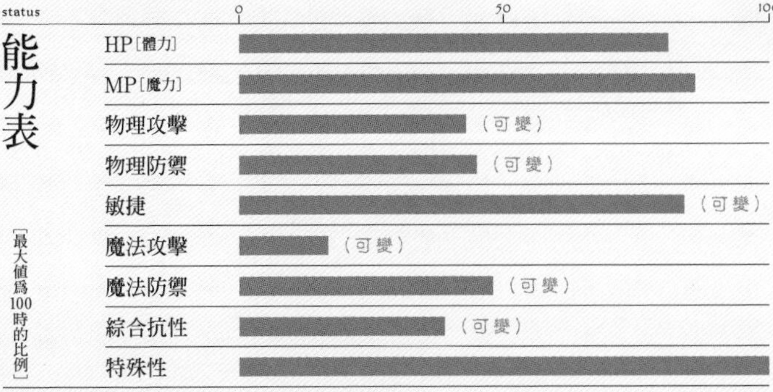

後記

距離上一集已經過了四個多月，真的非常開心還能夠和大家見面！我是作者丸山くがね。

各位覺得《OVERLORD3鮮血的戰爭少女》怎麼樣呢？如果覺得好看那將是我的榮幸。

不過，到底後記要怎樣寫才好呢？每次都有這個疑問。活動範圍只有公司和家裡的我，實在沒有自信可以寫得很有趣。所以，決定大方公開我的四個月行事曆。

首先，我會花一個月左右的時間寫稿，然後交給編輯大人確認，以這次的情況為例，大約是在一月中旬左右寫完本集的故事。

接著，經過校稿大人校對後，修改的稿子會回到我的手上，繼續進行調整。包含作者校稿在內，所有的校稿時間還要再花一個半月吧，作品就是這樣誕生。

如此不斷校稿、修正，花在這部《鮮血的戰爭少女》的總時間……大略計算的話，約為三個月左右吧。

完稿後一直到出版的這段時間，大約

有一個月的空閒時間，我會把這一個月的時間除以四，每月拿這些時間更新網路版一次。

我公司的工作很輕鬆，可以很早回家，因此還可以勉強完成校稿工作，但每天工作到很晚的人，就需要減少睡眠時間，甚至不會有這樣一個月的空閒時間，很辛苦呢。

……不過，三個月出一本書的作者們，又是如何生出時間呢？真希望有人能教教我。

那麼，接下來請讓我表達謝意。

so-bin大人、Chord Design Studio的各位先進，大迫大人、F田大人，如果沒有各位的鼎力相助，這部作品就無法完成，這次也非常謝謝你們。

Honey，謝謝你的吐槽，立刻修改了。

還有購買本書的各位讀者，真的非常感謝。如果有任何意見或感想……可以利用明信片（需要自己付郵資，真抱歉），如果是閱讀網路版的讀者，可以直接寫在網站上，我將不勝感激。

接著，下集……準備整集都來寫蜥蜴人篇，如能繼續支持，我將無比開心！

那麼，下次再會。

二〇一三年三月　**丸山くがね**

我很喜歡最後的安茲大人，
還有焦躁不安的
迪米烏哥斯感覺也很新鮮呢（笑）
2013, So-bin

死亡軍團逼近平靜度日的蜥蜴人（Lizard Man）聚落。這支軍團是來自納薩力克的不死者大軍，指揮官是「冰河統治者」科塞特斯，

Lizard man vs
Underground large grave of Nazarick.

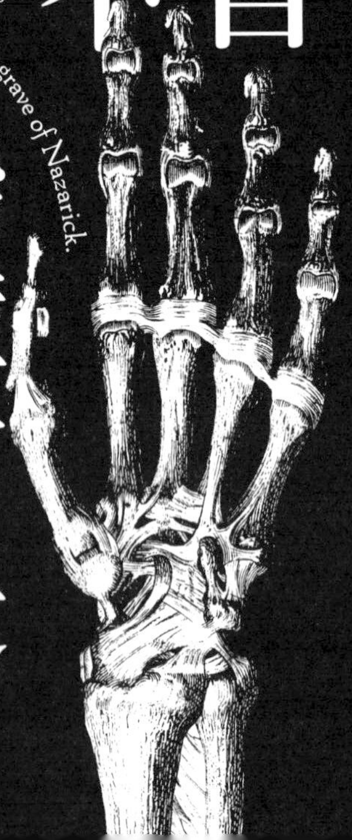

蜥蜴人聯軍大戰
納薩力克地下大
墳墓。
弱肉強食的
殘酷世界就此揭開序幕。

第4集

Volume Four

OVERLORD 4

蜥蜴人勇者們

OVERLORD Kugane Maruyama | illustration by so-bin

丸山くがね

illustration◉so-bin

敬請期待
第4集

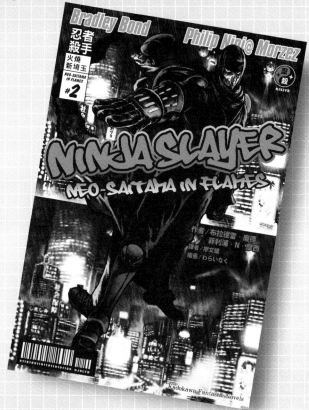

國家圖書館出版品預行編目資料

Overlord. 3, 鮮血的戰爭少女 / 丸山くがね作；
曉峰譯. -- 初版. -- 臺北市：
臺灣角川, 2014.11
　面；　公分. -- (Kadokawa fantastic novels)

譯自：オーバーロード. 3, 鮮血の戦乙女
ISBN 978-986-366-124-5（平裝）

861.57　　103014959

Kadokawa
Fantastic
Novels

OVERLORD 3
鮮血的戰爭少女

（原著名：オーバーロード3 鮮血の戦乙女）

2014年11月27日　初版第1刷發行
2023年6月7日　初版第16刷發行

作者：丸山くがね
插畫：so-bin
譯者：曉峰

發行人：岩崎剛人
總編輯：蔡佩芬
編輯：邱瓈萱
美術設計：黃永漢
印務：李明修（主任）、張加恩（主任）、張凱棋

發行所：台灣角川股份有限公司
地址：104台北市中山區松江路223號3樓
電話：（02）2515-3000
傳真：（02）2515-0033
網址：www.kadokawa.com.tw
劃撥帳戶：台灣角川股份有限公司
劃撥帳號：19487412
法律顧問：有澤法律事務所
製版：巨茂科技印刷有限公司
ISBN：978-986-366-124-5